Kyril Bonfiglioli
Nimm das Ding da weg!



PIPER

Zu diesem Buch

Der einfallsreiche Kunsthändler und Lebemann Charlie Mortdecai ist hoch verschuldet und muss in weniger als einer Woche acht Millionen Pfund auftreiben – wenn er das Familienanwesen auf dem Land und mit ihm seine luxuriöse Gattin Johanna nicht verlieren möchte. Er wittert seine Chance, als ein bekanntes Goya-Gemälde verschwindet – mit der dafür ausgesetzten Belohnung wären mit einem Schlag alle Sorgen vergessen. Gemeinsam mit seinem treuen Diener begibt sich Mortdecai auf einen Wettlauf um den Globus. Zwischen London, Moskau und Los Angeles muss er es mit einem rücksichtslosen russischen Oligarchen, einem international gesuchten Terroristen sowie einem habgierigen amerikanischen Milliardär und dessen nymphomanischer Tochter aufnehmen. Und er muss vor allem immer ein Auge auf seinen großen Rivalen aus Schulzeiten haben, den ambitionierten Inspektor Alistair Martland vom MI5, der neben dem Kriminalfall auch großes Interesse an Mortdecais Gattin Johanna hegt …

*Kyril Emanuel George Bonfiglioli* wurde 1928 in Eastbourne als Sohn eines italienisch-slowenischen Antiquars und einer englischen Mutter geboren. Nach seinem Militärdienst studierte er Englisch am Balliol College in Oxford. Er war – wie seine Hauptfigur Charlie Mortdecai – Kunsthändler, Herausgeber eines Science-Fiction-Magazins und Autor. Kyril Bonfiglioli war dreimal verheiratet und hatte insgesamt fünf Kinder. Er lebte in Lancashire, in Irland und auf Jersey, wo er 1985 an Leberzirrhose starb.

Kyril Bonfiglioli

# NIMM DAS DING DA WEG!

Ein Fall für Mortdecai, den Teilzeitgauner

Aus dem Englischen
von Dorothee Suttkus

PIPER
München Berlin Zürich

*Mehr über unsere Autoren und Bücher:*
*www.piper.de*
*Aktuelle Neuigkeiten finden Sie auch auf Facebook, Twitter und YouTube.*

Die Motti an den Kapitelanfängen wurden von Joachim Kalka ins Deutsche übertragen.

MIX
Papier aus verantwortungsvollen Quellen
FSC® C083411

Ungekürzte Taschenbuchausgabe
Juni 2016

Titel der englischen Originalausgabe:
»Don't Point That Thing At Me«, Weidenfeld and Nicolson, London 1972

Umschlaggestaltung: Zero Werbeagentur, München
Umschlagabbildung: Motion Picture Artwork 2014 Lions Gate Entertainment Inc.
Satz: Fotosatz Amann, Memmingen
Gesetzt aus der Palatino
Druck und Bindung: CPI books GmbH, Leck
Printed in Germany ISBN 978-3-492-30848-9

*Für James und Florence,*
*in Dankbarkeit*

Die Motti stammen alle von Robert Browning, mit Ausnahme eines einzigen, bei dem es sich um eine leicht zu erkennende Fälschung handelt.

*Dementi*
Dies ist kein autobiographischer Roman; er handelt von irgendeinem beleibten, lasterhaften und ausschweifenden Kunsthändler mittleren Alters. Auch die anderen Charaktere sind fiktiv, besonders die Gestalt der Mrs. Spon – die meisten angeführten Örtlichkeiten allerdings gibt es wirklich.

*Eine so alte Geschichte, und Ihr könnt sie nicht besser erzählen?*
Pippa geht vorüber

Wenn man einen alten, geschnitzten vergoldeten Bilderrahmen verbrennt, macht das im Kamin ein gedämpftes, zischendes Geräusch – etwa wie ein leises Fuuh –, und das Blattgold lässt die Flammen in einem wunderbaren pfauenfarbenen Blaugrün leuchten. Am Mittwochabend war ich gerade selbstzufrieden in diesen Anblick vertieft, als Martland zu Besuch kam. Er drückte dreimal rasch hintereinander auf die Klingel – ein gebieterischer Mann in Eile. Mehr oder weniger hatte ich ihn schon erwartet und konnte deshalb, als mein Gorilla Jock den Kopf durch die Tür steckte, die Augenbrauen ausdrucksvoll in die Höhe gezogen, einen gewissen Aplomb in mein »Schieb ihn rein« legen.

In dem Schund, den Martland sich einverleibt, hat er wohl mal gelesen, dass massige Männer sich mit einer erstaunlichen Leichtigkeit und Grazie bewegen. Folgerichtig tappt er umher wie eine schwergewichtige Elfe, die hofft, von einem Kobold aufgelesen zu werden. Schweigend und katzengleich stolzierte er mit lächerlich geräuschlos schwingendem Hinterteil herein. »Brauchst nicht aufzustehen«, stichelte er, als er sah, dass ich keineswegs die Absicht hatte, dies zu tun. »Ich bedien' mich selbst, ja?«

Die einladenden Flaschen auf dem Getränkewagen ignorierend, griff er unbeirrbar nach der großen Karaffe, die darunter stand, und goss sich einen beträchtlichen Schluck von dem ein, was er für meinen Taylor-Portwein, Jahrgang 31 hielt. Das war schon mal ein Punkt für mich, denn ich hatte sie mit einem miesenPort gefüllt, der unglaublich scheußlich schmeckte. Er bemerkte nichts; der zweite Punkt für mich. Aber natürlich ist er nur ein Polizist – oder muss ich inzwischen sagen: »war«?

Er senkte seinen massigen Hintern in meinen zierlichen Regency-Sessel und schmatzte mit den Lippen angesichts der dunkelroten Brühe in seinem Glas. Ich konnte beinahe hören, wie er in seinem Hirn nach einer geschickten, lockeren Einleitung kramte. Das ist sein Oscar-Wilde-Touch. Martland besteht aus nur zwei Persönlichkeiten: Wilde und I-Ah. Trotzdem ist er ein sehr grausamer und gefährlicher Polizist. Oder muss ich inzwischen sagen: »war« – oder hab' ich das schon erwähnt?

»Junge, Junge«, bemerkte er schließlich, »was für ein Snobismus – jetzt ist auch noch dein Brennholz vergoldet.

»Nur ein alter Rahmen«, sagte ich ohne Umschweife. »Ich dachte, ich verbrenn' ihn.«

»Aber so eine Verschwendung – ein schöner, geschnitzter Louis-Seize-Rahmen …«

»Du weißt verdammt genau, dass es kein schöner Louis-Sowieso-Rahmen ist«, knurrte ich. »Es handelt sich um die Reproduktion eines Chippendale-Rahmens mit hängenden Weinranken, der etwa letzte Woche von einer dieser Firmen in der Greyhound Road hergestellt worden ist. Ein Bild, das ich neulich gekauft habe, war damit gerahmt.«

Man weiß nie, was Martland weiß oder nicht weiß, aber beim Thema antike Bilderrahmen fühlte ich mich ziemlich sicher; nicht einmal Martland würde darüber einen Kurs besucht haben, dachte ich.

»Wäre aber doch interessant gewesen, wenn es ein Louis

Seize, etwa fünfzig mal einhundertzehn Zentimeter, gewesen wäre, das musst du zugeben«, murmelte er und starrte nachdenklich auf die letzten, auf dem Rost verglimmenden Reste.

In diesem Moment kam mein Gorilla herein, schüttete etwa zwanzig Pfund Kohlen darauf und zog sich, nachdem er Martland mit einem höflichen Lächeln bedacht hatte, zurück. Jocks Vorstellung von einem höflichen Lächeln sieht so aus, dass er einen Teil seiner Oberlippe zurückzieht und einen hundezahnähnlichen langen gelben Fang entblößt. Das erschreckt sogar mich.

»Hör mal, Martland«, sagte ich gleichmütig. »Wenn ich diesen Goya geklaut oder verhökert hätte, um Himmels willen – du glaubst doch wohl nicht, dass ich ihn dann samt Rahmen hierhergebracht hätte, oder? Und den Rahmen dann auch noch auf meinem eigenen Rost verbrennen würde? Ich bin doch nicht bescheuert.«

Er gab verlegene, protestierende Laute von sich, als ob ihm nichts ferner läge als der Gedanke an den großartigen Goya, der vor fünf Tagen in Madrid geraubt worden war, worüber alle Zeitungen ausführlich berichtet hatten. Er unterstrich die lautlichen Äußerungen mit einem leichten Wedeln der Hand, wobei er etwas von dem Weinimitat auf einen Wandteppich in seiner Nähe verschüttete.

»Das«, bemerkte ich scharf, »ist ein wertvoller Savonnerie-Wandteppich. Portwein bekommt ihm äußerst schlecht. Außerdem befindet sich darunter wahrscheinlich ein unbezahlbarer Alter Meister, dem bekäme Portwein noch viel schlechter.«

Er sah mich scharf an; ihm war klar, dass ich möglicherweise die Wahrheit sagte. Ich blickte unterwürfig zurück; mir war klar, dass ich die Wahrheit sagte. Aus dem Halbdunkel der Diele lächelte mein Gorilla Jock sein höflichstes Lächeln. Ein zufälliger Betrachter, hätte sich ein solcher auf dem Anwesen befunden, hätte geglaubt, bei uns herrsche eitel Freude.

Bevor irgend jemand anfängt zu glauben, dass Martland ein unfähiger Schlagetot ist oder war, sollte ich jetzt lieber für ein bisschen Hintergrundinformation sorgen. Sie wissen zweifellos, dass englische Polizisten – außer unter ganz ungewöhnlichen Umständen – niemals eine andere Waffe tragen als den alten, hölzernen Kasperle-Knüppel. Sie wissen auch, dass sie nie und nimmer handgreiflich werden. Aus Angst vor einer Anklage wegen tätlicher Beleidigung und offiziellen Anfragen von Amnesty International trauen sie sich heutzutage nicht einmal, kleinen Jungen, die sie beim Äpfelklauen erwischt haben, den Hintern zu versohlen.

All das wissen Sie sicherlich, weil Sie noch nie von der Sondereinsatzgruppe SEG gehört haben, die so etwas wie eine Spezialeinheit der Polizei ist. Das Innenministerium hat sie in den Wochen nach dem großen Postraub geschaffen, als man in einem seltenen Anfall von Realitätsnähe den Tatsachen ins Auge blickte. Die SEG wurde durch einen Kabinettsbeschluss ins Leben gerufen und hat einen vom Innenminister und einem seiner langgedienten Beamten erteilten Geheimauftrag. Es heißt, dass die Anweisungen fünf Seiten umfassen und alle drei Monate neu unterschrieben werden. Die Idee, die dahintersteckt, sieht so aus, dass nur die nettesten und psychisch ausgeglichensten Burschen für die SEG angeworben werden sollen, die aber, sind sie erst einmal drin, sogar einen Persilschein für Mord haben, solange sie nur Ergebnisse bringen. Es darf einfach nie mehr einen großen Postraub geben, auch wenn das bedeutet – bloß nicht daran denken! –, dass ein paar Bösewichter ins Gras beißen müssen, ohne sie erst einem kostspieligen Gerichtsverfahren zu unterziehen. (Auf diese Weise wurde bereits ein Vermögen an Pflichtverteidiger-Gebühren gespart.) Alle Zeitungen, sogar die in australischer Hand, haben mit dem Innenministerium ein Abkommen, dem zufolge sie die Neuheiten frisch aus der Giftküche bekommen, wofür sie ihrerseits Einzelheiten über Schusswaffen und Folter heraussieben. Entzückend.

Die SEG hat mit dem Staatsdienst – außer mit einem verängstigten kleinen Mann vom Finanzministerium – nichts weiter zu tun; ihr Auftrag beinhaltet die Weisung – jawohl, *Weisung* – an alle Polizeikommissare, ihnen »jedwede verwaltungstechnischen Einrichtungen ohne dienstliche Auflagen oder schriftliche Formalitäten« zur Verfügung zu stellen. Dieser Passus begeistert die reguläre Polizei natürlich. Die SEG ist in Gestalt ihres Bevollmächtigten, eines besoffenen Earls und Geheimen Staatsrats, der nachts auf nicht ganz so geheimen öffentlichen Örtchen herumhängt, allein dem Ersten Minister der Königin verantwortlich.

Ihr eigentlicher Kopf und Leiter ist ein ehemaliger Oberst der Fallschirmjäger, der mit mir in die Schule gegangen ist und den merkwürdigen Rang eines Außerordentlichen Polizeidirektors bekleidet. Ein sehr fähiger Bursche namens Martland. Am liebsten tut er Leuten weh.

Offensichtlich hätte er auch mir durch eine intensive Befragung gern ein wenig weh getan, aber Jock trieb sich draußen vor der Tür herum, wo er ab und zu diskret rülpste, um mich daran zu erinnern, dass er im Bedarfsfall zur Verfügung stünde. Jock ist das Gegenteil eines typischen englischen Kammerdieners: schweigsam, unergründlich und auch dann noch respektvoll, wenn ihm eigentlich gar nicht mehr danach ist; aber irgendwie ist er ständig betrunken und hat Spaß daran, den Leuten die Nase einzuschlagen. Heutzutage kann man nicht geschäftlich mit den schönen Künsten zu tun haben, ohne sich einen Gorilla zu halten, und Jock ist einer der besten. *War* einer der besten.

Nachdem ich nun Jock vorgestellt habe – sein Nachname fällt mir nicht ein, aber mir ist so, als sei es der seiner Mutter –, sollte ich vielleicht auch ein paar Fakten über mich selbst mitteilen. Ich bin Charlie Mortdecai, das heißt, ich bin tatsächlich auf den Namen Charlie getauft worden; ich glaube, dass meine Mutter damit auf obskure Weise meinen Vater treffen wollte. Ich bin sehr glücklich mit Mortdecai – es klingt etwas altmodisch, mit einer Andeutung von Judentum und einem Hauch von Korruption. Kein Sammler kann widerstehen, mit einem Händler namens Mortdecai die Klingen zu kreuzen. Ich befinde mich in der Blüte meiner Jahre, bin knapp durchschnittlich groß, bedauerlicherweise überdurchschnittlich gewichtig und verfüge noch über die letzten faszinierenden Reste eines auffällig guten Aussehens (manchmal, bei gedämpftem Licht und mit eingezogenem Bauch, gefalle ich mir beinahe selbst). Ich mag Kunst und Geld, schmutzige Witze und Alkohol. Ich bin überaus erfolgreich. Auf meiner annehmbaren, zweitklassigen Privatschule habe ich gelernt, dass fast jeder einen Kampf gewinnen kann, wenn er nur bereit ist, seinem Kontrahenten den Daumen ins Auge zu stoßen. Die meisten Leute bringen das nicht über sich, wussten Sie das?

Außerdem darf ich meinem Namen den Titel »Der Ehrenwerte« voranstellen, denn mein Daddy war Bernard, Erster Baron Mortdecai von Silverdale in der Grafschaft Lancaster. Er war der zweitgrößte Kunsthändler des Jahrhunderts; er vergiftete sich sein Leben mit dem unablässigen Versuch, Duveen zu überbieten. Dem Anschein nach erhielt er seine Baronie dafür, dass er der Nation gute, aber unverkäufliche Kunstschätze im Wert von gut dreihunderttausend Pfund vermachte, tatsächlich aber dafür, dass er etwas Kompromittierendes, das er über eine hochgestellte Persönlichkeit wusste, vergaß. Seine Memoiren sollen nach dem Tod meines Bruders veröffentlicht werden – das wäre, mit einigem Glück, etwa kommenden April. Ich kann sie nur empfehlen.

Aber zurück in die Hütte von Mortdecai, wo der alte Vorturner Martland sich grün und blau ärgerte oder jedenfalls so tat. Er ist ein grauenhafter Schauspieler, aber grauenhaft ist er auch, wenn er nicht schauspielert; man kann es deswegen nicht immer unterscheiden. »Na, komm schon, Charlie«, sagte er verdrossen.

Ich hob die Augenbraue nur gerade hoch genug, um anzudeuten, dass es schon eine Weile her war, dass wir gemeinsam die Schulbank gedrückt hatten. »Was meinst du mit ›na komm schon‹?« fragte ich.

»Ich meine, hören wir auf, um den heißen Brei herumzureden.«

Ich erwog drei clevere Erwiderungen auf diese Bemerkung, überlegte es mir dann jedoch anders. Zu Zeiten bin ich zu einem Wortgefecht mit Martland bereit; heute war das eindeutig nicht der Fall. »Kannst du mir sagen«, erkundigte ich mich, »was ich dir geben könnte, das du haben möchtest?«

»Irgendeinen Hinweis auf diese Goya-Sache«, sagte er kleinlaut. Ich zog eisig ein oder zwei Augenbrauen hoch. Er wand sich ein wenig. »Weißt du, es gibt so was wie diplomatische Rücksichten.« Er stöhnte leise.

»Ja«, sagte ich mit einiger Genugtuung, »das sehe ich durchaus ein.«

»Nur einen Namen oder eine Adresse, Charlie. Irgend etwas. Du musst doch was gehört haben.«

»Und wo kommt dabei das gute alte *cui bono* ins Spiel?« fragte ich. »Oder verlässt du dich mal wieder auf unsere gemeinsame Schulzeit?«

»Du hättest dann ein ruhiges Gewissen, Charlie – es sei denn, du steckst selbst als Kopf hinter dieser Sache.«

Ich dachte ein Weilchen nach, bemüht, nicht zu eifrig zu wirken, und goss dabei den echten Taylor Jahrgang 31, der sich in meinem Glas befand, in mich hinein, »In Ordnung«, sagte ich schließlich. »Es ist ein grobschnäuziger Mann mittleren Alters in der Nationalgalerie namens Jim Turner.«

Martland ließ glücklich seinen Kugelschreiber über eine Seite seines Notizbuches gleiten.

»Kompletter Name?« fragte er in barschem Ton.

»James Mallord William.«

Er wollte es gerade notieren, erstarrte dann und sah mich böse funkelnd an.

»1775 bis 1851«, stichelte ich. »Hat dauernd bei Goya geklaut. Aber schließlich war ja auch Goya so was wie ein Dieb, oder?«

Noch nie im Leben war ich so nahe dran, eine auf die Nase zu kriegen. Zum Glück für mein noch schwach erkennbares edles Profil kam Jock genau in diesem Moment herein, wobei er wie eine beherzte ledige Mama ein Fernsehgerät vor sich hertrug. Die Vernunft gewann wieder Oberhand über Martland.

»Ha, ha«, sagte er höflich und steckte das Notizbuch weg.

»Weißt du, heute ist Mittwoch«, erklärte ich.

»?«

»Berufscatchen. Im Fernsehen. Jock und ich sehen uns das immer an, weil so viele seiner Freunde dabei mitmachen. Willst du nicht bleiben und auch gucken?«

»Gute Nacht«, sagte Martland.

Fast eine Stunde lang ergötzten Jock und ich uns – und die Tonbänder der SEG – am Grunzen und Röhren der Catcher-Könige und an den erstaunlich sachkundigen Kommentaren von Mr. Kent Walton, der einzige, der meiner Meinung nach seinen Job wirklich gut macht. »Der Mann ist erstaunlich sachkundig und so weiter«, sagte ich zu Jock.

»Jaa. 'n Augenblick lang hab' ich gedacht, er beißt dem andern Kerl das Ohr ab.«

»Nein, Jock, nicht Pallo. Kent Wal ton.«

»Na, für mich sieht der aus wie Pallo.«

»Ach, lass mal, Jock.«

»In Ordnung, Mr. Charlie.«

Es war eine fabelhafte Sendung; die Bösen tricksten schamlos, und der Ringrichter kam ihnen nie ganz auf die Schliche, aber die Guten gewannen immer in letzter Minute, indem sie die Bösen in den Schwitzkasten nahmen. Außer natürlich, als Pallo kämpfte. Wirklich überaus befriedigend … Es war auch überaus befriedigend, an all die jungen, karrieregeilen Bobbies zu denken, die wohl genau in diesem Augenblick jeden Turner in der Nationalgalerie einer Prüfung unterzogen. Es hängt eine Menge Turners in der Nationalgalerie. Martland war schlau genug, um sich darüber im klaren zu sein, dass ich nicht einfach einen schlechten Scherz machen würde, nur um ihn zu ärgern. Deswegen würde jeder Turner überprüft werden. Und zweifellos würden seine Männer hinter einem von ihnen einen Umschlag finden, in dem sich – wiederum ganz ohne Zweifel – eine jener Fotografien befände.

Nach der letzten Runde tranken Jock und ich, wie wir das an Ringerabenden zu tun pflegen, noch einen Whisky miteinander: Red Hackle de Luxe für mich und Johnny Walker für Jock. Den mag er lieber; außerdem kennt er seine Stellung im Leben. Zu jenem Zeitpunkt hatten wir natürlich schon das kleine Mikrofon, das Martland achtlos unter dem Sitz des Sessels vergessen hatte, entfernt (Jock hatte dort gesessen, und das Tonband hatte zweifellos mit dem Catchen unanständige Geräusche aufgenommen). Jock, der außerordentlich erfinderisch ist, warf die kleine Wanze in ein Whiskyglas und fügte Wasser und ein Alka Seltzer hinzu. Dann erlitt er einen Kicheranfall – für Auge und Ohr eine grässliche Darbietung.

»Beruhige dich, Jock«, sagte ich, »es gibt nämlich noch etwas zu tun. *Quod hodie non est, cras erit,* und das heißt, dass ich damit rechne, morgen gegen Mittag verhaftet zu werden. Wenn möglich, sollte das im Park geschehen, damit ich, wenn ich es für richtig halte, eine Szene machen kann. Unmittelbar danach wird man diese Wohnung durchsuchen. Du darfst nicht hier sein und Duweißt-schon-was auch nicht. Steck es wie neulich unter die Innenverkleidung des abnehmbaren Autodachs, montier das Dach auf den MGB und bring ihn zu Spinoza in die Werkstatt. Sprich bitte nur mit Spinoza persönlich und sei pünktlich um acht Uhr da. Verstanden?«

»Ja, Mr. Charlie.«

Damit trollte er sich in sein Schlafzimmer am Ende des Gangs, wo ich ihn noch immer glücklich kichern und furzen hörte. Sein Zimmer ist sauber, schlicht möbliert und stets gut gelüftet – genau das, was Sie sich als Zimmer für Ihren halbwüchsigen Pfadfinder-Sohn wünschen würden. An der Wand hängt ein Schaubild, das die Abzeichen und Ränge der britischen Armee darstellt; auf dem Nachttisch steht eine gerahmte Fotografie von Shirley Temple, und auf der Wäschekommode befindet sich das noch nicht ganz fertige Modell einer Galeone sowie ein kleiner Stoß der Zeitschrift *Motorwelt*. Ich glaube, er hat früher Desinfektionsmittel mit Tannenduft als Aftershavelotion benutzt.

Mein eigenes Schlafzimmer ist eine recht getreue Nachbildung der Geschäftsräume einer kostspieligen Hure aus der Zeit des *Directoire*. Für mich steckt es voll bezaubernder Erinnerungen, brächte aber Sie vermutlich zum Kotzen. Aber lassen wir das.

Ich sank in einen glücklichen, traumlosen Schlaf, denn nichts läutert den Geist vermittels Mitleid und Angst so sehr wie das Catchen – das ist die einzige geistige Katharsis, die diesen Namen verdient. Und es gibt auch kein sanfteres Ruhekissen als ein nicht ganz so gutes Gewissen.

Das war Mittwochnacht. Niemand weckte mich.

*Ich bin der Mann, den Ihr hier seht, jawohl –*
*Ein Tier? Gut denn, und Tiere leben tierisch!*
*Gesteh ich nur gleich Schwanz und Klauen ein –*
*Der ungeschwänzte Mensch steht höher, doch*
*Ich peitsch' mit meinem Schwänze wie der Low'*
*Und lass die Affen ihre Stummel bergen.*
Bischof Blougrams Apologie

Niemand weckte mich, bis um zehn Uhr an jenem wunderschönen Sommermorgen Jock hereinkam mit meinem Tee und dem Kanarienvogel, der sich wie immer das Herz aus dem Leibe sang. Ich entbot beiden einen guten Morgen. Jock möchte, dass ich den Kanarienvogel begrüße, und es kostet nichts, ihm in so kleinen Dingen gefällig zu sein.

»Ah«, fügte ich hinzu, »der gute alte Oolong oder Lapsang mit der beruhigenden Wirkung!«

»Häh?«

»Bring mir meinen Spazierstock, meine allergelbsten Schuhe und den alten grünen Homburg«, zitierte ich weiter, »ich gehe in den Park zum ländlichen Tanze.«

»Häh?«

»Ach, lass mal, Jock. Aus mir spricht lediglich Bertram Wooster*, der wahre englische Gentleman.«

* Bertram (»Bertie«) Wooster und Jeeves sind zwei Romanfiguren von P. G. Wodehouse: der typische Engländer und sein Diener.

»In Ordnung, Mr. Charlie.«

Ich denke oft, dass Jock Squash spielen sollte. Er würde eine fabelhafte Wand abgeben.

»Hast du das mit dem MGB erledigt, Jock?«

»Jaa.«

»Gut. Alles in Ordnung?« Das war natürlich eine blöde Frage, und natürlich musste ich dafür zahlen.

»Jaa. Also, das Sie-wissen-schon-was war ein bisschen zu groß und passte nicht unter die Innenverkleidung, und da musste ich am Rand ein bisschen was abschneiden, wissen Sie.«

»Was? Abschneiden? Du hast was? Aber Jock …«

»Alles in Ordnung, Mr. Charlie, war nur Spaß.«

»Na, in Ordnung, Jock. Schöner Spaß. Hat Mr. Spinoza irgendwas gesagt?«

»Jaa, er hat ein *schmutziges* Wort gesagt.«

»Ja, das sieht ihm ähnlich.«

»Jaa.«

Ich machte mich an den täglichen Schrecken des Aufstehens. Mit gelegentlicher Hilfestellung durch Jock schleppte ich mich vorsichtig von der Dusche zum Rasierapparat, von der Dexedrin zu der unerträglichen Entscheidungsfindung, welche Krawatte ich tragen sollte, und erreichte vierzig Minuten später wohlbehalten den Frühstückstisch mit dem einzigen Frühstück, das diesen Namen verdient – das Eisenbahner-Frühstück, bei dem der Kaffee in der großen Tasse durch Rum wie mit Spitze und Filigran verziert wird. Ich war endlich wach. Mir war nicht übel geworden. Die Welt hatte mich wieder.

»Ich glaube nicht, dass wir überhaupt 'nen grünen Homburg ham, Mr. Charlie.«

»Ist schon in Ordnung, Jock.«

»Ich könnt' die kleine Tochter vom Portier zu Lock rüberschikken, wenn Sie woll'n.«

»Nein, ist schon in Ordnung, Jock.«
»Sie tät's für 'ne halbe Krone.«
»Nein, es ist *in Ordnung*, Jock.«
»In Ordnung, Mr. Charlie.«
»Du musst in fünf Minuten aus der Wohnung sein, Jock, und du darfst natürlich keine Schießeisen oder sonst was in der Art hier herumliegen lassen. Die Alarmanlage muss eingeschaltet, der Fotoapparat mit Film versehen und funktionsbereit sein – du weißt schon.«
»Jaa, ich weiß.«
»Jaaa«, sagte ich, und verlängerte das Wort – verbaler Snob, der ich bin – um ein Extra-A.

Stellen Sie sich also bitte diesen beleibten Wüstling vor, der mit vollen Segeln und mit vor Abenteuerlust zuckendem Wangenmuskel die Upper Brook Street Richtung St. James Park hinunterrauscht, ansonsten jedoch sehr weltmännisch und gesetzt, bereit, der erstbesten Schlampe einen Strauß Veilchen abzukaufen und ihr dafür einen Goldsovereign hinzuwerfen: Captain Hugh Drummond-Mortdecai, Träger höchster militärischer Auszeichnungen, ein flottes Liedchen pfeifend und die seidene Unterhose zwischen den gut gepuderten Hinterbacken eingeklemmt – gütiger Himmel!

Natürlich waren sie mir von dem Augenblick an, als ich auf die Straße trat, auf den Fersen, das heißt, eigentlich waren sie mir nicht auf den Fersen, denn die Beschattung erfolgte von vorn und war recht hübsch arrangiert; Himmel – die Jungs von der SEG verfügen über ein Jahr Training. Allerdings nahmen sie mich nicht, wie vorausgesagt, gegen Mittag fest. Ich ging am Teich auf und ab (und sagte unverzeihliche Dinge zu meinem Freund, dem Pelikan), aber alles, was sie taten, war, so zu tun, als ob sie das Innere ihrer komischen Hüte inspizierten (die zweifellos mit Funkgeräten vollgestopft waren), und einander mit ihren knotigen roten Händen verstohlene Zeichen zu geben. Ich begann allmählich zu glauben, dass ich Martland überschätzt hatte, und wollte mich gerade in Richtung Reform Club in Marsch setzen, um ein Mittagessen zu mir zu nehmen – das kalte Büffet dort ist das beste der Welt –, als:

Sie mich in die Zange nahmen, von beiden Seiten. Sie waren enorm groß, rechtschaffen, kompetent, tödlich, dumm, skrupellos, ernst, wachsam und voll gemäßigtem Hass auf mich. Einer von ihnen hielt mich am Handgelenk fest.

»Hauen Sie ab«, sagte ich mit zittriger Stimme, »was glauben Sie, wo Sie sind? Im Hyde Park?«

»Mr. Mortdecai?« brummte er kompetent.

»Hören Sie auf, mich kompetent anzubrummen«, protestierte ich. »Wie Sie sehr wohl wissen, bin ich es, ja.«

»Dann muss ich Sie bitten, mit mir zu kommen, Sir.«

Ich starrte den Mann an. Ich hatte nicht gewusst, dass man das immer noch sagt. Ist »sprachlos« vielleicht das Wort, nach dem ich suche?

»Häh?« sagte ich frei nach Jock.

»Sie müssen mit mir kommen, Sir.« Er funktionierte jetzt gut und begann, sich in seine Rolle hineinzufinden.

»Wohin bringen Sie mich?«

»Wohin möchten Sie denn gern, Sir?«

»Tja, hm ... vielleicht *nach Hause?*«

»Ich fürchte, das geht nicht, Sir. Da wären wir nämlich ohne unsere Ausrüstung.«

»Ausrüstung? Ah ja, ich verstehe. Du lieber Himmel.« Ich zählte meinen Puls, meine Blutkörperchen und ein paar andere lebenswichtige Teile. *Ausrüstung*. Verdammt – Martland und ich waren zusammen zur Schule gegangen. Sie versuchten offensichtlich, mir Angst einzujagen.

»Sie versuchen offensichtlich, mir Angst einzujagen.«

»Nein, Sir. Noch nicht, Sir.«

Hätten Sie eine wirklich gewitzte Antwort auf so was? Ich auch nicht.

»Na dann. Also ab zu Scotland Yard, nehme ich an?« sagte ich leichthin und erhoffte mir nichts.

»Nein wirklich, Sir, das geht nicht, wissen Sie. Die sind da verflixt engstirnig. Wir hatten an unser Landkrankenhaus gedacht, raus in Richtung Esher.«

Martland hatte mir in einem leutseligen Augenblick mal vom »Landkrankenhaus« erzählt; danach hatten mich tagelang entsetzliche Träume heimgesucht.

»Nein nein nein nein, nein nein nein«, rief ich jovial, »ich würde nicht im Traum daran denken, euch Burschen so weit rauszuschleppen.«

»Tja dann«, sagte Schlagetot Nr. 2 und äußerte sich damit erstmals, »wie wär's denn mit Ihrem lauschigen Plätzchen auf dem Lande, unten bei Stoke Poges?«

Ich muss zugeben, dass ich an dieser Stelle wohl ein wenig blass geworden bin. Mein Privatleben ist für jedermann ein offenes Buch, aber ich hatte doch geglaubt, dass »Possets« ein Zufluchtsort war, von dem nur ein paar enge Freunde wussten. Es gab dort nichts Gesetzwidriges, aber ich habe selbst das eine oder andere Stück an Ausrüstung, das manch einer für ein wenig frivol halten könnte.

»Häuschen auf dem Lande?« konterte ich blitzschnell. »HäuschenaufdemLande HäuschenaufdemLande?«

»Ja, Sir«, sagte Schlagetot Nr. 2.

»Nett und abgeschieden«, witzelte seine rechte Hand.

Nach ein paar vergeblichen Anläufen regte ich an (jetzt sehr gefasst, verbindlich und cool), dass es am allernettesten wäre, wenn wir den alten Martland anriefen – ein entzückender Bursche, hat mit mir die Schulbank gedrückt. Sie schienen nur zu gern dieser Anregung folgen zu wollen, und als nächstes quetschten wir uns alle drei in ein zufällig vorbeifahrendes Taxi, und Schlagetot Nr. 2 flüsterte dem Fahrer eine Adresse ins Ohr, als ob ich Martlands Adresse nicht genauso gut wie meine Steuernummer kennen würde.

»Northampton Park, *Canonbury?*« sagte ich kichernd, »seit wann nennt der alte Martland es denn Canonbury?«

Sie lächelten mich beide freundlich an. Das war fast so schlimm, als würde Jock höflich lächeln. Meine Körpertemperatur fiel um ganze zwei Grad, das konnte ich fühlen. Natürlich Fahrenheit; ich möchte keineswegs übertreiben.

»Ich meine, das ist ja noch nicht mal Islington«, brabbelte ich, jetzt bereits *diminuendo,* »schon eher Newington Green, wenn Sie mich fragen. Ich meine, was für ein lächerlicher ...«

Ich hatte gerade bemerkt, dass im Inneren des zufällig vorbeigekommenen Taxis einiges von der üblichen Ausstattung wie ein Aushang mit den Fahrpreisen, Reklame oder *Türgriffe* fehlte. Was es dagegen gab, waren ein Funksprechgerät und eine einzelne, an einer Ringschraube im Boden befestigte Handschelle. Ich verstummte.

Sie schienen nicht der Ansicht zu sein, dass sie die Handschelle brauchen würden; sie saßen einfach da und betrachteten mich nachdenklich, ja fast freundlich, als ob sie meinte Tanten wären, die sich fragten, was ich wohl gern zum Tee hätte.

Wir fuhren just in dem Moment vor Martlands Haus vor, als seine Eierschaukel, ein Mini, von der Balls Pond Road her antrudelte. Sie parkte ziemlich schlecht ein und spuckte einen schlechtgelaunten und durchnässten Martland aus.

Das war sowohl gut als auch schlecht.

Gut, weil es bedeutete, dass Martland der Belagerung meiner Wohnung nicht sehr lange beigewohnt haben konnte; Jock hatte, seinem Auftrag entsprechend, offensichtlich alle Alarmeinrichtungen miteinander verbunden, und als Martland, meisterlich auf Zelluloid gebannt, sich seinen Weg durch meine Eingangstür bahnte, hatte er sicherlich mit einer Bull-O-Bashan-MK-IV-Sirene Bekanntschaft geschlossen und war in einen mächtigen Schauer aus der automatischen Sprinkleranlage geraten. Zudem hatte wohl eine durchdringend schrille Alarmglocke, die unerreichbar hoch über der Haustür angebracht war, zu dem Spaß beigetragen, und auf dem Polizeirevier in der Half Moon Street wie auch bei der Niederlassung einer international bekannten Wachgesellschaft in der Bruton Street, die ich stets nur die »Feste-drauf-Jungens« nannte, hatten blinkende Lichter verrückt gespielt. Eine niedliche kleine japanische Kamera, die automatisch Momentaufnahmen macht, hatte pausenlos von ihrem luftigen Standort im Kronleuchter aus geklickt, und dann – das war das Schlimmste – war sicher die zänkische Concierge aufgebracht die Treppe heraufgestapft, wobei ihre bösartige Zunge wie die Viehpeitsche eines Buren hin und her zischte.

Lange bevor ich mit Mr. Spinoza Freundschaft schloss, hatte er ein paar Freunde gebeten, sich »um meine Höhle zu kümmern«, also wusste ich im großen und ganzen, wie so was aussah. Der Lärm der Alarmglocken und Sirenen ist unbeschreiblich, der Wassersturz unabwendbar, das Durcheinander von vierschrötigen Beschattern, die ihre Tage pennend im Auto verbringen, Sicherheitstypen mit haarigen Ärschen und gewöhnlichen Schurken ist ganz schauderhaft, und das deutlich über allem vernehmbare, abscheulich schrillende Mundwerk der Concierge ist unerträglich. Armer Martland, dachte ich fröhlich.

Vielleicht sollte ich erklären, dass

(a) die SEG-Leute keine Ausweise tragen und bemüht sind, der regulären Polizei nicht bekannt zu werden, denn ein Teil ihrer Arbeit besteht darin, unbotmäßige Bullen auszusortieren;

(b) gewisse Ratten aus der Unterwelt vor kurzem in einzigartiger Voraussicht und unter der Vorgabe, SEG-Angehörige zu sein, einige schmutzige und absichtlich schlecht ausgeführte »Jobs« erledigt haben;

(c) sich die reguläre Polizei noch nicht mal besonders für die echte SEG interessiert;

(d) die unbekümmerten Kumpels meiner Sicherheitsfirma ihren Geschossen, Funkgeräten, Farbspraydosen, Dobermannpinschern und Gummiknüppeln einen prima Auftritt verschaffen, lange bevor sie irgendwelche Fragen stellen.

Du meine Güte, musste das ein Tohuwabohu gewesen sein. Und dank der kleinen Kamera würde meine Wohnung sicher von Mrs. Spon und auf Kosten eines Dritten hübsch renoviert werden – das war sowieso schon längst fällig gewesen, fand ich.

Du meine Güte, wie wütend Martland sein musste.

Ja, das war natürlich das Schlechte an der Sache. Er warf mir kurz einen kalten Blick zu, als er geräuschlos (fette Männer bewegen sich mit erstaunlicher Grazie und so weiter) die Stufen hinaufsprang, dabei zuerst seine Schlüssel fallen ließ, dann seinen Hut, auf den er trat, und uns schließlich ins Haus voranging. Ich vermutete, dass all das nichts Gutes für C. Mortdecai bedeutete. Als Schlagetot Nr. 2 beiseite trat, um mich vorbeizulassen, blickte er mich so freundlich an, dass ich spürte, wie mein Frühstück im Dünndarm aufwallte. Tapfer meine Hinterbacken zusammenkneifend, schlenderte ich hinein und sah mich mit einem nachsichtigen Schnauben um in dem, was er wahrscheinlich seinen Salon nannte. Derart gemusterte Vorhänge hatte ich, seitdem ich die Hausmutter in meiner Besserungsanstalt verführt hatte, nicht mehr gesehen; bei dem Teppich handelte es sich um das Überbleibsel aus dem Foyer eines Provinzkinos, und die Tapete war mit kleinen silbergrauen Liliensträußchen gemustert. Ja, wirklich. Natürlich war alles tadellos sauber. Wenn man die Augen schloss, hätte man vom Fußboden essen können.

Sie sagten, dass ich mich setzen könne, ja, sie drängten mich nachgerade dazu. Ich fühlte, wie meine Leber schwer und dumpf gegen mein Herz drückte. Der Appetit auf ein Mittagessen war mir vergangen.

Martland, der umgezogen und trocken wiederauftauchte, war wieder ganz der alte und freute sich diebisch. »Tja, tja, tja«, sagte er und rieb sich die Hände, »tja, tja.«

»Ich muss jetzt gehen«, sagte ich entschlossen.

»Nein, nein, nein«, rief er, »aber warum denn, du bist doch gerade erst gekommen. Was möchtest du trinken?«

»Einen kleinen Whisky, bitte.«

»Sehr gut.« Er goss sich einen großen ein, mir jedoch nichts.

Ha, ha, dachte ich. »Ha, ha«, sagte ich laut und tapfer.

»Ho, ho«, entgegnete er durchtrieben.

Dann saßen wir fünf Minuten schweigend beisammen; sie warteten offensichtlich darauf, dass ich anfinge zu protestieren, ich dagegen war entschlossen, nichts dergleichen zu tun, sorgte mich nur ein wenig, dass Martland noch ärgerlicher werden könnte. Die Minuten gingen dahin. Ich konnte eine große, billige Uhr ticken hören, so altmodisch waren diese Burschen. Ein kleines Ausländerkind rannte draußen auf dem Bürgersteig vorbei und schrie »M'Gawa! M'Gawa!« oder so ähnlich, Martlands Ausdruck war der eines schmunzelnden, selbstzufriedenen Hausherrn, der von lieben Freunden umgeben und mit Portwein angefüllt ist und dem der Sinn nach guten Gesprächen steht. Das schwüle, kribbelnde, vom Lärm des fernen Verkehrs summende Schweigen quälte sich dahin. Ich wollte auf die Toilette gehen. Sie blickten mich noch immer an; höflich, aufmerksam und kompetent.

Schließlich hievte sich Martland mit erstaunlicher Grazie und so weiter auf die Füße, legte eine Schallplatte auf und stellte den Ton sorgfältig so ein, dass er gleichmäßig aus den großen Stereolautsprechern kam. Es war diese wunderbare Platte, auf der die Züge vorbeifahren und die wir uns alle damals gekauft haben, als wir uns unsere erste Stereoanlage leisten konnten. Ich werde ihrer nie müde.

»Maurice«, sagte er höflich zu einem seiner Rowdies, »würdest du freundlicherweise die Zwölf-Volt-Hochspannungsautobatterie holen, die am Ladegerät im Keller hängt? Und Alan«, fuhr er fort, »würdest du bitte die Vorhänge zu- und Mr. Mortdecais Hosen herunterziehen?«

Tja – was kann man tun, wenn einem dergleichen widerfährt? Sich wehren? Welchen Ausdruck sollte man seinen Wohlgestalten Zügen verleihen? Verachtung? Empörung? Würdige Unbekümmertheit? Während ich noch nach einem geeigneten Ausdruck suchte, wurde ich geschickt und flink meiner Dessous beraubt, und alles, was ich empfand, war blanke Panik. Martland wandte mir taktvoll den Rücken zu und beschäftigte sich damit, ein paar Dezibel mehr aus der Stereoanlage herauszuholen. Maurice – für immer werde ich ihn als Maurice im Gedächtnis behalten – hatte locker die erste Elektrode angebracht, als ihm Martland voller Liederlichkeit bedeutete, die zweite anzuklemmen. Mit wundervollem Timing näherte sich der Flying Scotsman lautstark und in Stereo einem Bahnübergang. Ich tat es ihm in Mono gleich.

Und so schleppte sich der lange Tag dahin. Allerdings nur noch ein paar Minuten, muss ich zugeben. Ich kann alles ertragen, außer Schmerzen, zudem ist mir der Gedanke, dass mich jemand absichtlich quält und es ihm nicht mal was ausmacht, einfach unerträglich. Sie schienen instinktiv den Punkt zu kennen, an dem ich mich entschließen würde, *capivi* zu schreien, denn als ich erneut zu Bewusstsein kam, hatten sie mir die Hosen wieder angezogen und knapp neben meiner Nase stand ein großes Glas Whisky, auf dessen Rand perlende Bläschen blinkten. Ich trank es aus, während ihre Gesichter langsam wieder Kontur annahmen; sie wirkten freundlich, schienen zufrieden mit mir, ja stolz auf mich. Ich fühlte, dass ich ihnen Ehre gemacht hatte.

»Alles in Ordnung mit dir, Charlie?« erkundigte sich Martland besorgt.

»Ich muss jetzt auf die Toilette«, sagte ich.

»Aber ja doch, lieber Junge, aber ja. Maurice, hilf Mr. M.«

Maurice brachte mich runter aufs Klo der Kinder; sie würden erst in einer Stunde aus der Schule kommen, erklärte er. Die Eichhörnchen und Häschen in Käthe-Kruse-Manier fand ich sehr tröstlich. Ich bedurfte des Trostes.

Als wir zurück in den Salon kamen, erklang Schwanensee. Martland hat ein ziemlich schlichtes Gemüt, wahrscheinlich legt er Ravels Bolero auf, wenn er Verkäuferinnen verführt.

»Na, nun erzähl schon«, sagte er leise, beinahe behutsam. Vermutlich ist das seine Vorstellung von einem Engelmacher aus der Harley Street.

»Mir tut mein Unterteil weh«, jammerte ich.

»Ja, ja«, sagte er. »Aber das Foto.«

»Ach«, sagte ich wohlüberlegt und nickte, »die Fokodafien. Du hast mir zuviel Whisky auf 'nen leeren Magen verpasst. Du weißt doch, dass ich nichts gegessen habe.« Und damit erstattete ich ihnen reichlich dramatisch einen Teil des Whiskys zurück. Martland blickte ziemlich gequält drein, aber ich fand, dass die Wirkung auf seinen Sofabezug eine verbessernde war. Die nächsten zwei, drei Minuten standen wir durch, ohne dass die neu entdeckten Artigkeiten im Umgang allzu großen Schaden litten. Martland erläuterte, dass sie tatsächlich um Viertel nach fünf an diesem Morgen eine Fotografie in der Nationalgalerie gefunden hätten. Sie hatte hinter dem Bild *Odysseus verspottet Polyphem* (Nr. 508) gesteckt. Mit der Stimme, die er sonst vor Gericht einsetzte, fuhr er fort: »Das Foto zeigt, äh, zwei erwachsene Männer, die sich einig sind – äh, ja, einig.«

»Du meinst, sie haben Verkehr?«

»Genau.«

»Und eins der Gesichter ist herausgeschnitten?«

»Beide Gesichter.«

Ich stand auf und ging hinüber zu meinem Hut. Die beiden Tölpel bewegten sich nicht, wirkten aber irgendwie wachsam. Ich war jedoch nicht in der Verfassung, aus dem Fenster zu hechten. Ich riss das Schweißband aus dem Hut, zog das Steifleinen ein wenig auseinander und offerierte Martland eine kleine ovale Fotografie. Er schaute sie verblüfft an.

»Nun, mein Lieber«, sagte er sanft, »spann uns nicht auf die Folter. Wer ist der Herr?«

Jetzt war ich an der Reihe, verblüfft auszusehen. »Weißt du das wirklich nicht?«

Er sah sie sich nochmal an.

»Heutzutage hat er mehr Haare im Gesicht«, half ich ihm auf die Sprünge.

Er schüttelte den Kopf.

»Ein Bursche namens Gloag«, klärte ich ihn auf. »Bei seinen Freunden aus irgendeinem obszönen Grund als ›Pfandflasche‹ bekannt. Er hat das Foto selbst aufgenommen. In Cambridge.«

Plötzlich, aus unerfindlichen Gründen, sah Martland wirklich sehr besorgt aus, desgleichen seine Kumpel, die sich herandrängten und das kleine Bild von Hand zu schmieriger Hand gehen ließen. Dann begannen sie alle zu nicken, erst zögernd, dann entschieden. Sie wirkten ziemlich komisch, aber ich fühlte mich zu zerschlagen, um den Augenblick richtig genießen zu können.

Martland wirbelte zu mir herum, und sein Gesichtsausdruck war jetzt wirklich bösartig. »Na komm schon, Mortdecai«, sagte er, jetzt bar aller Höflichkeit, »erzähl mir alles, und zwar schnell, bevor ich die Geduld verliere.«

»Ein Sandwich?« fragte ich schüchtern. »Oder eine Flasche Bier?«

»Später.«

»Na gut. Pfandflasche Gloag hat mich vor drei Wochen aufgesucht. Er gab mir sein herausgeschnittenes Gesicht und bat mich, es sicher für ihn aufzubewahren, es bedeute einen Freifahrtschein für ihn und Geld auf der Bank für mich. Er wollte das nicht näher erläutern, aber ich wusste, dass er nicht versuchen würde, mich reinzulegen. Er hat Angst vor Jock. Er sagte, dass er mich von nun an täglich anrufen würde, und falls er es einmal nicht täte, bedeute das, dass er in Schwierigkeiten stecke. Ich sollte dann dich informieren, und du solltest dich bei Turner in der Nationalgalerie erkundigen. Das ist alles. Soweit ich weiß, hat es nichts mit dem Goya zu tun. Ich hab' die Gelegenheit nur genutzt, dir den Hinweis zukommen zu lassen. Sitzt Pfandflasche denn tatsächlich in der Patsche? Hältst du ihn vielleicht in deinem verdammten Landkrankenhaus fest?«

Martland antwortete nicht. Er stand nur da, blickte mich an und rieb sich die Wange, was ein unangenehmes kratzendes Geräusch verursachte. Ich konnte beinahe hören, wie er sich fragte, ob mir die Batterie nicht noch ein wenig mehr der Wahrheit entlocken könnte. Ich hoffte nicht; die Wahrheit musste in wohldosierten Portionen verabreicht werden, damit er für spätere Lügen so richtig Appetit bekam. Vielleicht befand er, dass ich die Wahrheit gesagt hatte, vielleicht aber auch nur, dass es schon genug gab, worum er sich Sorgen machen musste.

Tatsächlich hatte er keine blasse Ahnung, worum er sich alles Sorgen machen musste.

»Verschwinde«, sagte er schließlich.

Ich nahm meinen Hut, strich ihn glatt und setzte mich in Richtung Tür in Bewegung.

»Bitte bleib in der Stadt?« soufflierte ich unter der Tür.

»Bitte bleib in der Stadt«, stimmte er geistesabwesend zu. Ich wollte ihn nicht an das Sandwich erinnern.

Ich musste Meilen gehen, ehe ich ein Taxi fand. Es hatte alle Türgriffe. Ich fiel in tiefen Schlaf, den Schlaf eines guten, erfolgreichen Lügners. Du meine Güte, die Wohnung sah wirklich aus wie ein Saustall. Ich rief Mrs. Spon an und sagte ihr, dass ich nun endlich bereit sei zu renovieren. Sie kam noch vor dem Abendessen vorbei und half uns aufzuräumen (der Erfolg hat sie nicht verdorben), und danach verbrachten wir eine glückliche Stunde vor dem Kamin damit, Möbelstoffe, Tapeten und so weiter auszusuchen. Anschließend saßen wir alle drei um den Küchentisch herum und aßen eine Riesenmenge Gebratenes, wie es heutzutage nur noch wenige machen können.

Nachdem Mrs. Spon gegangen war, sagte ich zu Jock: »Weißt du was, Jock?«

Und er sagte: »Nein, was?«

»Ich glaube, Mr. Gloag ist tot.«

»Die Gier, vermut' ich«, sagte Jock kurzangebunden. »Wer, meinen Sie, hat ihn denn umgebracht?«

»Mr. Martland, würde ich meinen. Aber ich glaube, diesmal wünscht er sich, er hätte es lieber nicht getan.«

»Häh?«

»Ja. Gute Nacht, Jock.«

»Gute Nacht, Mr. Charlie.«

Ich zog mich aus und schmierte noch ein wenig Balsam auf meine Wunden. Plötzlich fühlte ich mich bis in die Knochen müde – das passiert mir nach der Folter immer. Jock hatte mir eine Wärmflasche ins Bett gelegt, der gute Kerl. Er kennt sich eben aus.

 3

*Halb schien's, als ob sich eine Falle stellt,*
*Wie schon einmal, ich kannt's von ferne her,*
*Vielleicht aus einem Traum. Es ist zu schwer,*
*Unmöglich ist dein Plan ... Und wie man innehält,*
*Aufgeben will, wie so schon oft: da fällt*
*Das Gitter zu – und du entkommst nicht mehr!*
Herr Roland kam zum finstern Turm

Die Sonne ging für mich wie immer pünktlich um zehn Uhr mit einer der besten Tassen Tee auf, mit der zu tändeln ich je das Vergnügen hatte. Der Kanarienvogel war fabelhaft bei Stimme. Die Welt hatte mich erneut wieder. Ich zuckte kaum zusammen, als sich die durch Martlands Batterie verursachten Blasen bemerkbar machten, obwohl ich mich einmal dabei ertappte, dass ich mir Pantagruels Gänsehals wünschte.

Ich plauschte lange per Telefon mit meinem Versicherungsagenten und erklärte ihm, wie er Martland für die Beschädigung meiner Einrichtung drankriegen könnte, und sagte ihm die Aufnahmen der Eindringlinge zu, sobald Jock sie entwickelt hätte.

Dann kleidete ich mich in einen umwerfenden, leichten Sommeranzug aus Kammgarn, einen Panamahut und ein Paar sündteurer handgefertigter Wildlederschuhe. (Wenn ich mich recht erinnere, bestand mein Binder aus einem Seidenschal, dessen vorherrschender Farbton *merde d'oie* war. Warum Sie das allerdings interessieren sollte, kann ich mir nicht vorstellen.) Derart gekleidet und meine Blasen gut einbalsamiert, schlenderte ich zum Park, um den Pelikan und andere gefiederte Freunde zu inspizieren. Sie waren in großartiger Verfassung. »Dieses Wetter«, so schienen sie zu sagen, »ist einfach fabelhaft.« Ich gab ihnen meinen Segen.

Dann durchstreifte ich die verslumte Kunsthändlergegend, wobei ich sorgsam darauf bedacht war, beim Blick in die Schaufenster – oh, Pardon, *Galerie*fenster – angesichts all der schäbigen Shayers und Koekkoeks von der Stange einen neutralen Ausdruck beizubehalten. Nach einer Weile war ich sicher, dass ich weder von vorn noch von hinten beschattet wurde (merken Sie sich das, es ist wichtig), und wandte mich dem Mason's Yard zu. Auch dort gibt es natürlich Galerien, aber ich wollte Mr. Spinoza aufsuchen, den man nur in ganz besonderer Hinsicht einen Kunsthändler nennen kann.

Moishe Spinoza Barzilai ist in Wahrheit Basil Wayne & Co., jener großartige Limousinenproduzent, von dem sogar Sie, meine unwissenden Leser, schon gehört haben müssen, wenngleich nicht einmal nullkommaein Prozent von Ihnen sich je seine wunderbaren Karosserieausführungen, geschweige denn seine prächtigen Polsterarbeiten wird leisten können. Es sei denn natürlich, dass dieser Lesestoff in Anbetracht Ihrer Stellung im Leben unter ihrem Niveau ist und Sie zufällig ein indischer Maharadscha oder ein texanischer Ölmillionär sind.

Mr. Spinoza kreiert sehr spezielle, einmalige Karosserien für die großen Autos dieser Welt. Er hat von Hooper und Mulliner gehört und spricht freundlich, wenn auch etwas vage, von ihnen. Wenn er Lust dazu hat, restauriert er gelegentlich einen erlesenen Rolls, Infanta oder Mercedes oder erschafft ihn auch neu. Bugattis, Cords, Hirondelles und Leyland Straight-Eights und drei weitere Spitzenmarken zieht er in Erwägung. Wenn man ihn aber bäte, einen Mini mit Flechtwerk und silbernem Kondomspender aufzumotzen oder in einen Jaguar verstellbare Liegesitze zum Zwecke der Unzucht einzubauen, dann würde er einem glatt ins Gesicht spucken. Tatsächlich. Am meisten liebt er den Hispano-Suiza, den »Izzer-Swizzer«, wie er ihn nennt. Versteh' ich selbst nicht, aber so ist es nun mal.

Nebenbei beschäftigt er sich außerdem mit Verbrechen. Ist so eine Art Hobby von ihm; das Geld braucht er nicht.

Er baute gerade für meinen besten Kunden einen späten Rolls Royce Silver Ghost um, den zu inspizieren ich gekommen war. Mein Kunde, Mr. Milton Krampf (ja, tatsächlich) hatte ihn von einem rechten Schurken erworben, der ihn aufgebockt auf einem Bauernhof gefunden hatte, wo er – nach einer langen Karriere als Viehtransporter, Leichen- und Lieferwagen, Kombiwagen, hochherrschaftliches Hochzeitsgeschenk und mobiles Vögel-Lager, all das natürlich in umgekehrter Reihenfolge – als Häcksel- und Rübenschneidemaschine gedient hatte. Mr. Spinoza hatte sechs genau dazu passende Räder zu je einhundert Pfund aufgetrieben, eine peinlich genaue Nachbildung der Karosserie des *Roi-des-Belges*-Kabrioletts gefertigt und ihn mit sechzehn Schichten Queen-Anne-Weiß versehen, deren jede er nass und trocken abgerieben hatte. Jetzt gab er den Sitzen aus marokkanischem olivgrünem Knautschleder den letzten Schliff und bearbeitete mit einer Bürste aus Iltishaar schwungvoll die wunderschönen Arabesken der Karosseriekurven. Natürlich tat er diese Arbeit nicht selbst; er ist blind. Oder vielmehr »war« blind.

Ich spazierte um den Wagen herum und bewunderte ihn platonisch. Es hatte keinen Zweck, sich ihn zu wünschen – es war ein Auto für reiche Leute. Er würde pro Meile mehr als einen Liter Benzin verbrauchen, was in Ordnung ist, wenn man ein Ölfeld besitzt. Milton Krampf besitzt eine Menge Ölfelder. Alles in allem würde ihn der Wagen an die 24 000 Pfund kosten. Das zu bezahlen, würde ihm ungefähr genauso weh tun, wie in der Nase zu bohren. (Es heißt, dass ein Mann, der weiß, wie reich er ist, gar nicht reich ist – nun, Krampf weiß es. Jeden Tag ruft ihn eine Stunde nach Eröffnung der New Yorker Börse ein Mann an und erklärt ihm genau, wie reich er ist. Das ist der Höhepunkt seines Tages.)

Ein frecher Lehrling sagte mir, Mr. Spinoza befinde sich im Büro, und ich bahnte mir einen Weg dorthin.

»Hallo, Mr. Spinoza«, sagte ich fröhlich, »ist das heute nicht ein schöner Morgen?«

Er blickte scheel auf eine Stelle etwa drei Zoll über meiner linken Schulter. »Hu herhammter Hastard«, geiferte er. (Wissen Sie, er hat keinen Gaumen. Bedauernswerter Bursche.) »Hu alter Hutterficker. Wie hannst hu es hagen, hier hoch hein heschissenes Hesicht hu heigen, hu Arschgeihe?«

Der Rest war ein bisschen unanständig, also werde ich ihn nicht wörtlich zitieren. Was ihn so verärgert hatte, war, dass ich ihm am Tag zuvor meinen MGB mit der kleinen Besonderheit in der Dachverkleidung zu so früher Stunde geschickt hatte. »Heim ersten Hahenschiss«, wie er sich treffend ausdrückte. Zudem hatte er Angst, man könnte glauben, dass er daran arbeitete, und vor seinem inneren Auge war die schauderhafte Vision langer Reihen von Burschen mit Schiebermützen aufgetaucht, die darauf bestanden, dass er ihre MGBs umspritzte.

Als er vorläufig nichts mehr zu sagen hatte, sprach ich ihn entschlossen an. »Mr. Spinoza«, sagte ich. »Ich bin nicht gekommen, um mein Verhältnis zu meiner Mammi mit Ihnen zu erörtern, das ist allein eine Sache zwischen meinem Psychiater und mir. Ich bin gekommen, um dagegen zu protestieren, dass Sie Jock gegenüber, der, wie Sie wissen, sehr sensibel ist, schmutzige Worte gebrauchen.«

Mr. S. gebrauchte weitere *sehr* schmutzige Worte und einige, die ich nicht verstand, die aber vermutlich unanständig waren. Als sich die Atmosphäre etwas gereinigt hatte, bot er mir verbittert an, zusammen mit mir zum Rolls hinüberzugehen und dort über Scheinwerfer zu sprechen. Zu meiner Überraschung und Betrübnis erblickte ich in der Werkstatt einen großen, vulgären Duesenburg – wenn ich das richtig buchstabiere – und teilte Mr. Spinoza selbiges auch mit, worauf er erneut in die Luft ging. Ich habe nie Töchter gehabt, das hinderte Mr. Spinoza aber nicht daran, mir ihre Karrieren von der Wiege bis in die Gosse zu schildern. Ich lehnte mich seitlich an den Silver Ghost und bewunderte seine Sprachbeherrschung. Alexander Pope (1688–1744) hätte das Ganze folgendermaßen zusammengefasst: *A feast of reason and a flow of soul*, ein Fest des Verstandes und ein Strömen der Seele.

Während wir so artig Konversation machten, erreichte uns vom südlichen Ende des Masons's Yard ein Laut, den ich am besten mit DONK beschreiben kann. Mehr oder minder gleichzeitig war knapp einen Meter nördlich meines Bauchnabels etwas wie WÄNG zu vernehmen, und auf der Tür des Silver Ghost erschien eine Art großer Pickel. Zwischen zwei Wimpernschlägen zählte ich hastig zwei und zwei zusammen und warf mich, ohne einen Gedanken an meinen kostspieligen Anzug, zu Boden. Wissen Sie, ich bin ein Feigling mit Erfahrung. Mr. Spinoza, dessen Hand auf der Tür gelegen hatte, wurde klar, dass es jemand auf seine Karosseriearbeit abgesehen hatte. Er erhob sich zu voller Größe und rief: »Oi!« oder vielleicht auch »Oje!«

Draußen erklang ein weiteres DONK, diesmal nicht von einem WÄNG, sondern einem leise platschenden, breiigen Geräusch gefolgt, und ein Großteil von Mr. Spinozas Hinterkopf verteilte sich großzügig über die Wand hinter uns. Ich freue mich, sagen zu können, dass nichts davon meinen Anzug beschmutzte. Auch Mr. Spinoza ging nun zu Boden, aber jetzt war es natürlich zu spät. Ein blauschwarzes Loch zeigte sich in seiner Oberlippe, und eine Gebisshälfte lugte aus einem Mundwinkel hervor. Er sah ziemlich scheußlich aus. Ich wünschte, ich könnte behaupten, dass ich ihn gemocht hatte, aber das war nie der Fall gewesen.

Gentlemen meines Alters verdrücken sich eigentlich nie im Sonntagsstaat und auf allen vieren über ölverdreckte Werkstattböden, besonders dann nicht, wenn sie teure und ziemlich neue leichte Sommeranzüge aus Kammgarn tragen. Dies jedoch war eindeutig ein Tag, um von Prinzipien abzuweichen, also hielt ich meine Nase unten und verdrückte mich, mit Erfolg. Ich muss absurd ausgesehen haben, aber ich schaffte es in den Hof und über ihn hinweg zum Eingang der O'Flaherty-Galerie. Mr. O'Flaherty, der meinen Vater gut gekannt hatte, ist ein ältlicher Jude namens Groenblatter oder so. Er ist so dunkelhäutig wie ein Äthiopier. Als er mich sah, hob er die Hände an die Wangen und bewegte seinen Kopf vor und zurück, wobei er wehklagend etwas wie Mmm-Mmm-Mmm auf G über dem hohen C anstimmte.

»Wie läuft das Geschäft?« erkundigte ich mich tapfer, aber mit leicht zittriger Stimme.

»Frag bloß nicht, frag bloß nicht«, erwiderte er automatisch, und dann : »Wer hat dich denn so zugerichtet, Charlie, Junge? Irgendein Ehemann? Oder, Gott behüte, irgendeine Ehefrau?«

»Hören Sie, Mister G., niemand hat mich zugerichtet. Bei Mr. Spinoza gibt's ein bisschen Ärger, und ich bin nur schnell abgehauen – wer möchte schon gern in etwas hineingeraten –, als ich stolperte und fiel. Das ist alles. Als guter Freund könnten Sie jetzt Perce bitten, mir ein Taxi zu b-besorgen. Ich fühl' mich nicht so gut.« Irgendwie rede ich immer so mit Mr. G.

Perce, der rattengesichtige kleine Handlanger von Mr. G. (einen guten, großen kann er sich nicht leisten), besorgte das Taxi, und ich versprach, Mr. G. einen guten Kunden zu schicken, da ich wusste, dass ihn das vom Klatschen abhalten würde.

Zu Hause angekommen, fiel ich in einen Sessel, und der verzögert eintretende Schock ließ mich nach Luft japsen. Jock machte mir eine Tasse wunderbar erfrischenden Pfefferminztee, nach der ich mich wesentlich besser fühlte, besonders weil ich mit etwa einem Achtelliter Whisky nachgespült hatte.

Jock wies darauf hin, dass mir die Versicherung einen neuen Anzug zahlen würde, wenn ich behauptete, ein Auto habe mich überfahren. Das vollendete die Heilung und veranlasste mich, mich umgehend zur Versicherung auf den Weg zu machen, denn mein Schadenfreiheitsrabatt ist jetzt ohnehin nur noch ein Traum aus Kindertagen. Um ein düsteres Gemüt aufzuheitern, geht doch nichts über einen kleinen Versicherungsbetrug, glauben Sie mir. In der Zwischenzeit schickte Jock die Kleine vom Portier zu Prunier, um dort einen Imbiss zu holen. Es gab ein hübsches kleines Steinbutt-Soufflé, eine »Varieté Prunier« (sechs auf verschiedene Art zubereitete Austern) und zwei kleine Töpfchen »Crème de chocolat«.

Ich machte ein Nickerchen, und als ich erwachte, war ich bedeutend ruhiger und brachte einen nützlichen Nachmittag damit zu, mit meinem Ultraviolettgerät und einem Fettstift die verschiedenen Übermalungen auf einem großartigen Gemälde eines – na ja, mehr oder weniger – Schülers di Amico di Sandro auszuarbeiten (»verstärken« nennen wir das in der Branche). Dann schrieb ich ein paar Absätze meiner Abhandlung für das *Burlington Magazine,* mit der ich ein für alle Mal beweisen werde, dass die Tallard Madonna im Ashmolean-Museum doch von Giorgione ist.

Zum Abendessen gab es Schweinsrippchen mit Nieren, Pommes frites und Bier. Ich schicke Jock immer mit einem Krug um Bier und lasse ihn dabei eine Schiebermütze tragen. Es scheint dann besser zu schmecken, und ihm macht es überhaupt nichts aus. Das Töchterchen des Portiers würde nicht bedient werden, wissen Sie.

Nach dem Abendessen traf Mrs. Spon mit Kordeln, Glitzerkram und Kretonnemustern für Sofakissen und dergleichen ein sowie mit einem rosafarbenen Moskitonetz für mein Bett. Beim Moskitonetz musste ich standhaft bleiben; ich gebe zu, dass es recht hübsch aussah, aber ich beharrte darauf, dass es hellblau sein sollte, wie es sich für einen Jungen gehört. Ich mag meine kleinen Eigenheiten haben, aber schließlich bin ich doch kein Perverser, oder?

Sie war bereits ein wenig verstimmt, als Martland ankam und wie ein Haufen Unrat in der Tür stand. Er empfand sich gewiss als schüchtern, wirkte nach außen hin aber entschieden unheilvoll.

Widerwillig gaben sie zu, dass sie einander vom Sehen kannten. Mrs. Spon stürzte zum Fenster. Ich kenne eine Menge Männer, die so richtig stürzen können, aber Mrs. Spon ist die letzte, der das gelingt. Es herrschte ein ungemütliches Schweigen von der Art, wie ich sie genieße. Schließlich flüsterte Martland eine Spur zu laut: »Vielleicht solltest du die alte Schnalle auffordern zu gehen.«

Mrs. Spon fuhr zu ihm herum und giftete ihn an. Ich hatte von ihren diesbezüglichen Talenten gehört, aber noch nie den Vorzug genossen, dabeizusein, wenn sie ihr verbales Füllhorn ausschüttete. Es war ein sprachliches und emotionales Fest, und Martland schrumpfte sichtlich. Wenn es darum geht, so richtig vom Leder zu ziehen, kann keiner einer wohlerzogenen, dreimal geschiedenen Frau das Wasser reichen. »Warze auf dem Arsch des Steuerzahlers«, »Lustknabe der Verkehrspolizei« und »Profumo für Arme« sind nur ein paar der hübschen Sachen, die sie ihm aufs Butterbrot schmierte, aber es gab noch mehr, viel mehr. Schließlich rauschte sie hinaus unter finsteren Andeutungen und in einer Woge von *Ragazza*. Sie trug einen Hosenanzug aus Wildleder, aber man hätte schwören können, dass sie eine fünf Meter lange Schleppe aus Brokat von Martland wegzerrte, als sie an ihm vorbeiging.

»Donnerwetter«, sagte er, als sie weg war.
»Ja«, sagte ich zufrieden.
»Tja. Hör mal, Charlie, eigentlich bin ich nur gekommen, um dir zu sagen, wie furchtbar leid mir alles tut.«
Ich bedachte ihn mit einem langen kalten Blick.
»Ich finde«, fuhr er fort, »man hat dir verdammt übel mitgespielt, und ich glaube, ich schulde dir eine Erklärung. Ich möchte dich ins Bild setzen – und es macht mir nichts aus, dass du damit was gegen mich in der Hand hättest –, und ich, äh, möchte dich, äh, um Hilfe bitten.«
Scheibenkleister, dachte ich. »Setz dich«, sagte ich kalt. »Ich selbst ziehe es aus einem dir sicherlich sehr einsichtigen Grund vor zu stehen. Deine Erklärungen und Entschuldigungen werde ich mir zwar anhören, aber darüber hinaus verspreche ich nichts.«
»Ja«, sagte er. Er rutschte ein wenig hin und her wie ein Mann, der erwartet, dass man ihm etwas zu trinken anbietet, und glaubt, man habe nur vergessen, die Honneurs zu machen. Als er feststellte, dass es für ihn tatsächlich ein abstinenter Abend werden würde, nahm er den Faden wieder auf. »Weißt du, warum Spinoza heute morgen erschossen worden ist?«
»Hab' keinen Schimmer«, entgegnete ich gelangweilt, wenngleich mir schon den ganzen Nachmittag eine Reihe von Möglichkeiten durch den Kopf gegangen war. Falsche Möglichkeiten.
»Gemeint warst eigentlich du, Charlie.«
Mein Herz begann, unverantwortlich heftig zu klopfen. Meine Achselhöhlen wurden kalt und nass. Ich wollte auf die Toilette gehen.
Ich meine, Elektrobatterien und dergleichen sind eine Sache, innerhalb vernünftiger Grenzen natürlich, aber dass einen jemand wirklich und endgültig umbringen will, ist eine Vorstellung, die das Hirn nicht fassen kann und die es

auskotzen möchte. Normale Leute verfügen einfach nicht über die geistigen oder gefühlsmäßigen Kategorien, um mit solchen Neuigkeiten fertigzuwerden.

»Wie kannst du da bloß so sicher sein?« fragte ich einen Augenblick später.

»Also, um ehrlich zu sein, Maurice hat geglaubt, dass er tatsächlich *dich* erschossen hat. Auf jeden Fall warst du es, den er erschießen wollte.«

»Maurice?« sagte ich, »*Maurice*? Du meinst *deinen* Maurice? Warum sollte er so was bloß tun?«

»Na ja, um die Wahrheit zu sagen, auf meine Anweisung hin.«

Jetzt setzte ich mich aber doch.

Jocks imposante Gestalt löste sich geschmeidig aus dem Schatten vor der Tür und blieb dann hinter meinem Stuhl stehen. Er atmete ausnahmsweise durch die Nase, was beim Ausatmen ein klagendes, pfeifendes Geräusch ergab. »Sie haben geläutet, Sir?«

Jock ist wirklich unvergleichlich. Stellen Sie sich vor – so etwas zu sagen! Welcher Takt darin liegt, welches *savoir faire,* welchen Auftrieb das dem jungen Herrn in stressigen Zeiten gibt! Ich fühlte mich unendlich besser.

»Jock«, sagte ich, »hast du zufällig einen Schlagring dabei? Es könnte sein, dass ich dich gleich bitten werde, Mr. Martland eins zu verpassen.«

Jock antwortete nicht; er erkennt eine rhetorische Frage, wenn er sie hört. Aber ich merkte, wie er sich auf die Hosentasche klopfte (»meine Kramkiste«, nennt er sie), wo sechs Unzen kunstvoll verarbeitetes Messing seit der Zeit, als er der jüngste jugendliche Delinquent in Hoxton war, ein angenehmes und anrüchiges Leben führen.

Martland schüttelte heftig und ungeduldig den Kopf. »Aber das ist doch wirklich nicht nötig, wirklich nicht. Versuch doch, zu verstehen, Charlie.«

»Versuch du doch, ob ich's verstehe«, sagte ich, grimmig und waidwund.

Er ließ etwas los, was ich für einen Seufzer hielt. »*Tout comprendre, c'est tout pardonner*«, sagte er.

»Na, das ist ja reizend!«

»Hör mal, Charlie, ich habe mir die halbe Nacht mit diesem blutrünstigen alten Verrückten im Innenministerium um die Ohren geschlagen und ihm von unserem Plausch gestern erzählt.«

»Plausch« war gut.

»Als ich ihm erzählte, wieviel du über diese Sache weißt«, fuhr Martland fort, »bestand er darauf, dich ein für alle Mal erledigen zu lassen. Er nannte es ›mit gutem Recht liquidiert‹, dieser beknackte alte Scheißkerl. Hat wahrscheinlich zwischen seinen Tässchen Tee zuviel Krimis gelesen.«

»Nein«, sagte ich freundlich, »dieser Spruch hat noch nicht Eingang in die Schundliteratur gefunden, außer bei der *Sunday Times*. Das ist CIA-Jargon. Wahrscheinlich hat er die Akte über die Ledernacken gelesen.«

»Sei dem, wie ihm wolle«, fuhr er fort, »sei dem, wie ihm wolle« – offensichtlich gefiel ihm diese schwungvolle kleine Redewendung –, »sei dem, wie ihm wolle. Ich versuchte, ihm klarzumachen, dass wir bislang noch gar nicht wissen, was du weißt oder, was noch wichtiger wäre, wo du es erfahren hast, und dass es einfach Wahnsinn wäre, dich zu diesem Zeitpunkt zu liquidieren. Ähm, das heißt natürlich überhaupt je zu liquidieren, aber das konnte ich doch schlecht sagen, oder? Nun ja, ich versuchte, ihn dazu zu bringen, die Sache dem Minister vorzutragen, aber er meinte, dass der Minister wohl schon betrunken sei und sein Arbeitsverhältnis sei nicht dergestalt, dass er ihn ungestraft zu so später Stunde stören könne und überhaupt ... überhaupt musste ich mich fügen, und so hielt ich es heute morgen für das beste, Maurice, der ein impulsives Kerlchen ist, darauf anzusetzen und dir dadurch eine faire Überlebenschance einzuräumen, verstehst du? Und, Charlie, ich bin wirklich froh, dass er den Falschen erwischt hat.«

»Ja«, sagte ich. Aber ich fragte mich doch, wie er gewusst haben konnte, dass ich an diesem Morgen bei Mr. Spinoza sein würde. »Woher wusstest du, dass ich heute morgen bei Mr. Spinoza sein würde?« erkundigte ich mich beiläufig.

»Maurice ist dir gefolgt, Charlie.« Mit großen unschuldigen Augen, lässig.

Verdammter Lügner, dachte ich und sagte: »Aha.«

Ich entschuldigte mich unter dem Vorwand, mir etwas Bequemeres anziehen zu wollen, wie die Tunten sich auszudrücken pflegen. Es handelte sich dabei um eine fabelhaft vulgäre Smokingjacke aus blauem Samt, in die Mrs. Spon einstmals mit eigener Hand sinnreich entworfenes Gurtband eingenäht hatte, das einen ziemlich altersschwachen vergoldeten Revolver – Kaliber ungefähr .28 – an Ort und Stelle hielt, wie ihn zu früheren Zeiten Spieler auf Mississippidampfern getragen haben. Ich hatte nur noch elf der altertümlichen Patronen und ernsthafte Zweifel bezüglich ihrer Wirksamkeit, ganz zu schweigen von ihrer Sicherheit. Aber schließlich brauchte ich sie nicht zum Töten, sondern um mich jung, zäh und kompetent zu fühlen. Leute, die Pistolen haben, um andere Leute umzubringen, bewahren sie in Schachteln oder Schubladen auf; man trägt sie nur, wenn man aufrecht im Sattel sitzen will. Ich spülte mir den Mund mit Mundwasser, erneuerte die Vaseline auf meinen Blasen und trabte aufrecht wie nur einer zurück ins Wohnzimmer.

Ich blieb hinter Martlands Stuhl stehen und sann darüber nach, wie sehr mir sein Hinterkopf missfiel. Nicht, dass dort Schweineborsten auf teutonischen Speckrollen gesprossen wären, er strahlte lediglich eine gepflegte und hassenswerte Selbstgefälligkeit aus und ungerechtfertigte, aber nicht unterzukriegende Anmaßung. Etwa so wie bei einer Journalistin.

Ich beschloss, dass ich mir den Luxus erlauben könnte, die Geduld zu verlieren. Das würde genau in das Bild passen, das ich vermitteln wollte. Ich holte die kleine Pistole heraus und bohrte die Mündung in seine rechte Ohrmuschel. Er saß mucksmäuschenstill – mit seinen Nerven war scheinbar alles in Ordnung – und sprach in kläglichem Ton. »Sei um Himmels willen vorsichtig mit dem Ding, Charlie, diese alten Patronen sind höchst unsicher.«

Ich bohrte ein bisschen tiefer, dadurch fühlten sich meine Blasen gleich besser an. Das sah ihm ähnlich, dass er sich meinen Waffenschein angesehen hatte. »Jock«, sagte ich entschieden, »wir werden Mr. Martland defenestrieren.«

Jocks Augen leuchteten auf.

»Ich hol' eine Rasierklinge, Mr. Charlie.«

»Nein, nein, Jock, du hast mich falsch verstanden. Ich wollte sagen, dass wir ihn aus dem Fenster werfen. Aus deinem Schlafzimmerfenster, würde ich meinen. Ach ja, vorher werden wir ihn ausziehen und dann behaupten, dass er dir Avancen gemacht hätte und dann aus unerwiderter Liebe aus dem Fenster gesprungen ist.«

»Also wirklich, Charlie, das ist 'ne verdammt gemeine Idee. Denk doch bitte an meine Frau.«

»Ich denke nie an die Frauen von Polizisten. Ihre Schönheit benebelt mich wie Wein. Außerdem wird die Sache mit der Sodomie den Minister veranlassen, den ganzen Vorgang löschen zu lassen, was uns beiden sehr zupass käme.«

Jock führte ihn bereits nach der »Bitte-kommen-Sie-unauffällig-mit«-Methode aus dem Zimmer, die auf schmerzhafte Weise mit dem kleinen Finger des Opfers zu tun hat. Jock hat das von einem Pfleger in der Psychiatrie gelernt. Kompetente Burschen, das.

Wie immer war Jocks Zimmer voll von etwas, was in der Londoner Innenstadt als frische Luft bezeichnet wird. Das Zeug strömte aus dem weit geöffneten Fenster herein.

(Warum nur baut man Häuser, um das Wetter draußen zu halten, und bricht dann Löcher in die Wände, um es wieder hereinzulassen? Ich werde das nie verstehen.)

»Zeig Mr. Martland die hübschen spitzen Eisenzäune, die wir hier in der Gegend haben, Jock«, sagte ich gehässig. (Sie haben keine Vorstellung, wie gehässig meine Stimme klingen kann, wenn ich mir Mühe gebe. Ich war mal Adjutant beim Militär.) Jock hielt ihn raus, damit er die Gitter sehen konnte, und fing dann an, ihn auszuziehen. Er stand einfach da, wehrte sich nicht, und ein unsicheres Lächeln zitterte in einem Mundwinkel, bis Jock damit begann, seinen Gürtel aufzumachen. Dann fing er gehetzt an zu reden.

Der Tenor ging dahin, dass er, ließe ich von meinem Vorhaben ab,

(I) mir zu den sagenhaften Schätzen des Orients verhelfen,

(II) mir unerschütterlichen Respekt und Wertschätzung erweisen,

(III) mir und den Meinen rechtliche Immunität verschaffen würde, jawohl, sogar bis ins dritte und vierte Glied. An dieser Stelle spitzte ich ein Ohr. (Ich wünsche mir so, dass ich meine Ohren wirklich bewegen könnte, Sie nicht? Der Schatzmeister meines College konnte das.)

»Das interessiert mich außerordentlich«, sagte ich. »Setz ihn für einen Augenblick ab, Jock, jetzt packt er aus.«

Wir krümmten ihm kein Haar mehr, er erzählte ganz von selbst weiter und weiter. Man muss kein Feigling sein, um eine Abneigung dagegen zu hegen, zehn Meter tief auf ein schmiedeeisernes Gitter zu fallen – besonders, wenn man nackt ist. Ich bin sicher, dass ich an seiner Stelle geschluchzt hätte.

Wie sich herausstellte, war bis jetzt folgendes passiert:

Pfandflasche Gloag hatte mit einem außergewöhnlichen Mangel an Feingefühl ausgerechnet seinem alten College-Kumpel – dem zweiten Mann auf dem Bildchen »Traute Zweisamkeit« – die Daumenschrauben angelegt, indem er ihm einen 35-mm-Kontaktabzug dieses unanständigen Fotos schickte. (Das war keinesfalls Teil dessen, was abgesprochen war, und höchst ärgerlich. Ich vermute, der arme Junge brauchte Taschengeld – hätte er doch bloß mich gefragt.) Der jetzt sehr unnahbare Kumpel, der in Furcht vor der Schwester seiner Frau und anderer Verwandtschaft lebte, hatte beschlossen, die nicht unerhebliche Summe, um die es ging, auszuspucken, hatte aber außerdem einen Unterabteilungsleiter der Polizei zum Abendessen eingeladen und beim Portwein vorsichtig Fragen gestellt wie: »Was macht ihr heutzutage eigentlich mit Erpressern, hm, Freddy?« Der Unterabteilungsleiter, der gewisses unveröffentlichtes Material über den Kumpel im Tresor eines Zeitungsverlegers gesehen hatte, scheute wie ein erschreckter Hengst. Er kam zu dem Schluss, dass es sich um etwas handelte, das zu wissen er sich nicht leisten konnte, und gab dem Kumpel – vielleicht in boshafter Absicht – Namen und Telefonnummer des alten Martland. »Nur für den Fall, dass jemand aus Ihrer Bekanntschaft mal belästigt wird, Sir, ha, ha.«

Unser Kumpel bittet dann Martland, mit ihm zu Abend zu essen, und erzählt ihm alles, was gedruckt werden kann. Martland sagt: »Überlassen Sie das uns, Sir. Wir wissen schon, wie man mit Feiglingen dieser Sorte fertig wird«, und macht sich an die Arbeit.

Am nächsten Tag besucht irgendein Beamter des königlichen Hofs, der vornehm in seinen militärischen Schnurrbart schnaubt, Freund Pfandflasche und überreicht ihm einen großen, mit gebrauchten Zehnpfundnoten gefüllten Aktenkoffer. Fünf Minuten später traben Martland und seine Gauleiter an und verfrachten den armen Pfandflasche eilig in das übelbeleumdete Landkrankenhaus. Er bekommt die Autobatterie nur gerade so oft zu spüren, um ihn etwas weich zu machen, und erwacht aus seiner Ohnmacht mit dem vorschriftsmäßigen Glas Scotch vor der Nase. Aber er ist aus härterem Holz geschnitzt als ich; wahre Simpel sind das oft.

»Bah«, sagt er, oder vielleicht auch, etwas nörglerisch: »Pahnehmt das scheußliche Zeug weg. Habt ihr keinen Chartreuse? Und glaubt bloß nicht, dass ihr mir angst machen könnt. Ich *genieße* es, wenn mich so große, haarige Süße wie ihr so richtig aufmischen.« Er beweist es, er zeigt es ihnen. Sie sind entsetzt.

Martlands Anweisung geht nur dahin, Pfandflasche Gottesfurcht beizubringen und ihm klarzumachen, dass der Ärger mit den Fotos aufhören muss. Besonders ist Martland daraufhingewiesen worden, nicht weiter nachzuhaken, und es wurden ihm auch keine Peinlichkeiten mitgeteilt, aber von Natur aus und aufgrund langer Gewohnheit ist er neugierig und hat zudem einen äußerst ungesunden Abscheu vor Schwulen. Er beschließt, dem Geheimnis auf den Grund zu gehen (das ist eventuell ein etwas unglücklicher Ausdruck) und Pfandflasche auspacken zu lassen.

»Na gut«, sagt er grimmig, »das wird jetzt aber wirklich weh tun.«

»Nichts als Versprechungen«, erwidert Pfandflasche affektiert lächelnd.

Also verpassen sie ihm jetzt am Rektum eine Behandlung, die weh tut und die auch Pfandflasche nicht mehr genießt. Als er diesmal das Bewusstsein wiedererlangt, ist er wütend und außerdem besorgt, dass er sein gutes Aussehen verlieren könnte, und er erzählt Martland, dass er beim ehrenwerten Charlie Mortdecai eine wirkungsvolle Rückversicherung hinterlegt habe und dass sie sich besser vorsehen sollten – oder. Dann verweigert er jede weitere Aussage, und Martland, der jetzt stinkwütend ist, verpasst ihm eine weitere

Behandlung, die bis dato nur chinesischen Doppelagenten vorbehalten gewesen war. Zu jedermanns Entsetzen fällt Pfandflasche tot um. Ein schwaches Herzchen.

Nun, im Krieg passiert noch Schlimmeres, wie es so schön heißt, und natürlich hat nie irgend jemand Pfandflasche gemocht, außer vielleicht ein paar Männer aus der Kaserne in Chelsea, aber Martland ist nicht der Mann, der unverdiente Wohltaten zu schätzen wüsste. Das Ganze erscheint ihm höchst unbefriedigend, besonders da er noch immer nicht herausgefunden hat, worum es eigentlich geht.

Stellen Sie sich seinen Kummer vor, als auch noch unser Kumpel mit echtem Zittern in der Stimme anruft und ihn bittet, sofort vorbeizukommen und den erbärmlichen Pfandflasche mitzubringen. Martland sagt, aber sicher, er wäre in ein paar Minuten da, aber es wäre im Augenblick ein wenig, äh, schwierig, Mister, äh, Gloag mitzubringen. Als er eintrifft, zeigt ihm unser Freund, heftig erregt, ein äußerst beunruhigendes Schreiben. Sogar Martland, dessen Geschmack hie und da etwas zu wünschen übrig lässt, ist von dem Papier, auf dem es geschrieben ist, abgestoßen: imitiertes Pergament, der Rand ausgefranst und vergoldet, oben auf der Seite ein verschwenderisch ausgeführtes Phantasiewappen in Prägedruck, unten ein Sonnenuntergang in der Wüste in Vielfarbendruck. Die in altenglischen Lettern gehaltene Adresse lautet *Rancho de los Siete Dolores de la Virgen*, Neumexiko. Kurz gesagt, es ist von meinem Lieblingskunden Milton Krampf.

In dem Schreiben heißt es – ich habe es übrigens nie gesehen, es handelt sich hier um eine freie Wiedergabe von Martlands Bericht –, dass Mr. Krampf eine große Bewunderung für unseren vornehmen Kumpel hegt und einen Fanclub (!) ins Leben rufen möchte, um Senatoren, Kongressabgeordneten, Britischen Parlamentsabgeordneten und dem *Paris Match* (letzteres allerdings ist erschreckend, das müssen Sie zugeben) wenig bekanntes biografisches Material über den besagten Kumpel zur Kenntnis zu bringen. Ferner schreibt er, dass sich ein Mr. Pfandleiher Gloat mit ihm in Verbindung gesetzt habe, der gern mit ein paar illustrierten Erinnerungen aus »Ihrer gemeinsamen Schulzeit in Cambridge« sein Scherflein beitragen wolle. Außerdem fragt er an, wie es denn wäre, wenn sie drei sich mal irgendwo träfen, um zu ihrer aller Vorteil Pläne zu schmieden. Mit anderen Worten: hier hätten wir den Köder. Diskret und vielleicht ein bisschen ungeschickt präsentiert, aber unzweifelhaft ein Köder. (Bis jetzt waren es zwei Mitglieder der Truppe, die die Nase voll hatten von ihren Kumpels; geistig gesund und verantwortungsbewusst war allein noch ich. Glaube ich jedenfalls.)

Martland hielt in seiner Erzählung inne, und ich drängte ihn nicht fortzufahren, denn das waren wirklich schlechte Nachrichten. Wenn Millionäre durchdrehen, haben ärmere Leute zu leiden. Ich war so durcheinander, dass ich, ganz in Gedanken, Martland einen Drink reichte. Das war ein schlimmer Fehler, schließlich musste ich sein Unbehagen aufrechterhalten. Als der alte vertraute Saft in ihn hineinrann, konnte man förmlich zusehen, wie seine Zuversicht zurückkehrte und sein Kopf wieder die übliche, wahnsinnigmachende anmaßende Haltung einnahm. Wie seine Brüder im Amt ihn wohl verachtet haben müssen, als sie sahen, wie er sich boxend und arschkriechend seinen Weg nach oben bahnte. Dennoch musste man stets bedenken, dass er gefährlich war und weitaus cleverer, als er aussah oder redete.

»Martland«, sagte ich nach einer Weile, »hast du nicht gesagt, dass deine Mietlinge mir heute morgen zu Spinoza gefolgt sind?«

»Das stimmt.« Er hatte entschieden, viel zu entschieden gesprochen. Offensichtlich hatte er schon wieder Oberwasser.

»Jock, Mr. Martland *flunkert* schon wieder. Zieh ihm bitte eins über.«

Jock löste sich sanft aus dem Hintergrund, nahm Martland behutsam das Glas ab und beugte sich zu ihm hinunter, um ihm gütig ins Auge zu blicken. Martland starrte mit aufgerissenen Augen zurück, sein Mund stand ein wenig offen. Der offene Mund war ein Fehler. Jocks große Hand holte aus und traf Martlands Backe mit einem lauten Klatschen.

Martland segelte seitlich über die Sofalehne und kam an der Wandtäfelung zur Ruhe. Er saß dort ein Weilchen; vor Hass und Angst tropften ihm die Tränen aus den kleinen Augen. Sein Mund, der jetzt geschlossen war, bewegte sich konvulsisch, vermutlich zählte er seine Zähne.

»Das war vielleicht dumm von mir«, sagte ich. »Ich meine, dich umzubringen wäre das einzig Richtige. Die Angelegenheit wäre damit ein für alle Mal bereinigt. Dich nur zu verletzen bedeutet, deinen Rachedurst anzustacheln.« Ich ließ ihn ein wenig darüber nachdenken, damit ihm die unangenehmen Folgerungen klar würden. Er dachte darüber nach. Sie wurden ihm klar.

Schließlich quälte er sich ein schwaches Grinsen ab – ein grausiger Anblick – und setzte sich wieder hin. »Ich trag dir nichts nach, Charlie. Ich meine sogar, dass ich nach heute morgen eine kleine Abreibung verdient habe. Vermutlich bist du noch nicht wieder ganz der alte.«

»An dem, was du sagst, ist was dran«, sagte ich wahrheitsgemäß, denn es war wirklich was dran. »Ich habe einen langen Tag voll Trüb- und Drangsal hinter mir. Wenn ich noch länger aufbleibe, könnte das ernsthaft meine Urteilskraft gefährden. Gute Nacht.« Damit rauschte ich aus dem Zimmer. Als ich die Tür schloss, stand Martlands Mund bereits wieder offen.

Eine kurze, erquickliche Sitzung unter der heißen Dusche, die alten Beißerchen mit teurem Zahnputzmittel gebürstet, ein Hauch Johnson's Babypuder hier und da, ein Sprung zwischen die Laken und schon war ich wieder ganz der alte.

Krampfs idiotisches Abweichen vom Drehbuch beunruhigte mich jetzt vielleicht noch mehr als der Anschlag auf mein Leben. Dann aber dachte ich: Mach dir heute keine Sorgen, besser geht es vielleicht morgen, denn das ist, wie jeder weiß, ein neuer Tag.

Mit ein paar Seiten Firbank* wischte ich die Sorgen beiseite und schwebte sanft und geborgen in den Schlaf. Für mich bedeutet Schlaf nicht einfach ein Ausknipsen, sondern ein veritables Vergnügen, das auszukosten und zu goutieren gelernt sein will. Es war eine gute Nacht; der Schlaf verwöhnte mich wie eine vertraute, temperamentvolle Mätresse, die immer wieder neue Freuden findet, mit denen sie ihren ermatteten Geliebten überrascht.

Auch meine Blasen waren schon viel besser.

---

* Ronald Firbank (1886–1926), homosexueller Romanautor

*Sieben Uhr morgens,*
*Der Tau auf dem Hügel.*
Pippa geht vorüber

Ich lobpreiste Jock, als er mich hochscheuchte, aber mein Herz war nicht bei der Sache. Es war wieder mal zehn Uhr morgens, wie gewöhnlich, und die Upper Brook Street war nahezu nass. Es war ein knirschend anlaufender, klammer Tag voll Nieselregen, und der Himmel hatte die Farbe von Mäusedreck. Pippa wäre wohl im Bett geblieben. Meine Tasse Tee, die normalerweise hinunterrinnt wie der sanfte Regen vom Himmel, schmeckte wie Geierbein. Der Kanarienvogel sah verstopft aus und bedachte mich mit einem griesgrämigen Blick statt der üblichen ein oder zwei Strophen eines Liedchens.

»Mr. Martland is unten, Mr. Charlie. Wartet schon 'ne halbe Stunde.«

Ich knurrte, zog mir das Seidenlaken über den Kopf und vergrub mich tiefer in der schoßgleichen Wärme, wo einem niemand weh tun kann.

»Sie sollten mal sein Veilchen sehen, wo ich ihn getroffen hab'. Der Anblick lohnt sich, wirklich. Schillert in allen Farben.«

Das freute mich, wenigstens etwas hatte dieser Tag zu bieten. Wider besseres Wissen stand ich auf. Einmal gurgeln, eine halbe Dexedrin, ein B röckchen Anchovistoast und ein

Morgenmantel von Charvet – alles in dieser Reihenfolge – und ich war bereit, mich jeder beliebigen Anzahl von Martlands zu stellen.

»Bring mich zu diesem Martland«, befahl ich.

Ich muss sagen, er sah wirklich hübsch aus; nicht nur die lebhaften herbstlichen Farbtöne seines geschwollenen Veilchens bezauberten mich, sondern vielmehr das darauf sich abzeichnende Mienenspiel. Diesbezüglich können Sie sich gern Ihre eigene Liste zusammenstellen, ich bin momentan dazu nicht in Stimmung. Für diese Erzählung hat nur sein letzter Gesichtsausdruck Bedeutung; eine schafsmäßige, falsche Bonhomie, leicht verzerrt zur Schau getragen wie zwei Tropfen Worcestersauce in einem Teller Fleischsuppe.

Er sprang auf und schritt, den Kopf voran, die Hand zum mannhaften Gruß ausgestreckt, auf mich zu. »Sind wir wieder Freunde, Charlie?« murmelte er.

Jetzt war es an mir, den Unterkiefer fallen zu lassen, mir brach wegen der beschämenden Peinlichkeit der Situation der Schweiß aus. Also wirklich. Ich brachte ein heiseres, gurgelndes Geräusch heraus, das ihn zu befriedigen schien, denn er ließ meine Hand fallen und machte es sich wieder auf dem Sofa gemütlich. Um meine Verwirrung zu verbergen, trug ich Jock auf, uns Kaffee zu kochen.

Wir warteten mehr oder weniger schweigend auf den Kaffee. Martland versuchte ein Schwätzchen übers Wetter. Er gehört zu den Leuten, die immer wissen, wann das nächste V-förmige Tief von seinem Schlafplatz über Island aufbricht. Ich erklärte freundlich, dass ich Meteorologie schlecht einschätzen könne, solange ich noch nicht meinen Morgenkaffee getrunken hätte.

(Woher kommt bloß diese sonderbare britische Obsession bezüglich des Wetters? Wie können bloß erwachsene männliche Weltreich-Erbauer darüber diskutieren, ob es regnet, geregnet hat oder regnen wird? Können Sie sich vorstellen, dass ein Pariser, Wiener oder Berliner, sei er auch noch so dumm, sich dadurch erniedrigt, dass er über solchen Schwachsinn redet? ›Die spinnen, die Briten‹, sagt Obelix völlig zu Recht. Ich glaube, dass es sich hierbei um ein weiteres Beispiel der fantastischen Vorstellungen der Engländer in bezug auf Mutter Erde handelt. Da kann einer noch so weltmännisch sein, tief in seinem Innersten ist er ein kleiner Grundbesitzer, der sich nach Ledergamaschen und einem Schießgewehr sehnt.)

Nachdem der Kaffee gekommen war, schluckten wir ein Weilchen wohlerzogen vor uns hin, wobei wir einander Zucker, Sahne und dergleichen reichten und uns von Zeit zu Zeit falsch anstrahlten. Dann setzte ich diesem kindischen Gehabe ein Ende.

»Du wolltest doch erzählen, woher du wusstest, dass ich bei Spinoza war«, sagte ich.

»Charlie, warum bist du bloß von dieser speziellen Kleinigkeit so fasziniert?«

Das war eine gute Frage, die zu beantworten ich aber nicht die Absicht hatte. Ich starrte ihn mit leerem Blick an.

»Ach, das ist eigentlich ganz einfach. Wir wissen zufällig, dass der alte Spinoza etwa eine Viertelmillion gebrauchter Scheine aus dem großen Postraub hat – oder vielmehr hatte. Er bezahlte sie mit sauberen Fünfpfundscheinen und bekam für hundert Pfund einhundertundfünfundsiebzig. Verdammter alter Gauner. Tja, wir wussten, dass er das Zeug bald würde loswerden müssen, also heuerten wir einen kleinen Schmutzfinken an, der für eine der Galerien im Mason's Yard arbeitet, damit er ein Auge auf den Laden hat. Sobald jemand, nun, Interessantes zu Spinoza käme, würden wir durch das kleine Walkie-Talkie dieses Schmutzfinken davon erfahren.«

»Aha«, sagte ich, »das ist ja spannend. Und was ist mit den Besuchern, die vor Öffnung der Galerie kommen?«

»Tja, also, das Risiko müssen wir natürlich eingehen. Es gibt einfach nicht genug Geld, um diese Jobs rund um die Uhr zu erledigen. Kostet ein Vermögen.«

Innerlich atmete ich erleichert auf; ich glaubte ihm. Dann kam mir eine Idee. »Martland, ist dein Spitzel ein kleiner Wicht namens Perce, der für die O'Flaherty-Galerie arbeitet?«

»Tja, also, ich glaube, so heißt er tatsächlich.«

»Ah ja«, sagte ich.

Ich spitzte ein Ohr: Jock stand vor der Tür, atmete durch die Nase und machte sich im Geist Notizen, wenn man es so nennen will. Zweifelsfrei war ich sehr erleichtert, als ich hörte, dass nur Perce abtrünnig geworden war; hätte Mr. Spinoza ein falsches Spiel mit mir gespielt, wäre alles, aber auch alles verloren gewesen. Ich muss wohl zu entspannt ausgesehen haben, denn ich merkte, dass mich Martland neugierig anblickte. So ging das nicht. Themawechsel.

»Tja, dann«, rief ich heiter, »was ist Sache? Wo sind die Schätze des Orients, die du mir gestern abend aufgedrängt hast? ›Nein, sei's denn, auch dein halbes Königreich‹ war doch wohl die Summe, die erwähnt wurde, nicht?«

»Also wirklich, Charlie, komm schon. Gestern abend war schließlich gestern abend. Ich glaube, wir waren beide ein bisschen überreizt, oder? Du wirst mich doch nicht darauf festnageln …?«

»Das Fenster ist noch da«, sagte ich schlicht, »und Jock auch, und ich bin eigentlich noch immer überreizt. Es hat mich noch nie zuvor jemand kaltblütig ermorden wollen.«

»Wie's aussieht, hab' ich diesmal aber vorgesorgt«, sagte er und klopfte sich auf die Gesäßtasche. Dadurch wusste ich natürlich, dass er seine Pistole – falls er eine dabei hatte – unter der Achselhöhle trug.

»Spielen wir ein Spiel, Martland. Wenn du das Ding rausholen kannst, bevor Jock dich auf den Kopf haut, gewinnst du die Kokosnuss.«

»Ach komm schon, Charlie, hören wir mit dem Herumplänkeln auf. Ich bin willens und bereit, dir beträchtliche, äh, Vorteile und, äh, Zugeständnisse anzubieten, wenn du in dieser Sache auf unserer Seite mitarbeitest. Du weißt verdammt genau, dass ich in der Scheiße stecke, und wenn ich dich nicht überreden kann, wird dieser grässliche alte Mann im Innenministerium wieder nach deinem Blut dürsten. Wofür entscheidest du dich? Ich bin sicher, dass du an dem Geld, das meine Abteilung dir bieten kann, nicht interessiert bist.«

»Ich glaube, ich hätte gern ein Hündchen.«

»O Gott, Charlie, kannst du nicht einmal ernst bleiben?«

»Doch, wirklich, so einen Greyhound, und zwar in Silber.«

»Du willst damit doch nicht etwa sagen, dass du königlicher Kurier werden willst? Wozu, in Gottes Namen? Und wie kommst du drauf, dass ich das deichseln könnte?«

»Ad eins: ja. Ad zwei: kümmere dich um deinen eigenen Mist. Ad drei: du kannst das sehr wohl deichseln, wenn du musst. Außerdem will ich den dazugehörigen Diplomatenpass und das Vorrecht, Diplomatengepäck zur Botschaft in Washington zu bringen.«

Er lehnte sich im Stuhl zurück; jetzt war er verständnisinnig und entspannt. »Und was ist dann wohl in dem Gepäck drin, oder geht mich das auch nichts an?«

»Wie es aussieht, ein Rolls Royce. Na ja, der wird natürlich nicht wirklich im Gepäck, sondern mit diplomatischen Siegeln bepflastert sein. Kommt aufs gleiche raus.«

Er blickte ernst und besorgt drein; sein untertouriges Gehirn kreischte protestierend, als seine *Ente* versuchte, mit dieser Steigung fertigzuwerden.

»Charlie, wenn der mit Drogen vollgestopft sein sollte, lautet die Antwort nein, ich wiederhole: nein. Sollte es sich um gebrauchte Pfundnoten in vertretbarer Menge handeln, kann ich vielleicht etwas unternehmen, glaub aber ja nicht, dass ich dich hinterher decken kann.«

»Weder noch«, sagte ich entschieden. »Du hast mein Ehrenwort.« Ich sah ihm direkt und unverhohlen in die Augen, damit er sich sicher war, dass ich log (schließlich müssen diese Scheinchen aus dem Postraub bald umgetauscht werden, nicht wahr?). Er seinerseits bedachte mich mit einem vertrauensseligen, kameradschaftlichen Blick und legte dann bedächtig alle zehn Finger mit den Spitzen aneinander, wobei er sie mit bescheidenem Stolz musterte, als hätte er etwas sehr Schlaues vollbracht. Er dachte scharf nach, und es war ihm egal, wenn man es bemerkte.

»Nun, ich denke, etwas in der Art ließe sich machen«, sagte er schließlich. »Dir ist doch hoffentlich klar, dass das Ausmaß der von dir erwarteten Zusammenarbeit im rechten Verhältnis zu den Schwierigkeiten stehen muss, dir das zu verschaffen, was du verlangst?«

»Aber ja«, erwiderte ich, aufgeweckt, wie ich war, »du willst, dass ich Mr. Krampf umbringe, stimmt's?«

»Ja, das stimmt. Wie bist du draufgekommen?«

»Na, ganz klar – jetzt, wo Pfandflasche, äh, liquidiert worden ist, kannst du Krampf, weil er weiß, was er weiß, wohl kaum am Leben lassen, oder? Vielleicht sollte ich noch sagen, dass mich das ein bisschen hart ankommt, weil er zufällig einer meiner besten Kunden ist.«

»Ja, ich weiß.«

»Ja, ich dachte mir schon, dass du das mittlerweile weißt. Anderenfalls hätte ich es wohl kaum erwähnt, ha, ha.«

»Ha, ha.«

»Na, jedenfalls ist klar, dass man einen so reichen Typen wie Krampf wohl kaum unter Druck setzen kann – es sei denn, man bringt ihn um. Klar ist auch, dass ich nahe an ihn herankommen kann und dass ihr ein Vermögen spart, wenn ihr mich dazu bringt, es zu tun. Hinzu kommt, dass von deinem Standpunkt aus niemand so entbehrlich ist wie ich, und zudem führt über mich nicht die geringste Spur zu irgendeiner offiziellen Stelle. Wenn ich mich schließlich auch noch dumm anstelle und auf den elektrischen Stuhl komme, habt ihr Krampf und mich mit einem Schlag erledigt.«

»Tja, davon stimmt einiges mehr oder weniger«, sagte er.

»Ja«, sagte ich.

Dann setzte ich mich an meinen lächerlichen kleinen französischen Schreibtisch – die Art, die der geistreiche Händler als *malheur-du-jour* bezeichnete, weil er ihn überbezahlt hatte – und erstellte eine Liste all dessen, was Martland für mich tun sollte. Sie war ziemlich lang. Seine Miene verfinsterte sich beim Lesen, aber er nahm es männchenhaft und verstaute das Papier sorgfältig in seiner Brieftasche. Ich bemerkte, dass er doch kein Schulterhalfter trug, aber das war an diesem Tag nicht mein erster Fehler.

Inzwischen war der Kaffee kalt und grauenvoll, also schenkte ich ihm höflich den Rest ein. Ich glaube, er bemerkte es nicht mal. Dann, nach ein oder zwei kumpelhaften Gemeinplätzen, ging er; einen Augenblick lang fürchtete ich, er würde wieder meine Hand schütteln.

»Jock«, sagte ich, »ich gehe wieder ins Bett. Bitte bring mir doch sämtliche Londoner Telefonbücher, einen Shaker voll Cocktails – die Sorte ist egal, überrasch mich mal – und jede Menge Sandwiches aus weichem Weißbrot und mit Brunnenkresse.«

Für Dauertelefonate ist das Bett der ideale Ort. Es ist zudem ausgezeichnet geeignet, wenn man lesen, schlafen oder einem Kanarienvogel zuhören will. Es ist absolut nicht geeignet für Sex; Sex sollte im Sessel, im Badezimmer oder auf Rasenflächen, die geharkt, aber seit längerem nicht mehr gemäht wurden, stattfinden oder, wenn man zufällig beschnitten ist, an einem Sandstrand. Wenn man zu müde für Geschlechtsverkehr außerhalb des Bettes ist, ist man wahrscheinlich überhaupt zu müde und sollte mit seinen Kräften haushalten. Frauen sind begeisterte Verfechterinnen von Sex im Bett, weil sie (gewöhnlich) eine schlechte Figur zu verbergen und (immer) kalte Füße haben, die sie wärmen wollen. Bei Jungens ist das natürlich anders. Aber das wussten Sie vermutlich schon. Ich sollte nicht zu schulmeisterlich werden.

Nach einer Stunde erhob ich mich, kleidete meinen Leib in Whipcord und Sackleinen und stieg zur Küche hinab, um dem Kanarienvogel noch eine letzte Chance zu geben, höflich zu mir zu sein. Er war mehr als höflich und sang sich schier die kleine Seele aus dem Leib und schwor, dass alles wieder gut werden würde. Ich akzeptierte seine Versicherungen unter Vorbehalt.

Nach Hut und Mantel rufend, tänzelte ich die Treppe hinunter. Samstags nehme ich nie den Lift, der Tag ist sportlichen Übungen vorbehalten. (Natürlich fahre ich *nach oben* mit dem Lift.)

Die Concierge tauchte aus ihrem Unterstand auf und schwatzte mir etwas vor; ich brachte sie zum Schweigen, indem ich einen Finger an die Lippen legte und bedeutungsvoll die Augenbrauen hochzog. Das wirkt immer. Sie schlich grimassenschneidend zurück.

Den Weg zu Sotheby's legte ich gänzlich zu Fuß zurück, wobei ich fast die ganze Zeit über meinen Bauch einzog. Das ist sehr gesund. Eines der zur Versteigerung anstehenden Bilder gehörte mir, ein sehr kleines Ölgemälde auf Leinwand, das die Barke eines venezianischen Edelmannes mit livrierten Gondolieri unter einem wundervollen blauen Himmel darstellte. Ich hatte es Monate zuvor in der Hoffnung gekauft, mich selbst davon überzeugen zu können, dass es ein Longhi sei; meine Anstrengungen waren allerdings vergeblich gewesen, und so hatte ich es zu Sotheby's gebracht, die es schlicht mit »Venezianische Schule, 18.Jahrhundert« bezeichnet hatten. Ich steigerte es bis zu der Summe hoch, die ich dafür bezahlt hatte, und überließ es dann sich selbst.

Zu meinem Entzücken ging es noch um weitere dreihundertundfünfzig Pfund hoch, bevor es einem Mann zugeschlagen wurde, den ich verabscheue. Vermutlich steht es in diesem Augenblick in einem Fenster in der Duke Street, ausgewiesen als ein *Marieschi* oder ähnlicher Blödsinn. Ich blieb noch weitere zehn Minuten und gab meinen Gewinn für einen zweifelhaften, aber herrlich unanständigen Bartolomaeus Spränger aus, auf welchem Mars, den Helm auf dem Kopf, Venus attackiert – was für Sitten! Auf meinem Weg hinaus aus den heiligen Hallen rief ich einen reichen Truthahnzüchter in Suffolk an und verkaufte ihm den Spränger, unbesehen, für etwas, das sich eine ungenannte Summe nennt, und schlenderte anschließend selbstzufrieden in Richtung Piccadilly. Es geht doch nichts über ein kleines Geschäft, um die Stimmung zu heben.

Piccadilly überquerte ich ungefährdet, ging der wunderbaren Gerüche wegen einmal kurz durch Fortnum's, dann einen Schritt die Jermyn Street hinunter und schon saß ich gemütlich in Jules Bar, wo ich Mittagessen bestellte und meine fünfte White Lady schlürfte. (Ich habe vergessen, Ihnen zu sagen, womit Jock mich überraschte. Entschuldigung.) Als echtem Feinschmecker sind mir Cocktails natürlich zuwider, aber so geht es mir auch mit Unehrlichkeit, Promiskuität, Trunkenheit und vielen anderen guten Dingen.

Falls mir bis hierher jemand gefolgt sein sollte, meinetwegen. Am Nachmittag allerdings wollte ich von den SEG-Jungens unbelästigt bleiben und daher blickte ich mich, während ich aß, von Zeit zu Zeit sorgfältig um. Als die Kneipe schließen wollte, hatten die Gäste vollständig gewechselt bis auf ein oder zwei Stammkunden, die ich vom Sehen kannte; falls ich einen Beschatter hatte, dann war er draußen und mittlerweile vermutlich ziemlich sauer.

Er war draußen und sauer.

Zudem handelte es sich um Martlands Maurice. (Ich glaube,

ich hatte auch gar nicht angenommen, dass Martland mit offenen Karten spielte – die Schule, die wir besucht hatten, war nicht gerade erstklassig gewesen. Scharf, wenn es um Sodomie und dergleichen ging, aber ein wenig nachlässig in puncto Ehrlichkeit, Ehre und andere kostspielige Extras, obgleich sie bei der Morgenandacht eine Menge darüber redeten. Kalte Bäder jede Menge, natürlich, aber Sie, der Sie nie eins genommen haben, sind bestimmt überrascht zu hören, dass so ein kaltes Bad die tierischen Leidenschaften erst richtig anheizt. Außerdem angeblich verdammt schlecht fürs Herz.)

Maurice hielt sich eine Zeitung vors Gesicht und beäugte mich durch ein darin befindliches Loch. So liest man es immer in Märchenbüchern. Ich machte ein paar schnelle Schritte nach links, und die Zeitung schwenkte ebenfalls nach links. Dann drei Schritte nach rechts, und die Zeitung schwenkte erneut wie der Schutzschild eines Feldgeschützes herum. Er sah wirklich dämlich aus. Ich ging zu ihm hinüber und bohrte den Finger durch das Loch in seiner Zeitung.

»Buu!« sagte ich und wartete auf eine bodenlos gemeine Erwiderung.

»Bitte nehmen Sie den Finger aus meiner Zeitung«, erwiderte er bodenlos gemein.

Ich wackelte mit dem Finger und lugte mit der Nasenspitze über den Zeitungsrand.

»Verpiss dich!« fauchte er, knallrot im Gesicht. Das war schon besser.

Ich verpisste mich, recht zufrieden mit mir selbst. Um die Ecke der St. James Street kam schweren Schritts ein Polizist, einer von der jungen, rosigen, ungehaltenen Sorte, auf die man heutzutage so oft trifft. Ehrgeizig, tugendhaft und unheimlich scharf auf Übeltäter.

»Wachtmeister!« blubberte ich aufgebracht, »diese jämmerliche Figur dahinten mit der Zeitung hat mir gerade einen unanständigen Antrag gemacht.« Mit zitterndem Finger wies ich auf Maurice, der schuldbewusst mitten im Schritt verhielt. Der Polizist wurde weiß um die Lippen und ging auf Maurice los, der immer noch, mit ausgestreckter Zeitung, auf einem Fuß stand und wie eine grausige Parodie von Gilberts »Eros« am Piccadilly Circus aussah. (Wussten Sie, dass der Eros aus Aluminium besteht? Ich bin sicher, da steckt eine verborgene Moral dahinter. Oder ein Witz.)

»Ich bin in vierzig Minuten bei Ihnen auf dem Revier«, rief ich dem Polizisten hinterher und sprang rasch in ein vorbeifahrendes Taxi. Alle Griffe waren da.

Wie bereits erwähnt, haben Martlands Männer alle ein einjähriges Training hinter sich. Ergo hatte ich Maurice nur deshalb so leicht entdeckt, weil er entdeckt werden sollte. Ich brauchte lange, aber schließlich bemerkte ich sie doch: eine stämmige, glattrasierte, tantenhafte Frau in einem Triumph Herald – ein ausgezeichneter Wagen für Beschattungszwecke, unauffällig, leicht zu parken und mit kleinerem Wendekreis als ein Londoner Taxi. Allerdings war es ihr gegenüber unfair, dass sie keinen Begleiter hatte; am Piccadilly Circus sprang ich einfach aus dem Wagen, ging in einen U-Bahn-Eingang hinein und aus einem anderen hinaus. So leicht lassen sich Triumph Heraids denn doch nicht parken.

Ein zweites Taxi brachte mich zur Bethnal Green Road in Shoreditch, einem wundervollen Ort, wo mancherlei wenig bekannte Künste ausgeübt werden. Als ich, wie es meine törichte Gewohnheit ist, dem Fahrer ein zu großes Trinkgeld gab, erwiderte er: »Sehnsucht nach dem vierten in Kempton Park?« Als ich die Treppe zum Studio meines Gemälderestaurators erklomm, fragte ich mich noch immer, was um alles in der Welt er damit gemeint hatte.

An dieser Stelle sollte ich vielleicht erklären, was ein Gemälderestaurator unter anderem tut. Die meisten alten Gemälde brauchen, bevor man sie reinigen kann, eine neue

Unterlage. Am einfachsten wird das bewerkstelligt, indem man die alte Leinwand mit Leim, Komponentenkleber oder Wachs bestreicht und sie dann vermittels einer Warmpresse und Druck sozusagen auf eine neue Leinwand aufbringt. Manchmal ist von der alten Leinwand nicht mehr genug vorhanden, und manchmal wirft die Farbe während des Arbeitsvorganges Blasen. In beiden Fällen ist es erforderlich zu »doublieren«, das heißt, das Gemälde wird mit der Vorderseite nach unten eingespannt und jedes Fitzelchen Leinwand von der Farbe entfernt. Die neue Leinwand wird dann auf die Rückseite der Farbe aufgeklebt, und das Bild ist so gut wie neu. Ist das Bild auf Holz gemalt, das kaputt oder wurmstichig ist, dann kann ein wahrer Spitzenkönner das ganze Holz bis auf die Farbkruste abhobeln, auf die er dann eine Leinwand klebt. Das ist eine sehr sehr knifflige und hochbezahlte Arbeit. Ein guter Gemälderestaurator weiß sehr genau um den Wert des Gemäldes, das er behandelt, und seine Honorarforderung ist entsprechend. Er verdient mehr Geld als mancher der Händler, für die er arbeitet. Er ist unentbehrlich. Jeder Idiot kann ein Gemälde reinigen – und viele tun das –, und viele fähige Künstler können die Farbe auffrischen oder fehlende Farbstellen ersetzen, und mancher berühmte Maler hat daraus schon einen hübschen, kleinen, geheimen Nebenerwerb gemacht. (Besonders empfindliche Werke sind oft – wie die Takelage eines Schiffes – der besseren Handhabbarkeit wegen mit Firnis überzogen. Das ist natürlich höllisch schwer zu reinigen; zusammen mit dem Firnis geht oft die Farbe ab. Viele Restauratoren fotografieren daher einfach die Leinwand oder was immer, reinigen sie dann ohne Rücksicht auf Verluste und tragen die Farbe anhand der Fotografie neu auf. Na ja, warum nicht?) Ein guter Gemälderestaurator allerdings ist, wie bereits erwähnt, eine unbezahlbare Perle.

Pete sieht nicht wie eine Perle aus. Er sieht wie ein schmutziger finsterer kleiner Waliser aus, verfügt aber über die erstaunlich ausgesuchten Manieren, die in seinem eigenen Hause sogar der gemeinste Kelte an den Tag legt. Er öffnete die übliche Dose Kochschinken und braute eine riesige Metallkanne voll wunderbar starken Tees, Marke Brooke Bond PG. Ich erbot mich hastig, die Butterbrote zu schmieren – seine Nägel hatten Trauerränder – und den Schinken zu schneiden. Es war eine angenehme Teestunde, ich liebe Kochschinken, und der Tee war mit Kondensmilch versetzt und hatte eine kräftige orangerote Farbe. (Was für ein himmelweiter Unterschied zum häuslichen Leben unserer lieben Königin.)

Ich sagte ihm, dass Sotheby's den Spränger schicken würde und ich der Ansicht sei, die Bemäntelung des Lustgartens der Venus sei eine spätere Arbeit und verberge vermutlich ein recht hübsches Exemplar eines Nonnenschöpfchens. »Das muss man bürsten«, sagte ich, »aber bitte vorsichtig.«

Dann zogen wir uns in sein Studio unterm Dach zurück, damit ich das, was er momentan in Arbeit hatte, begutachten konnte. Alles sehr zufriedenstellend. Mein kleines Siena-Tryptichon (buchstabiert man das so?) bereitete ihm viel Arger, aber schließlich bereitete es ihm schon seit achtzehn Monaten Arger. Ich habe nie eine Rechnung dafür bekommen und werde es jetzt wohl auch nicht mehr.

Dann erzählte ich ihm von Mr. Spinoza und erläuterte ihm gewisse neue Arrangements. Sie gefielen ihm kein bisschen, er hörte aber sehr schnell mit dem Kreischen auf, als ich ihm den Mund mit Gold stopfte. Wenn es Sie interessiert: er bewahrt sein Geld in der Teebüchse auf. Jetzt galt es nur noch eine weitere Heimsuchung zu überstehen, bevor ich seinem kariösen, zwiebelgeschwängerten Atem entkommen konnte.

»Sie ham doch noch Zeit für ein Liedchen, oder?« rief er mit der spröden, wohlwollenden Stimme eines Quartiermeisters, der Prophylaktika an die Truppe verteilt.

»Großartig, großartig«, erwiderte ich und rieb mir heuchlerisch die Hände. Er setzte sich an seine kleine Hammondorgel (hat ihn vierhundert Pfund gekostet) und spielte mir »Kehr um, o Mensch, schwör deinem Irrweg ab« vor, was mich tief bewegte. Die meisten walisischen Stimmen haben einen sonderbar falschen Unterton, so als befände sich unter der goldenen Oberfläche nur Pappe; das stört mich maßlos. Petes Gesang kann eine Kneipe voller Leute zu Tränen unschuldiger Freude rühren – ich hab's gesehen –, aber ich habe immer bloß das Gefühl, dass ich zu viele Schinkenbrote gegessen habe.

Ich applaudierte heftig, und da er zu jenem Zeitpunkt besonders unentbehrlich war, bat ich untertänigst um eine Zugabe. Er brachte »Ein Brunnen voller Blut«, das stets gefällt. Ich taumelte die Treppe hinunter auf die Straße, und meine Eingeweide rumorten ob des starken Tees und einer Vorahnung.

Um halb sieben an einem Samstagabend ist die Bethnal Green Road nicht gerade der klassische Ort für Taxis. Schließlich nahm ich einen Bus; der Schaffner trug einen Turban und hasste mich auf der Stelle. Ich konnte sehen, dass er sich meinen Anblick einprägte, so dass er seinen Hass auf mich weiter pflegen konnte, nachdem ich ausgestiegen war.

Ziemlich deprimiert kam ich in die Wohnung und stand teilnahmslos herum, während Jock mir Hut und Mantel abnahm. Er bugsierte mich in Richtung meines Lieblingssessels und brachte mir ein Glas Whisky, das bemessen war, einen Araberhengst zu betäuben. Ich lebte hinreichend auf, um eine Platte mit Amelita Galli-Curci aufzulegen, auf der sie im Duett mit Tito Schipa »Un Di Feiice« singt; was den Belcanto angeht, war ich danach etwas ruhiger, und der Rest des Albums löste den größten Teil meiner Vorahnungen in nichts auf. Gebadet und angetan mit einer Smokingjacke war ich so richtig in Stimmung, mir das wunderschöne *Art-nou-*

*veau*-Dekor bei Wilton einzuverleiben und erst recht ihre Austern Mornay. Außerdem führte ich mir einen überbackenen Eierpudding zu Gemüte. Ich würde nicht im Traum daran denken, so etwas woanders zu essen.

Wieder zu Hause, kam ich gerade rechtzeitig zu einem spannenden Western mit John Wayne im Fernsehen, den Jock mit mir anschauen durfte. Wir tranken eine Menge Whisky, denn es war Samstagabend.

Vermutlich bin ich dann irgendwann ins Bett gegangen.

*Langsam ahnt er dann den Zweck des stummen Gartens,*
*Neben sich den glatten Wächter seines Wartens.*
*Welches Hunde-Panther-Tier folgt ihm als Gesell,*
*Hohn und Trug in jedem Aug auf dem servilen Fell?*
Vorher

Dann und wann wird Ihnen, meine zügellosen Leser, schon aufgefallen sein, dass Schnaps den Schlaf eher vertreibt als ihn herbeizuführen, es sei denn, man trinkt ihn bis zur Bewusstlosigkeit. Von Leuten, die dergleichen trinken, habe ich gehört, dass die Wirkung bei billigem Schnaps noch ausgeprägter ist. Bei schottischem Whisky, eine wohltuende Flüssigkeit, ist das anders. Ich sage immer, Lob und Preis dem Manne, der ihn erfunden hat – welcher Hautfarbe er auch immer sei. Die einzige Klage, die ich zu führen habe, ist die, dass die tägliche orale Einnahme von einem halben Liter seines Geistesprodukts über die Dauer von etwa zehn Jahren hinweg das Verlangen nach *dem* wichtigsten Akt überhaupt dämpft. Ich hatte immer geglaubt, dass meine schwindenden Kräfte das Ergebnis fortschreitenden Alters seien, verbunden mit dem natürlichen Ennui, der erfahrene Herumtreiber plagt, aber Jock belehrte mich eines Besseren. Er nennt es »Süffelhänger«.

Sei dem, wie ihm wolle, wenn ich eine vernünftige Menge ordentlichen, zwölf Jahre alten Scotch trinke, kann ich ungestört sechs Stunden lang schlummern und verspüre danach den Drang, aufzustehen und mich zu beschäftigen. Also stand ich auch ohne den sanften Druck einer Tasse Bohea-Tee auf und stapfte die Treppe hinunter in der Absicht, Jock aus dem Bett zu jagen und ihm die Vorteile frühen Aufstehens unter die Nase zu reiben. Mit gelindem Verdruss musste ich feststellen, dass er schon auf und ausgegangen war, deswegen verhalf ich mir selbst zu meinem Frühstück, einer Flasche Bier. Kann ich nur empfehlen. Ich will nicht vorgeben, dass ich nicht gern eine Tasse Tee getrunken hätte, aber die Wahrheit ist nun mal, dass ich mich ein wenig vor diesen neuen elektrischen Teekesseln fürchte; meiner Erfahrung nach springen einem die Stecker entgegen, während man daneben steht und darauf wartet, dass das Wasser kocht.

Früh am Sonntagmorgen kann man in London nur eines tun, nämlich die Club Row aufsuchen. Auf Zehenspitzen, um meine Madame Defarge nicht zu stören, ging ich die Treppe hinunter und in Richtung Stallungen. Alle drei Autos waren da, nicht jedoch Jocks riesiges Motorrad, das genug Energie erzeugt, um eine Kleinstadt zu beleuchten. Eine gerade vorbeikommende Katze grüßte ich mit einem typisch französischen Zwinkern und Achselzucken. Jock war vermutlich wieder mal verliebt, dachte ich. Wenn es Burschen wie ihn juckt, dann gehen sie meilenweit, auch wenn sie zuerst aus dem Gefängnis ausbrechen müssten.

In der Club Row verkauften einst ein paar zwielichtige Burschen gestohlene Hunde; heute ist es ein großer Flohmarkt. Ich schlenderte eine Stunde umher, aber der alte Zauber hatte seine Wirkung verloren. Ich kaufte einen abscheulichen Plastikgegenstand mit der Bezeichnung »Zum Teufel mit dem Hund«, mit dem ich Jock aufziehen wollte, und fuhr dann nach Hause; ich war so geistesabwesend, dass ich mich nicht mal verfuhr. Ich dachte kurz daran, in der Farm Street vorbeizuschauen und in eine dieser aufrüttelnden Jesuitenpredigten hineinzuhören, hielt das angesichts meiner momentanen Stimmungslage aber doch für zu gefährlich. Die faszinierende Logik und Verständlichkeit, die hochbegabte Jesuiten an den Tag legen, hat auf mich die Wirkung von Sirenengesang, und ich hege die Befürchtung, dass ich eines Tages – wie eine Frau in den Wechseljahren – *errettet* werden könnte. Mrs. Spon würde sich schief lachen. Waschen sie einen wirklich mit dem Blut eines Lammes, oder ist das nur bei der Heilsarmee so?

Jock war zu Hause und bemüht ungerührt ob meines frühen Aufstehens. Wir stellten einander keine Fragen. Während er mein Frühstück zubereitete, legte ich »Zum Teufel mit dem Hund« in den Käfig des Kanarienvogels. Dann hielt ich ein kleines Nickerchen, bis Martland anrief.

»Hör mal, Charlie«, quäkte er, »es geht einfach nicht. Ich bring diesen diplomatischen Krempel nicht auf die Beine. Das Auswärtige Amt meinte, ich solle verschwinden und mir in den Kilt pinkeln.«

Ich war nicht in der Stimmung, mich von den Martlands dieser Welt anöden zu lassen. »Na gut«, erwiderte ich scharf, »vergessen wir doch die ganze Sache«, und legte auf. Dann zog ich mich um und setzte mich in Richtung Café Royal und Mittagessen in Bewegung.

»Jock«, sagte ich beim Gehen, »binnen kurzem wird Mr. Martland wieder anrufen, um mitzuteilen, dass schließlich doch noch alles geklappt hat. Bitte sag ihm dann, das sei in Ordnung, ja. In Ordnung?«

»In Ordnung, Mr. Charlie.«

Das Café Royal war gerammelt voll mit Leuten, die so taten, als ob sie es häufig frequentierten. Mein Mittagessen schmeckte hervorragend, aber ich habe vergessen, was es war.

Als ich in die Wohnung zurückkam, sagte mir Jock, dass Martland persönlich aus einem Ort, den er Canonbury nannte, angerufen habe, um mit mir zu diskutieren; Jock hatte ihn abgewimmelt. Die Stimmung, in der er sich verabschiedet hatte, umriss Jock so: »Er war verflixt nah dran, mir vor die Füße zu spucken.«

Ich ging ins Bett und las ein unanständiges Buch, über dem ich bald einschlief. Heutzutage kriegt man keine guten unanständigen Bücher mehr; die Zunft stirbt aus, wissen Sie. Diese schwedischen Dinger mit den Farbfotos sind die schlimmsten. Wie Illustrationen für ein Handbuch der Gynäkologie.

Mrs. Spon weckte mich; sie stürmte in einem roten Hausanzug im Wetlook in mein Schlafzimmer und sah aus wie eine waschbare, scharlachrot gekleidete Hure (Offenbarung, 17). Ich versteckte mich unter meiner Bettdecke, bis sie beteuerte, sie sei nur gekommen, um Rommé zu spielen. Sie spielt wirklich fabelhaft, hat aber ein schreckliches Pech, die Arme; gewöhnlich nehme ich ihr sechs oder sieben Pfund ab, aber schließlich hat sie an meiner Innendekoration ja ein *Vermögen* verdient. (Beim Rommméspielen ist es mir zur lieben Gewohnheit geworden, eine Karte ganz zufällig in der Verpackung zu lassen; es ist erstaunlich, was für einen Nervenkitzel es bedeutet zu wissen, dass sich zum Beispiel keine Pik Neun im Spiel befindet.)

Nach einer Weile beschwerte sie sich, wie immer, über die Kälte. Ich lehne Zentralheizungen ab, sie ruinieren nur die Antiquitäten und trocknen die Atemwege aus. Deshalb schlüpfte sie, wie immer, zu mir ins Bett (sie muss inzwischen schon an die *sechzig* sein), und zwischen den Runden spielten wir ein Weilchen »Haschmich«. Dann läutete sie nach Jock, der uns ein blankes Schwert brachte, das wir zwischen uns legen konnten, sowie eine Menge heißer Pastrami-Sandwiches mit Knoblauchbrot. Wir tranken Valpolicella – tödlich für den Darm, aber wohlschmeckend und billig. Ich nahm ihr sechs oder sieben Pfund ab. Es war ein wirklich gelungener Abend; wenn ich daran denke, kommen mir die

Tränen. Diese Augenblicke direkt auszukosten, lohnt sich nicht, es zerstört sie; sie sind nur zum Erinnern da.

Nachdem sie nach einem letzten Haschmich gegangen war, brachte Jock mir meine Betthupferl: Whisky, Milch, Sandwiches mit Huhn und Natron für mein Magengeschwür.

»Jock«, sagte ich, nachdem ich mich artig bedankt hatte, »wir müssen wegen dem ekligen Perce, Mr. O'Flahertys Trottel, was unternehmen.«

»Hab' ich schon, Mr. Charlie. Heute morgen, bevor Sie auf waren.«

»Tatsächlich, Jock? Ich muss schon sagen, du denkst an alles. Hast du ihm sehr weh getan?«

»Ja, Mr. Charlie.«

»Oh, Junge. Aber doch nicht …?«

»Nee. Nix, was'n guter Zahnarzt nich in'n paar Monaten hinkriegen täte. Und, äh, ich glaub', dass er'n Weilchen keine Lust mehr zum Rummachen ham wird – verstehn Sie?«

»Armer kleiner Bursche«, sagte ich.

»Jaa«, sagte Jock. »Gute Nacht, Mr. Charlie.«

»Ach, noch was. Ich finde die hygienischen Zustände im Käfig des Kanarienvogels doch recht bedenklich. Könntest du bitte dafür sorgen, dass er bald ausgemistet wird?«

»Hab' ich schon, Mr. Charlie. Wie Sie zum Essen warn.«

»Oh. Alles in Ordnung?«

»Jaa, 'türlich.«

»Na, dann danke, Jock, Gute Nacht.«

In jener Nacht schlief ich nicht sehr gut.

Wenn entweder Krampf *oder* Gloag von der vereinbarten Marschroute abgewichen wäre, hätte ich das locker verkraften können, aber zwei Idioten in einem Dreierteam war doch ein bisschen viel. Als Pfandflasche Gloag zum erstenmal an mich herangetreten war, hatte ich ihm gesagt, dass ich keinesfalls die Absicht hätte, ihm bei der Erpressung seines noblen Kumpels zu helfen – allenfalls wollte ich ihn mit Krampf bekannt machen. Später, als Krampf mir vorschlug, die Fotografie gewinnbringend einzusetzen, und zwar nicht, um Geld aus jemandem herauszuschlagen, sondern um die Ausfuhr heißer Kunstwerke an ihn zu erleichtern, hatte ich mir zögernd meine Zustimmung abringen lassen, aber nur unter der Voraussetzung, dass ich das Skript lieferte und sowohl die Hauptrolle wie auch den Komiker spielte. »Aber jeder möchte ein bisschen mitspielen«, wie Schnozzle Durante nie müde wird zu betonen. Gloag hatte für seinen Hang zur Bühne bereits bezahlt, und es sah aus, als ob Krampf zumindest eine Proforma-Rechnung bekommen würde.

# 6

*Und wenn ich der erhabnen Sphäre nahe,*
*Die jetzt nur einen Namen trägt, und löse*
*Der Silberströmung leises Sterngetöse*
*Vom lodernden Gemahl …?*
Sordello

Das Telefon weckte mich zur allerunpassendsten Stunde am Montag. Eine honigsüße amerikanische Stimme erkundigte sich, ob sie mit Mr. Mortdecais Sekretär sprechen könne.

»Oinen Augenblick bitte«, säuselte ich, »ich stelle Sie duurch.« Ich stopfte das Telefon unter das Kopfkissen, zündete mir eine Zigarette an und grübelte ein wenig. Schließlich läutete ich nach Jock, instruierte ihn kurz und reichte ihm den Hörer, den er zwischen behaartem Daumen und Zeigefinger hielt, während er den kleinen Finger geziert abspreizte und hineinflötete: »Mr. Mortdecais Seckertär hier.« Dann bekam er einen Kicheranfall, was nach dem gestrigen Bohnenschmaus katastrophal war; mir erging es ebenso, und das Telefon fiel zu Boden. Der honigsüßen amerikanischen Stimme muss das alles äußerst eigenartig vorgekommen sein. Es stellte sich heraus, dass sie – die Stimme – die Sekretärin eines Colonel Blucher in der Amerikanischen Botschaft war, und dass Colonel Blucher Mr. Mortdecai gern um zehn Uhr treffen würde. Jock, der richtiggehend schockiert war, sagte, dass Mr. Mortdecai um diese Zeit noch keinesfalls auf sei und er niemals Herrenbesuch im Bett empfange (weiteres

Kichern). Die Stimme, nicht die Spur weniger süß, erwidert, nun, eigentlich hätte Colonel Blucher sich das so vorgestellt, dass Mr. Mortdecai *ihn* aufsuche und vielleicht wäre zehn Uhr dreißig angenehmer. Jock lieferte ein tapferes Rückzugsgefecht – merkwürdigerweise ist er recht stolz darauf, für jemanden zu arbeiten, der so träge ist wie ich –, und schließlich einigten sie sich auf zwölf Uhr mittags.

Kaum hatte Jock den Hörer aufgelegt, als ich ihn wieder abhob und die Nummer der Botschaft wählte (wenn es Sie interessiert: 4 99 90 00). Eine der schönsten Stimmen, die ich je vernommen habe, meldete sich, ein tiefer Alt wie Samt und Seide, bei dessen Klang sich mein Steißbein kringelte. Ganz deutlich hörte ich: »Eventuell kenn ich Sie?«

»Häh?« schwafelte ich, »wie bitte, wie bitte?«

»American Embassy«. Das war den Bedürfnissen des Publikumsverkehrs schon eher angepasst.

»O ja. Natürlich. Wie dumm von mir. Äh, was ich eigentlich wissen wollte, ist, arbeitet bei Ihnen ein Colonel Blucher?«

Es machte ein-, zweimal »Klick«, ein gedämpftes elektrisches Brummen war zu vernehmen, und bevor ich's mich versah, war ich erneut mit der honigsüßen Stimme verbunden. Diesmal sagte sie nicht, sie sei Colonel Sowiesos Sekretärin; sie sagte vielmehr, sie sei das Amt für Kriegsführung, Abteilung KomMitIO oder SichRR6 oder irgend so ein Hokuspokus. Was für *Kinder* diese Krieger doch sind.

Ich konnte nicht gut zugeben, dass ich nur überprüfen wollte, ob dieser Colonel Blucher echt sei oder nur ein geschmackloser, billiger Scherz, nicht wahr? Nachdem ich ein bisschen herumgestottert hatte, sagte ich, dass ich mit ihrem Boss ungefähr um zwölf verabredet sei und welche Hausnummer die Botschaft am Grosvenor Square denn habe. Das hätte mir einige Punkte einbringen müssen – gute Beinarbeit, das müssen Sie zugeben –, aber ihr Gegenangriff kam rasch und umwerfend.

»Nummer vierundzwanzig«, trällerte sie ohne zu zögern, »Zwo-Vier«.

Nach ein oder zwei gemurmelten Höflichkeitsfloskeln legte ich auf, an allen Fronten besiegt. Man stelle sich bloß mal vor, dass ein verdammter großer Platz wie der Grosvenor Square tatsächlich Hausnummern hat. Jock wandte den Blick ab; er weiß, wann sein junger Herr eine Niederlage einstecken muss.

In düsterer Stimmung stocherte ich in meinem Frühstück herum und trug Jock dann auf, es den bedürftigen Armen zukommen zu lassen und mir ein großes Glas Gin mit zweierlei Wermut darin und etwas Limonade zu bringen. Dieser Drink wirkt auf der Stelle und bringt einen in Nullkommanichts wieder auf die Beine.

Ein Atembonbon lutschend ging ich, dezent gekleidet und wie verrückt grübelnd, zum Grosvenor Square. Das Grübeln brachte nichts; in meinem Kopf herrschte eine Leere wie sonst nur in den unermesslichen Weiten des Alls. Das Atembonbon langte bis zum Eingang der Botschaft, wo ein kompetent aussehender Militär in einer Haltung stand, die man lachhafterweise »bequem« nennt. Sein energisch vorgerecktes Kinn machte dem geübten Auge klar, dass er da stand, um Kommunistenschweinen und allen anderen, die planten, die Verfassung der Vereinigten Staaten über den Haufen zu werfen, den Einlass zu verwehren. Ich begegnete furchtlos seinem Blick und erkundigte mich, ob dies Nummer vierundzwanzig sei, was er nicht wusste. Ich fühlte mich gleich besser.

Eine Reihe wohlgestalter junger Damen nahm mich in ihre Obhut und führte mich immer tiefer in das Gebäude. Sie waren alle groß, schlank, hygienisch sauber, anmutig und mit erstaunlich großen Titten ausgestattet; ich fürchte, ich habe ziemlich geglotzt. Straff aufgerichtet (Marineausdruck) nahm ich Kurs auf das Vorzimmer von Colonel Blucher, wo die Stimme in persona saß. Wie sich das gehörte, war sie am besten von allen ausgestattet; sagen wir mal, sie musste mit ausgestreckten Armen tippen. Zwischen zwei Lidschlägen – und das meine ich ganz wörtlich – wurde ich in ein Büro geschoben, wo mir ein magerer, gesund wirkender Jugendlicher in Uniform einen Stuhl anbot.

Kaum hatte ich mein Hinterteil darauf niedergelassen, wusste ich, was für ein Stuhl das war. Er war mit Glanzleder bezogen, und die vorderen Beine waren einen Zentimeter kürzer als die hinteren. Dem Sitzenden vermittelt das ein Gefühl von Unbehagen, Unsicherheit und Minderwertigkeit. Ich habe selbst so einen Stuhl, auf den ich die Leute plaziere, die versuchen, mir Gemälde zu verkaufen. Ich war unter keinen Umständen bereit, diesen Zirkus mitzumachen, also erhob ich mich und ging auf das Sofa zu.

»Vergeben Sie mir«, sagte ich einfältig, »aber ich habe da diese Sache, wissen Sie, Hämorrhoiden.«

Er wusste. Dem Lächeln nach zu urteilen, das er sich abquälte, würde ich sagen, dass er gerade selbst welche bekam. Er ließ sich hinter dem Schreibtisch nieder. Ich hob eine Augenbraue.

»Ich habe eine Verabredung mit Colonel Blucher.«

»Ich bin Colonel Blucher, Sir«, erwiderte der Jugendliche. Diese Runde hatte ich verloren, aber mit meinem Umzug vom Stuhl zum Sofa war ich ihm noch immer einen Punkt voraus, denn er musste sich den Hals verrenken und die Stimme heben, wenn er mit mir sprach. Für einen Colonel sah er außerordentlich jung aus, und sonderbarerweise passte ihm seine Uniform nicht. Haben Sie jemals einen amerikanischen Offizier – was sage ich, einen amerikanischen *Privatmann* – gesehen, dessen Anzug nicht passt?

Ich packte diesen Gedanken in eine geistige Schublade und wandte mich an den Mann. »Oh, äh«, war die Formulierung, die ich wählte. Vielleicht hätte ich mich besser ausgedrückt, hätte mir mehr Zeit zur Verfügung gestanden.

Er nahm einen Stift zur Hand und klopfte damit auf einen Aktendeckel, der auf seinem glänzenden, leeren Schreibtisch lag. Der Aktendeckel trug jede Menge farbiger Aufkleber, einschließlich eines großen orangefarbenen mit einem schwarzen Ausrufezeichen. Ich hatte das unangenehme Gefühl, dass er vielleicht die Aufschrift »Hon. C. Mortdecai« trug, entschied aber bei erneutem Nachdenken, dass er dort nur lag, um mir einen Schrecken einzujagen.

»Mr. Mortdecai«, sagte er schließlich, »Ihr Auswärtiges Amt hat uns gebeten, auf Ihren Namen und für begrenzte Zeit einen Diplomatenpass auszustellen. Es scheint nicht die Absicht zu bestehen, Sie bei der Britischen Botschaft in Washington oder irgendeiner anderen Gesandtschaft oder Botschaft zu akkreditieren, und unser Ansprechpartner in Ihrem Auswärtigen Amt scheint nichts über Sie zu wissen. Ich darf hinzufügen, dass wir den Eindruck haben, dass es ihn auch nicht kümmert. Möchten Sie dazu vielleicht einen Kommentar abgeben?«

»Nein«, bemerkte ich knapp.

Das schien ihm zu gefallen. Er wechselte zu einem anderen Schreibgerät und beschäftigte sich weiterhin mit dem Aktendekkel. »Mr. Mortdecai, Sie haben sicher Verständnis dafür, dass ich in meinem Bericht den Zweck Ihrer Reise in die Vereinigten Staaten vermerken muss.«

»Ich soll ein wertvolles antikes Automobil als Diplomatengepäck hinüberbringen«, sagte ich, »und dann kann ich hoffentlich noch ein bisschen Sightseeing im Süden und Westen betreiben. Ich habe ein großes Interesse am guten alten Westen«, fügte ich herausfordernd hinzu. Ich war zufrieden, denn ich hatte noch eine Karte im Ärmel.

»Ach, ja«, entgegnete er höflich, »ich habe Ihren Artikel ›Britische Reisende des 19. Jahrhunderts im amerikanischen Westen‹ gelesen. Sehr faszinierend.«

In meinem Ärmel, wo die Karte gewesen war, machte sich

deutlich Zugluft bemerkbar und das unangenehme Gefühl, dass jemand ein paar Nachforschungen über C. Mortdecai angestellt hatte.

»Es erstaunt uns«, fuhr er fort, »dass jemand ein leeres Automobil als Diplomatengepäck befördern möchte. Ich nehme doch an, dass es tatsächlich leer ist, Mr. Mortdecai?«

»Natürlich wird es meine persönliche Habe enthalten, nämlich einen Koffer voll mit schmucken Herrenanzügen, sodann einen mit erlesenen Herrenbekleidungsartikeln, einen Leinensack mit Büchern für jede Stimmungslage – keins davon sehr obszön – und einen Vorrat an Zigaretten und altem schottischen Whisky. Wenn es Ihnen lieber ist, entrichte ich für letzteren natürlich gerne Zoll.«

»Mr. Mortdecai, wenn wir Ihnen Diplomatenstatus zugestehen« – zögerte er an dieser Stelle nicht kurz? – »dann gilt der natürlich uneingeschränkt. Wir haben jedoch, wie Sie sicher wissen, theoretisch das Recht, Sie zur *persona non grata* zu erklären, obwohl wir das gegenüber Repräsentanten Ihres Landes nur äußerst selten tun.«

»Ja«, plapperte ich, »der alte Guy ist prima durchgerutscht, nicht wahr?«

Er spitzte die Ohren. »Haben Sie Mr. Burgess gut gekannt?« fragte er und unterzog seinen Stift einer genauen Untersuchung hinsichtlich Fabrikationsfehlern .

»Nein, nein, nein«, rief ich, »nein, nein, nein, nein, nein. Ich habe den Burschen kaum gekannt. Kann sein, dass ich gelegentlich mal mit ihm ein Glas Fruchtsaft getrunken habe. Ich meine, man kann nicht in derselben Stadt wie Guy Burgess leben, ohne sich ab und an mit ihm in derselben Bar zu finden, oder? Das ist doch eine Frage der Statistik.«

Er öffnete den Aktendeckel und las ein paar Zeilen, wobei er auf irritierende Weise eine Augenbraue hochzog. »Haben Sie jemals einer kommunistischen oder anarchistischen Partei angehört, Mr. Mortdecai?«

»Gütiger Gott, nein!« rief ich ausgelassen. »Ich als schmutziger Kapitalist doch nicht. Knechte die Arbeiter, wo es nur geht, sage ich immer.«

»Vielleicht während Ihrer Schulzeit?« schlug er leise vor.

»Oh. Nun ja, ich glaube, dass ich mich im Debattierclub in der Schule ein-, zweimal auf die Seite der Roten schlug. Aber in der Quinta haben wir es alle entweder mit der Religion oder dem Kommunismus gehabt. Man kriegt das wie Akne, wissen Sie. Das vergeht wieder, sobald man erst ein richtiges Sexualleben hat.«

»Ja«, sagte er ruhig. Plötzlich bemerkte ich, dass er Akne hatte. *Zweiter Fehlschlag,* sagen sie drüben, glaube ich. Und wie, um alles in der Welt, hatten sie in so wenigen Tagen all diese schmutzige Wäsche mich betreffend ans Tageslicht zerren können? Eine noch beunruhigendere Vorstellung war es, wenn sie wesentlich länger dafür gebraucht hatten. Der Aktendeckel war dick und sah so abgegriffen aus wie eine walisische Bardame. Ich wollte auf die Toilette gehen.

Das Schweigen dauerte und dauerte. Ich zündete mir eine Zigarette an, um zu zeigen, wie wenig mich das alles berührte, aber auch darauf war er vorbereitet. Er drückte auf einen Knopf und bat seine Sekretärin, sie möge beim Hausmeister einen Aschenbecher besorgen. Als sie ihn brachte, drehte sie gleichzeitig die Klimaanlage hoch. Fehlschlag Nummer drei. Jetzt musste ich zum Schlag ausholen.

»Colonel«, sagte ich entschlossen, »angenommen, ich gebe Ihnen mein Wort als Ehrenmann« – na, wenn das kein Angebot war –, »dass ich an Politik absolut kein Interesse habe und dass meine Mission nichts mit Drogen, Schmuggelware, Devisen, Mädchenhandel, Perversionen oder der Mafia zu tun hat, sondern dass sie die Interessen einiger der höchstgestellten Persönlichkeiten im Lande tangiert?«

Zu meiner Verblüffung schien das zu funktionieren. Er nickte bedächtig, kritzelte seine Initialen auf den Aktendeckel und lehnte sich auf seinem Stuhl zurück. Amerikaner haben manchmal eigenartig altmodische Anwandlungen. Man konnte förmlich spüren, wie sich die Atmosphäre im Raum entspannte, sogar das Geräusch der Klimaanlage schien sich verändert zu haben. Ich riskierte eine Lippe. »Verzeihen Sie, aber ich glaube, Ihr Tonband ist abgelaufen.«

»Oh, danke«, sagte er und drückte einen weiteren Knopf. Die vollbusige Sekretärin glitt herein, wechselte das Band und glitt wieder hinaus. Im Vorbeigehen schenkte sie mir ein kleines, hygienisches Lächeln. Eine englische Sekretärin hätte geschnaubt.

»Kennen Sie Milton Krampf gut?« fragte Blücher plötzlich. Offensichtlich lief das Spiel immer noch.

»Krampf?« sagte ich. »Krampf? Aber, sicher, ja, einer meiner besten Kunden. Ich hoffe, dass ich ein paar Tage mit ihm verbringen kann. Sehr netter alter Knochen. Ist natürlich ein bisschen komisch, aber das kann er sich leisten, ha, ha.«

»Also – nein, Mr. Mortdecai, ich bezog mich eigentlich auf Dr. Milton Krampf III, den Sohn von Milton Krampf Junior.«

»Ah, jetzt haben Sie mich«, sagte ich wahrheitsgetreu. »Ich habe nie jemanden von der Familie getroffen.«

»Tatsächlich, Mr. Mortdecai? Aber Dr. Krampf ist doch ein sehr bekannter Kunsthistoriker, oder etwa nicht?«

»Das ist mir neu. Auf was hat er sich denn spezialisiert?«

Der Colonel blätterte die Akte durch; vielleicht handelte es sich ja um die *Krampf*-Akte. »Er scheint in amerikanischen und kanadischen Zeitschriften veröffentlicht zu haben. Einschließlich ›Das Nicht-Bildliche in Dérains Mittlerer Periode‹, ›Chromatisch-Räumliche Beziehungen bei Dufy‹, ›Léger und der Gegensymbolismus‹ …«

»Halt!« rief ich und wand mich. »Das reicht. Die übrigen Titel kann ich mir schon vorstellen. Ich kenne dergleichen sehr gut. Mit Kunstgeschichte, wie ich sie betreibe, hat das nichts zu tun. Meine Arbeit beschäftigt sich mit den Alten Meistern, und ich veröffentliche im *Burlington Magazine.* Ich bin ein ganz anderer Snob als dieser Krampf, unsere Bildungswege haben sich nie gekreuzt.«

»Ich verstehe.«

Er verstand überhaupt nichts, aber er wäre lieber gestorben, als das zuzugeben. Wir schieden unter dem üblichen lebhaften Austausch von Unaufrichtigkeiten. Er sah noch immer jung aus, aber nicht mehr ganz so jung wie zum Zeitpunkt meines Eintreffens. Ich ging nach Hause, wieder einmal grübelnd.

Jock hatte sautierte Hühnerleber für mich bereitet, aber mein Magen war auf diesen Hochgenuss nicht eingestellt. Statt dessen verleibte ich mir eine Banane und eine drittel Flasche Gin ein. Danach hielt ich ein Nickerchen, schlummerte ein wenig, faltete im Schlaf ein wenig die Hände. Ein Nickerchen, wissen Sie, ist eine Soforthilfe bei Problemen. Für mich nimmt es die Stelle des freundlichen, weisen, nach Tabak duftenden, in Tweed gekleideten typisch englischen Vaters ein, den andere Jungen hatten, als ich zur Schule ging; die Art Vater, mit dem man alles bereden kann, während man lange Spaziergänge durch die Hügel macht; der einen knapp bescheidet, dass »ein Mann nur sein Bestes geben kann« und dass man sich »männlich verhalten muss«, und der einem anschließend beibringt, wie man eine Forellenfliege wirft. Mein Vater war nicht so.

Der Schlaf hat für mich oft die Stelle dieses mythischen Mannes eingenommen, und oft bin ich getröstet und gut beraten aufgewacht; meine Befürchtungen hatten sich aufgelöst und meine Pflicht lag klar vor mir. Diesmal aber war ich beim Erwachen nicht erfrischt, und mein Hirn strotzte keineswegs von guten Ideen. Das angenehme Gefühl, dass sich ein warmer, tweedbekleideter Arm um meine Schultern gelegt hatte, fehlte; nichts war da außer dem sattsam bekannten Ginkater unter der Schädeldecke und einem vagen Geschmack nach Hundekot im Mund.

Ich entsinne mich, dass ich ›ach je‹ dachte, als ich darauf lauschte, wie das Alka Seltzer im Glas sprudelte. Ich probierte aus, welche Wirkung ein sauberes Hemd und ein gewaschenes Gesicht haben würde; eine leichte Verbesserung war zu spüren, aber verschiedene kleinere, nissengroße Sorgen waren noch immer da. Ich hege eine Abneigung gegen Zufälle, und clevere, junge amerikanische Colonels *verabscheue* ich geradezu, besonders wenn ihnen ihre Uniform nicht richtig passt.

In jenen Tagen war ich ein recht gutgelaunter, sorgloser Bursche, der kleinere Unannehmlichkeiten freudig begrüßte, einfach nur um den Spaß zu haben, sich ihrer elegant zu entledigen. Daher war ich beunruhigt, dass ich mich beunruhigt fühlte, wenn Sie verstehen, was ich meine. Das Gefühl drohenden Unheils sollte man nur haben, wenn man an Verstopfung leidet, und das tat ich nicht.

Als ich auftauchte, händigte mir Jock einen steifen Briefumschlag aus; er war, während ich schlief, von jemandem, den er als langen Pisstrahl mit Bowlerhut beschrieb, abgegeben worden. Jock hatte ihm mit unfehlbarem Gespür ein Glas Bier in der Küche angeboten, was ziemlich schroff abgelehnt worden war.

Der Verfasser, bei dem es sich offenbar um den stellvertretenden Privatsekretär von irgend jemandes Unterstaatssekretär handelte, schrieb, er habe Anweisung, mich zu bitten (oder war es umgekehrt?), um zehn Uhr dreißig am folgenden Tag in Zimmer 504 in einem der hässlicheren neuen Büroblocks der Regierung bei einem gewissen Mr. L. J. Crouch vorstellig zu werden.

Was meine Lebensführung angeht, habe ich nur zwei Grundregeln, und die lauten:

*Regel A:* Meine Zeit und meine Dienste stehen jederzeit,

Tag und Nacht, vollständig dem Kunden zur Verfügung, und keine Mühe ist zu groß, wenn es um die Interessen anderer Leute geht.

*Regel B:* Andererseits will ich verdammt sein, wenn ich mich von allen Seiten bedrängen lasse.

Ich reichte Jock die Mitteilung.

»Das fällt doch eindeutig unter Regel B, oder etwa nicht, Jock?«

»Aber eindeutig, Mr. Charlie.«

»Zehn Uhr dreißig, haben sie gesagt?«

»Jaa.«

»Dann weck mich bitte um elf Uhr morgens.«

»In Ordnung, Mr. Charlie.«

Nach dieser Demonstration meiner Nonchalance viel glücklicher, schlenderte ich zu Veeraswamy und tat mich nachdenklich an Curry lamm und gebutterten Chapatis gütlich. Im Austausch für die glänzendste halbe Krone, die ich in meiner Tasche finden konnte, bedachte mich der prächtig gekleidete Türsteher mit seinem üblichen prächtigen militärischen Salut. Für den Preis recht billig. Wenn Sie deprimiert sind, suchen Sie sich jemanden, der vor Ihnen salutiert.

Currygerichte bewirken meiner spärlichen Erfahrung nach bei Frauen, dass sie ins Bett gehen und Liebe machen möchten. Bei mir bewirken sie lediglich, dass ich ins Bett gehen und den Stein in meinem Magen loswerden möchte. Merkwürdig schweres Zeug, dieses Curry.

Gequält schleppte ich meine Bürde zu Bett, und Jock brachte mir Whisky und Soda, um das Blut zu kühlen. Ein Weilchen las ich noch *Das Elend des Historizismus* von Karl Popper, schlief dann ein und träumte schuldbewusst und verworren von Colonels aus dem Pandschab mit Jagdhüten.

Die Alarmanlage ging um drei Uhr morgens los. Wenn wir zu Hause sind, äußert sie sich als leiser, winselnder, mit bedrohlicher Gleichmäßigkeit anschwellender Ton, der in beiden Schlafzimmern, beiden Badezimmern, dem Empfangszimmer und Jocks Höhle zu hören ist. Sie hört auf, sobald wir beide einen Schalter betätigt haben. Wir wissen dann, dass wir beide alarmiert sind. Ich betätigte meinen Schalter, und sie hörte sofort auf. Ich ging auf meinen Posten – einen Sessel in der dunkelsten Ecke meines Schlafzimmers –, nachdem ich meine Kopfrolle unter die Bettdecke gestopft hatte, um einen schlafenden Mortdecai vorzutäuschen. Über dem Sessel hängt eine Sammlung antiker Feuerwaffen; eine davon ist eine von Joe Manton hergestellte, achtkalibrige Schrotflinte, der rechte Lauf ist mit Vogeldunst, der linke mit Vollmunition geladen. Ein darunter befindlicher, altmodischer Klingelzug löst die Klammern, mit denen sie an der Wand befestigt ist. Meine Aufgabe war es, mich dort auf die Lauer zu legen und Tür und Fenster im Auge zu behalten. Jock würde in der Zwischenzeit auf dem Klingelbrett nachsehen, wo der Alarm ausgelöst worden war, und sich dann am Lieferanteneingang aufstellen, wo er eventuellen Eindringlingen den Rückzug abschneiden oder ihnen, falls notwendig, die Treppe hinauf in mein Zimmer folgen konnte. So lauerte ich in tödlicher Stille, die nur von dem schwer in mir lastenden Currygericht unterbrochen wurde, das wie Socken in der Waschmaschine in mir rotierte. Es ist sehr schwer, sich zu fürchten, wenn man eine geladene achtkalibrige Schrotflinte umklammert hält, aber ich schaffte auch das. Diese Sache hätte einfach nicht passieren dürfen, verstehen Sie?

Nach ein oder zwei Zeitaltern machte die Alarmanlage kurz Piep, was für mich das Signal war, nach unten zu gehen. Erfüllt von einer Mordsangst, kroch ich in die Küche hinunter, wo Jock nackt und schattenhaft an der Tür stand und eine alte 9-mm-Luger in der Hand balancierte. Auf dem Klingelbrett flackerte noch immer hektisch ein violettes Licht mit der Aufschrift EINGANGSTÜR. Mit ein paar Kopfbewegungen umriss Jock unsere Taktik. Ich schlüpfte ins Empfangszimmer, wo ich den Vorraum und die Eingangstür im Blick hatte, Jock entriegelte leise die Tür des Lieferanteneingangs. Ich hörte, wie er sie öffnete und in den Korridor schlich, dann rief er leise und dringlich nach mir. Ich rannte durchs Esszimmer in die Küche und zur Tür hinaus. Nur Jock befand sich im Korridor. Ich folgte seinem Blick auf die Anzeige des Lifts: »5« – das war mein Stockwerk. In diesem Augenblick brummte der Motor des Aufzugs, die »5« erlosch, und Jock stürzte fast geräuschlos zum Treppenabsatz und verschwand nach unten. Sie hätten Jock in Aktion sehen sollen – ein einschüchternder Anblick, besonders wenn er – wie in jener Nacht – nackt ist. Ich rannte ein paar Stufen hinunter, bis ich das Treppenhaus voll übersehen konnte; Jock hatte im Parterre mit Blick auf die Lifttüren Stellung bezogen. Ein paar Sekunden später sprang er auf und verschwand irgendwo im Hintergrund. Ich war momentan verblüfft, aber dann wurde mir klar, dass der Aufzug wohl ins Parterre hinunterfuhr, also galoppierte ich holterdipolter hinunter – alle Angst war jetzt vergessen – und war gerade in der dritten Etage angekommen, als mir ein Blick auf die Anzeige sagte, dass der Lift erneut nach oben fuhr. Ich stürmte wieder hinauf und kam ziemlich außer Puste im fünften Stock an. Die Anzeige war bei »3« stehengeblieben. Ich stolperte in meine Wohnung bis ins Empfangszimmer und ging neben der Konsole mit dem Plattenspieler in die Knie. Ein Alarmknopf in ihrem Innern stellte die Verbindung zum Wachraum der »Feste-drauf-Jungs« her – ach, wie ich mich nach diesen Gaunern sehnte. Den Knopf drückte ich allerdings nicht, denn irgend jemand hieb mir auf den Schädel, genau an der Stelle, wo sich noch immer mein Ginkater herumdrückte. Mein Kinn ruhte auf der Konsolenkante, und dort hing ich dann ein Weilchen und kam mir recht blöd vor. Dann wurde noch mal zugeschlagen, und ich sank mühelos, Meile um Meile um Meile, auf den Boden. Nach ungefähr einer Lebensspanne wachte ich nur sehr widerwillig wieder auf. Jocks riesiges Mondgesicht hing über mir und gab besorgte Laute von sich. Beim Sprechen dröhnte und rasselte ein ohrenbetäubendes Echo in meinem armen Kopf. Ich fühlte mich hasserfüllt und elend.

»Hast du ihn umgebracht?« erkundigte ich mich gierig.

»Nein, Mr. Charlie. Ich hab' unten ein bisschen gewartet, und der Lift hielt im dritten Stock, und ich hab' noch ein bisschen länger gewartet und dann den Knopf gedrückt, und er kam leer runter, also bin ich mit ihm hier raufgefahren, und Sie warn nicht draußen, und da bin ich zum Treppenabsatz gegangen, weil ich sehen wollte, ob ich Sie wo sehe, und dann hörte ich, wie der Lift wieder runterfuhr, und da dachte ich mir, das kann die ganze verdammte Nacht so weitergehen, und bin hier reingekommen, um Sie zu suchen, und da warn Sie, und da hab' ich gedacht ...«

Ich hob schwach die Hand. »Halt«, sagte ich. »Im Augenblick kann ich dir nicht ganz folgen. Mir tut der Kopf davon weh. Durchsuch die Wohnung, sperr die Türen ab, bring mich ins Bett und gib mir die größte Schlaftablette, die je hergestellt wurde. Und zieh dir was an, du Idiot, du holst dir noch den Tod.«

An dieser Stelle drehte ich dem Individuum C. Mortdecai den Hahn ab und ließ den armen Kerl wieder durch den Boden sinken, hinunter in eine sonnenlose See.

Falls mir danach jemand die Gurgel durchschneiden wollte – bitte schön.

 7

*Wer wollte Klagen führen*
*Ob dieser Spreu? Hätt einer seihst die Kunst*
*Der Rede (hab sie nicht!), ganz seinen Willen*
*Solch einer zu bedeuten, sagen: »Dies*
*Oder auch dies an dir verstimmt mich, hier verfehlst,*
*Dort überschreitest du dein Maß« …*
*– Dann ließ er sich herab, und ich zieh vor,*
*Mich nie herabzulassen.*
Meine vorige Herzogin

Ganz vorsichtig hob ich langsam ein Lid und schloss es rasch wieder. Ein gnadenloser Sonnenstrahl war direkt hineingeschossen und verursachte eine Blutung in meinem Gehirn.

Sehr viel später versuchte ich es erneut.

Jemand hatte den Sonnenschein gedämpft, und Jock flatterte händeringend am Fuß meines Bettes herum. Außerdem trug er ein Teetablett, aber ich hatte den deutlichen Eindruck, dass er auch die Hände rang.

»Hau ab«, wimmerte ich. Er setzte das Tablett ab und goss mir eine Tasse Tee ein; in meinem armen Kopf klang das, als ob in einem Raum mit Überakustik eine Toilettenspülung betätigt würde. Ich wimmerte ein wenig mehr und drehte mich um, aber Jock rüttelte mich sanft an der Schulter und murmelte: »na, na«, oder »ist ja gut« oder etwas in der Art. Ich setzte mich auf, um zu protestieren. Die Hälfte meines Schädels schien auf dem Kissen liegen zu bleiben. Behutsam tastete ich den betroffenen Bereich ab, er fühlte sich irgendwie schwammig und breiig an, war zu meinem Erstaunen aber nicht blutverkrustet. Ich kam zu dem Schluss, dass ich wohl gar nicht erst aufgewacht wäre, wenn ich einen Schädelbruch gehabt hätte. Nicht, dass das an diesem Morgen einen Unterschied gemacht hätte.

Der Tee war nicht der übliche Lapsang oder Oolong, sondern Twining's robustere Queen-Mary-Mischung; Jock, erfahren wie er ist, wusste, dass an einem solchen Morgen stärkerer Stoff vonnöten war. Die erste Tasse bekam ich hinunter, dann verabreichte mir Jock zwei Alka Seltzer (der Lärm!), zwei Tütchen Magenpulver und zwei Dexedrin, alles in der angeführten Reihenfolge, und die ganze Mischung wurde mit einer zweiten Tasse von Queen Marys Bestem und Erlesenstem hinuntergespült. Nie wieder werde ich ein hartes Wort über diese heilige Frau fallen lassen.

Recht bald war ich wieder eines vernünftigen Gedankens fähig, und dieser vernünftige Gedanke drängte mich, sofort wieder zu schlafen. Ich sank in der ungefähren Richtung der Kissen nieder, aber Jock zog mich entschlossen hoch und jonglierte mit Teetassen über mir, so dass ich mich nicht traute, mich zu bewegen.

»Da hat so 'ne Tussi den ganzen Tag angerufen«, sagte er, »sie sagt, dass sie von diesem Arsch von Unterstaatssekretär die Sekretärin wär' und dass es um Ihre Papiere geht und dass Sie vorbeikomm solln, wenn Sie stehn können, und dass ihr Chef jederzeit bis halb fünf für Sie Zeit hat. Jetzt isses fast drei.«

Stöhnend und mit knarzenden Knochen tauchte ich mühsam an die Oberfläche.

»Was glaum Sie, wer das letzte Nacht war, Mr. Charlie?«

»Auf jeden Fall keiner aus Martlands Rudel«, antwortete ich. »Die hätten, wie beim letzten Mal, das volle Programm erwartet. Fehlt irgendwas?«

»Ich hab' nix bemerkt.«

»Na, jedenfalls haben die sich nicht die ganze Mühe gemacht, nur um mir eins über die Birne zu ziehen, das ist schon mal sicher.«

»War vielleicht bloß 'n gewöhnlicher Gauner. Hat nich anständig sondiert, hat nich mit zweien gerechnet, hat den Kopf verloren und ist ein bisschen plötzlich verduftet. Das hier hat er ins Schloss von der Eingangstür gesteckt, deswegen ging das Alarmlicht nicht aus.«

»Das hier« war ein Taschenkalender aus steifem Zelluloid von der Größe und Form einer Spielkarte und trug auf der Rückseite die eindringliche Bitte an den Leser, er möge doch Soundso-Bier trinken. Mit diesem Ding konnte man fast alle Zylinderschnappschlösser aufkriegen. Gegen mein federloses Schubriegelschloss mit den phosphor-bronzenen Zylindern im Bart war es allerdings nutzlos, und jeder, der auch nur ein einwöchiges Besserungsprogramm in einer Haftanstalt mitgemacht hatte, wusste das. Mir gefiel die Sache nicht. Blutige Anfänger probieren ihre Anfängerfinger nicht an Penthauswohnungen im fünften Stock in der Upper Brook Street aus. Ich dachte jetzt das erste Mal ernsthaft darüber nach, und die Sache gefiel mir immer weniger.

»Jock«, sagte ich, »wenn wir ihn dabei gestört haben, als er gerade das Schloss knackte, warum war er dann nicht *da,* als wir ihn gestört haben? Und da er nicht da war, wie konnte er dann wissen, dass wir zu zweit waren? Und falls er aufgegeben hatte, *bevor* du nach draußen gestürzt bist, warum hat er dann ein nützliches Einbruchswerkzeug zurückgelassen, und warum hat er noch im Lift herumgetrödelt, anstatt, äh, ein bisschen plötzlich zu verduften?«

Jock machte den Mund ein wenig auf, um das Denken zu unterstützen. Ich konnte sehen, dass es ihm Schmerzen bereitete.

»Na, lass mal«, sagte ich freundlich, »ich weiß, wie du

dich fühlst. Ich zerbrech' mir auch den Kopf. Mir scheint, dass der Gauner dieses Ding ins Schloss gesteckt hat, um den Alarm auszulösen, und dann hat er sich im Lift auf die Lauer gelegt. Als du hinausgestürmt bist, ist er nach unten gefahren, um dich aus dem Weg zu haben. Dann wieder hinauf in den dritten Stock, weil er wusste, dass du wie jeder vernünftige Mensch unten auf ihn warten würdest. Aus dem Lift raus und zu Fuß in den fünften, weil er wusste, dass er mit mir allein fertigwerden würde. Nachdem er das erledigt hat, hört er dich kommen, versteckt sich hinter einer Tür und macht leise den Abgang, während du deinem jungen Herrn zu Hilfe eilst. Und das alles nur deshalb, um mich bei offener Tür allein zu erwischen, während du für ein paar Minuten sicher aus dem Wege warst. Worüber wir uns Gedanken machen sollten, ist nicht wie oder wer, sondern warum.«

»Um was mitgehen zu lassen ...«

»Falls das zutrifft, muss es etwas Tragbares gewesen sein, das leicht zu finden ist, weil er nicht davon ausgehen konnte, viel Zeit zu haben. Und es muss etwas sehr Wichtiges gewesen sein, um ein so hohes Risiko einzugehen. Zudem wahrscheinlich etwas, das wir erst seit kurzem hier haben, denn die ganze Sache hat was Spontanes.«

»... oder um was hier zu lassen«, fuhr Jock mit unerbittlicher Logik fort.

Ich schrak auf, wodurch mein Kopfschmerz wiederauflebte und zurückschlug. Das war eine unangenehme Vorstellung. »Was um alles in der Welt würde jemand wohl hierlassen wollen« quiekte ich und fürchtete die Antwort.

»Na, zum Beispiel 'ne Wanze«, sagte Jock, »oder ein paar Unzen Heroin, gerade genug, um Sie für zwölf Monate einzubuchten. Oder vielleicht 'n Pfund Plastiksprengstoff ...«

»Ich geh' jetzt wieder ins Bett«, sagte ich entschlossen. »Ich will absolut nichts mehr davon hören. Niemand hat hier Bomben bestellt.«

»Nein, Mr. Charlie, Sie müssen zu dieser Alten von dem Unterstaatssekretär gehen. Ich spring runter in die Garage und hol' das große Marmeladenglas.«

»Was, und mich lässt du allein in dieser Wohnung, die mit Tellerminen geradezu gepflastert ist?« jammerte ich.

Aber er war schon fort. Mich bitter beklagend, stieg ich in eine willkürlich zusammengestellte Kollektion von Herrenklamotten und schlich durch die Wohnung und die Treppen hinunter. Unter meinen Füßen explodierte nichts.

Auf Straßenniveau erwartete mich Jock mit dem Rolls, und um mir eine besondere Freude zu machen, trug er seine Chauffeurmütze. Als wir beim Ministerium ankamen, sprang er sogar hinaus und hielt mir die Tür auf. Er wusste, dass das meine Stimmung heben würde, der liebe Kerl.

Wissen Sie, ich kann mich wirklich nicht erinnern, um welches Ministerium es sich handelte; diese Geschichte spielt kurz nach der Ära Wilson, und Sie können sich sicherlich noch erinnern, wie er alle Ministerien über den Haufen warf und die Namen änderte. Es heißt, dass es immer noch ein paar einsame Beamte gibt, die die Flure Whitehalls wie Geister heimsuchen, Fremde am Ärmel zupfen und darum betteln, man möge ihnen den Weg zum Ministerium für Technologische Integration erklären. Natürlich laufen ihre Gehälter weiter, weil es Girokonten gibt; was sie aber am meisten schmerzt, ist der Umstand, dass ihre Ministerien sie noch nicht einmal *vermisst* haben.

Sei dem, wie ihm wolle, Jock setzte mich jedenfalls vor diesem Ministerium ab, und eine Reihe von superjungen Männern geleitete mich durch eine Tür nach der anderen – jeder junge Mann noch geschmackvoller gekleidet als der davor, jede Tür schwerer und besser gedämmt als die vor ihr –, bis ich schließlich mit L. J. Crouch allein war. Ich hatte mich innerlich schon auf einen englischen Colonel Blücher eingestellt, aber nichts hätte der Wirklichkeit weniger nahekommen können. Ein großgewachsener, fröhlicher, grobknochiger Bursche mit strohigem Haar nahm die Stiefel von einem mitgenommenen Schreibtisch und bewegte sich mit einem strahlenden Lächeln schwerfällig auf mich zu.

»Hah!« dröhnte er, »großartig! Bin froh, dass Sie wieder auf den Beinen sind, junger Mann! Das ist das Beste nach einem Sturz – sofort wieder aufstehen und es noch mal versuchen. *Nil illegitimis carborundum,* stimmt's? Lassen Sie nicht zu, dass diese Bastarde Sie unterkriegen!«

Ich schwankte auf weichen Knien und sank in den dicken Ledersessel, auf den er wies. Zigarren, Whisky und Soda tauchten in meinen kraftlosen Händen auf, während ich mich umsah. Das Mobiliar stammte eindeutig aus einem bessergestellten Pfarrhaushalt; alles sehr solide, aber irgendwie abgenutzt. Sechzig rattengesichtige Vorschuljungen blinzelten und glotzten von einer Gruppenaufnahme über seinem Stuhl auf mich herab; darüber hing ein gesplittertes, angekohltes Stück Ruder eines Achters in den Farben von St. Edmund Hall. In einer Ecke stand eine alte messingene Marinegeschosshülse, die gefüllt war mit kräftigen Stöcken und Stoßrapieren von der altmodischen Florettsorte mit Flügelheft. Zwei Wände waren mit frühen englischen Aquarellen der guten, langweiligen, bläulichen Art zugehängt. Nichts ist öder, wie Sir Karl Parker zu sagen pflegte, als ein frühes englisches Aquarell – es sei denn, es handelt sich um ein *verblasstes* frühes englisches Aquarell. Aber ich mache gute Geschäfte mit ihnen und respektiere sie daher.

»Kennen Sie sich mit Aquarellen aus?« fragte Crouch, der meinem Blick gefolgt war.

»Ein bisschen«, sagte ich, und blickte ihm geradewegs ins Auge. »Sie haben einen J. M. W. Turner, der nicht echt sein kann, weil das Original im Ashmolean Museum hängt. Dann einen großartigen Callow von etwa 1840, einen Farington, der mal gereinigt werden müsste, einen mehrfarbigen James

Bourne – die sind selten. Eine Heuwiese von Peter de Wint, bei der der Himmel neuerer Machart ist. Einen ausgezeichneten John Seil Cotman. Dann zwei ziemlich ins Auge fallende Varleys aus seiner letzten Periode. Einen Payne, der vor dem Krieg im *Connoisseur* abgedruckt worden ist. Einen Rowlandson, der etwa 1940 bei Sabine zum Verkauf stand. Einen Francis Nicholson of Scarborough in verblasstem Rosa – er hat immer Indigo verwendet. Einen wertvollen Cozens und den erlesensten Edridge, den ich je gesehen habe.«

»Junge, Junge«, sagte er. »Der Kandidat hat hundert Punkte, Mortdecai. Ich sehe schon, über Aquarelle wissen Sie Bescheid.«

»Ich kann es mir nie verkneifen, anzugeben«, sagte ich einfältig. »Das ist ein Tick von mir.«

»Der Edridge ist mir als Girtin verkauft worden.«

»Das ist ihr Schicksal«, sagte ich schlicht.

»Na kommen Sie schon, wieviel würden Sie mir für alle zusammen geben?«

Ein Händler muss lernen, mit so etwas zu leben. Früher, als ich den Wert des Geldes noch nicht zu schätzen wusste, habe ich mal Anstoß daran genommen. »Zweitausendzweihundertundfünfzig«, sagte ich und blickte ihm noch immer direkt ins Auge. Er war ganz aufgeregt. *»Pfund?«*

»Guineen«, erwiderte ich. »Ist doch klar.«

»Wahnsinn. Vor Jahren, als die gute alte Walker-Galerie schloss, hab' ich aufgehört zu kaufen. Ich wusste, dass die Preise gestiegen sind, aber …«

»Die Preise für diese Bilder werden fallen, wenn Sie sie nicht aus diesem sonnigen Zimmer schaffen. Noch blasser dürfen sie nicht mehr werden.«

Zehn Minuten später nahm er mit zitternden Händen meinen Scheck entgegen. Ich ließ ihm den Nicholson im Tausch für einen Albert Goodwin, der auf der Toilette gehangen hatte. Die Tür zu seinem Büro wurde einen Spaltbreit geöffnet und mit einem respektvollen Klicken wieder geschlossen. Schuldbewusst fuhr er auf und sah auf die Uhr. Es war vier Uhr dreißig; er würde seinen Zug verpassen. Das gleiche galt für seine hübschen jungen Männer, wenn er nicht scharf aufpasste.

»Sprechen Sie mir nach«, sagte er unvermittelt und holte ein abgegriffenes Stück Pappe aus einer Schreibtischschublade, »ich, Charlie Strafford Van Cleef Mortdecai, ein aufrechter und loyaler Diener Ihrer Britannischen Majestät, schwöre …«

Ich starrte den Mann offenen Mundes an. Zog er etwa meinen Scheck in Zweifel?

»Na los, spucken Sie's schon aus, alter Knabe.«

Ich spuckte es aus, Zeile für Zeile, und schwor, dass ich ein getreuer Überbringer der Botschaften Ihrer Majestät innerhalb und außerhalb Ihres Reiches sein würde, ungeachtet, uneingeschränkt, und so weiter und so wahr mir Gott helfe. Dann überreichte er mir ein kleines Schmuckkästchen, in dem sich ein erschöpft aussehendes silbernes Hündchen befand, ein Dokument, das mit den Worten begann: »Wir, Barbara Castle, Britische Arbeitsministerin, ersuchen und verlangen«, und ein dünner Aktendeckel aus rotem Leder, der in Gold die Worte »Hof von St. James« trug. Ich unterschrieb, bis mir die Hand weh tat.

»Ich weiß nicht, um was es sich dabei handelt, und ich möchte es auch nicht wissen«, sagte er ständig, als ich unterschrieb. Ich respektierte seinen Wunsch.

Die jungen Männer schafften mich hinaus und warfen mir dabei böse Blicke zu, weil sie durch mich ihre Züge verpassten. Gewohnheitstiere. So ein Leben würde auch ich nicht führen wollen.

Martland hatte draußen im Halteverbot geparkt und rieb einem ganzen Rudel Verkehrspolizisten seinen Dienstgrad unter die Nase; es hätte nicht viel gefehlt, und er hätte ihnen empfohlen, sich doch mal die Haare schneiden zu lassen. Ärgerlich winkte er mich in seinen grässlichen Mini und brachte mich zur amerikanischen Botschaft, wo ein sanfter, gelangweilter Mann meine neuen Papiere mit Siegeln des State Department besudelte und mir eine sähr, sähr, angenehme Reise in die Vereinigten Staaten wünschte. Dann fuhren wir in meine Wohnung, wo ich Martland einen Drink und er mir eine berstend volle Brieftasche mit Flugtickets, Gepäckscheinen und ähnlichem gab, sowie eine getippte Liste von Flug- und Fahrplänen, Namen und Verhaltensregeln. (Letzteres war natürlich nichts als Schwachsinn.) Er war schweigsam, mürrisch und gedankenverloren. Er sagte, nicht er habe mich letzte Nacht aufmischen lassen, und es sei ihm auch ziemlich egal, wer dahinterstecke. Andererseits schien er nicht sonderlich überrascht zu sein, eher bedrückt. Ich hatte den Verdacht, dass er – wie ich – den Verdacht hatte, dass uns die verworrenen Pfade, die wir beschritten, allmählich nervös machten. Genau wie ich fragte er sich vielleicht, wer eigentlich wen manipulierte.

»Charlie«, sagte er schwerfällig, die Hand schon auf dem Türknauf, »wenn du mich zufällig mit diesem Goya-Bild reinlegst, oder falls du mich bei der Krampf-Sache hängen lässt, werde ich dich erledigen lassen müssen, das ist dir doch wohl klar, ja? Wie es aussieht, werde ich das vermutlich sowieso müssen.«

Ich forderte ihn auf, meinen Hinterkopf zu betasten, der sich wie ein Kropf anfühlte, der seinen Orientierungssinn verloren hatte, aber er lehnte auf äußerst beleidigende Weise ab. Als er hinausging, knallte er die Tür zu, und meine Knüppelwunde hallte schmerzhaft davon wider.

# 8

*... Bis dann ein neuer Ganymed emporsteigt!*
*O hold Gefieder, neue starke Schwingen,*
*Nicht gänzlich unnütz freilich auch dem Vogler –*
*Federgewand des luftgen Dämons! Jagdwild? Nein!*
*In Paracelsus' Waage sei's gelegt, aufs Gran, aufs Jota,*
*Gott weiß, man könnt' dir die Atome wägen*
*(Läg in der andern Schal' die Liebe!) ...*
*... bei einem Wort,*
*Im Zeitraum eines halben Worts nur, eh du zuckst,*
*Ohn dass man einen der Gedanken webt,*
*Leichter als knäb'sche Lieb', zart wie der Tod:*
*Ich hätt dich hingezogen.*
Paracelsus

Ich befand mich auf dem Weg nach Amerika; es war der erste Ferientag. Ich sprang aus dem Bett, rief nach Eimerchen und Schaufel, nach meinen Strandsandalen und dem Sonnenhut. Ohne die freundliche Unterstützung von Anregungsmitteln tänzelte ich beschwingt die Treppen hinunter und trällerte:

»*Morgen früh um diese Zeit bin ich*
*– wie schön! – schon meilenweit*«,

und störte dabei Jock, der mürrisch meine Habseligkeiten für das amerikanische Abenteuer packte. »Geht's Ihnen gut, Mr. Charlie?« erkundigte er sich frech.

»Jock, ich kann dir gar nicht sagen, *wie* gut es mir geht –

*kein Pauken mehr und kein Latein,*
*ich lass die Schule Schule sein*«,

fuhr ich fort.

Es war ein schöner Morgen, den sogar Pippa einigermaßen akzeptabel gefunden hätte. Die Sonne schien, der Kanarienvogel krähte vor Vergnügen. Zum Frühstück gab es kaltes Kedgeree – Reis mit Fisch, Erbsen, Zwiebeln, Eiern, Butter und Gewürzen –, von dem ich mir eine große Menge einverleibte (es gibt nichts Besseres) und mit kaltem Flaschenbier nachspülte. Jock schmollte ein bisschen, weil er zurückbleiben sollte, aber in Wirklichkeit freute er sich darauf, die Wohnung für sich allein zu haben. Ich glaube, wenn ich weg bin, lädt er seine Freunde zum Dominospielen ein.

Dann sah ich die Post durch, die sich seit etwa einer Woche angesammelt hatte, füllte ein Einzahlungsformular aus, schrieb für die hartnäckigsten Gläubiger Schecks aus, rief beim Tippsenservice an und diktierte ein Dutzend Briefe. Anschließend aß ich zu Mittag.

Bevor ich zu einer längeren Expedition aufbreche, esse ich immer das zu Mittag, was Ratty für die Seeratte zubereitete und was sie dann im Gras am Straßenrand verputzten. Wie Sie, mein *belesenes* Publikum, sicherlich wissen, »… packte Ratty ein einfaches Mahl ein und achtete darauf, dass dazu ein ein Meter langes französisches Brot gehörte, eine Wurst, in der der Knoblauch sang, etwas Käse, der sich niederlegte und weinte, und eine langhalsige, mit Stroh überzogene Flasche, die eingemachten Sonnenschein enthielt, der auf ferne südliche Berghänge geschienen hatte und dort geerntet worden war.«

Ich bedaure jeden, dessen Speichel nicht kräftiger fließt, wenn er diese Zeilen nachempfindet. Wie viele Männer meines Alters gibt es wohl, deren Geschmack und Appetit noch immer von diesen halb vergessenen Worten diktiert werden?

Jock fuhr mich zu Mr. Spinozas Geschäft, wo wir den Silver Ghost mit meinen Koffern (einer aus Schweinsleder, einer aus Segeltuch) und dem Büchersack beluden. Mit beinahe japanisch gutem Geschmack hatte Spinozas Vorarbeiter die von der Kugel verursachte Delle in der Tür nicht ausgebeult, sondern ausgebohrt, und eine Scheibe aus poliertem Messing eingelassen, auf der ordentlich Spinozas Initialen und das Datum eingraviert waren, an dem er seinem eifersüchtigen Gott begegnet war, »dem Schöpfer der Schöpfer aller Schöpfung«, wie Kipling es so treffend formuliert hat.

Spinoza und ich hatten einige Mühe gehabt, Krampf davon abzubringen, in den Ghost ein Synchrongetriebe einzubauen; jetzt war jedes Zahnrad und jeder Kolben eine getreue Nachbildung dessen, was sich im Originalmodell befunden hatte, einschließlich der imitierten Abnutzungserscheinungen nach dreißigtausend Meilen, die der rotzige Lehrling liebevoll mit einem Polierleder zustande gebracht hatte. Die Art, wie sich die Gänge schalten ließen, gemahnte mich an einen warmen Löffel, der sich in einen Berg von Kaviar gräbt. Die Metapher, die dem Vormann dazu einfiel, war vielleicht etwas banaler, er verglich den Vorgang mit den hastigen Zusammenkünften, die er mit einer Dame von lockerer Moral hatte, bei der er Stammkunde war. Ich starrte den Burschen an; er war fast doppelt so alt wie ich.

»Ich bewundere Sie«, rief ich bewundernd. »Wie schaffen Sie es bloß, am Abend Ihres Lebens noch so vital zu sein?«

»Ach, wissen Sie, Sir«, erwiderte er bescheiden, »das mit der Vitalheit hat mit der Geburt und mit der Erziehung zu tun. Mein Vater tat sich schwer mit die Techtelmechtels. Bis zu seinem Tod hat er Haare wie 'ne Fußmatte den Rücken runter gehabt.« Er wischte sich eine mannhafte Träne fort.

»Un ich komm auch nich immer ganz klar mit die Ansprüche, wo meine Freundinnen an mich haben. Manchmal isses, als wenn man versucht, ein Marshmallow in 'ne Spardose zu schieben, Sir.«

»Ich weiß genau, was Sie meinen.« Bewegt schüttelten wir uns die Hände; den Zehner, den ich ihm beiläufig zusteckte, nahm er würdevoll entgegen. Als Jock und ich abfuhren, winkten uns alle in der Werkstatt nach, mit Ausnahme des Rotzlümmels von Lehrling, der sich vor lauter schwer begreiflichem Lachen fast nass machte. Ich glaube, er gefiel sich in der Vorstellung, dass ich ihn *mochte* – um Gottes willen.

Unser Weg zum Londoner Flughafen gestaltete sich fast königlich: Ich ertappte mich dabei, dass ich mit dieser wundervollen, elliptischen, abwärts verlaufenden und gänzlich unnachahmlichen Handbewegung winkte, die Ihre Majestät, Königin Elisabeth, und die Königinmutter so fabelhaft beherrschen. Natürlich erwartet man, einen gehörigen Eindruck zu hinterlassen, wenn man in einem weißen, antiken Rolls Royce im Wert von fünfundzwanzigtausend Pfund geräuschlos durch London und seine Vororte rauscht. Ich muss jedoch zugeben, dass das fröhliche Gelächter – die *Ferien*stimmung – die wir beim Vorbeifahren verursachten, mich überraschte. Erst als wir am Flughafen angekommen waren, entdeckte ich die drei aufgeblasenen Pariser, die der Rotzlümmel an die hintere Stoßstange gebunden hatte.

Am Flughafen trafen wir auf zwei mürrische, rattengesichtige Männer, die schlichtweg leugneten, dass es den bewussten Wagen, den bewussten Flug oder die von uns genannte Fluggesellschaft überhaupt gab. Jock wälzte sich schließlich vom Fahrersitz und bedachte sie mit zwei kurzen, schmutzigen Worten, woraufhin sich die entsprechenden Dokumente innerhalb eines blutunterlaufenen Lidschlags fanden. Auf Jocks Rat hin händigte ich ihnen einen Weichmacher in Höhe von einem Pfund aus, und Sie wären erstaunt gewesen, hätten Sie gesehen, wie reibungslos die Maschinerie auf Touren kam. Sie saugten das Benzin aus dem Rolls ab und lösten die Batterie heraus. Ein sagenhaft schöner junger Mann mit unwahrscheinlich langen Wimpern tauchte auf und holte aus einem Lederköfferchen eine Kneifzange. An jeder zu öffnenden Öffnung des Ghost (der bereits auf einer Palette stand) brachte er kleine Bleisiegel an, zwinkerte dann Jock zu, grinste mich hämisch an und stürmte zurück zu seiner Stickarbeit. Ein Zöllner, der den Vorgang beobachtet hatte, näherte sich und nahm all die Papiere mit, die der Mann vom Auswärtigen Amt mir gegeben hatte. Ein niedlicher kleiner Traktor hakte sich an der Palette ein und tukkerte mit ihr davon. Noch nie sah ein Rolls so albern aus. Das schien es dann gewesen zu sein. Jock begleitete mich in die Abfertigungshalle, und ich ließ zu, dass er mir etwas zu trinken kaufte, weil er sich in der Öffentlichkeit gern ein bisschen hervortut. Dann verabschiedeten wir uns herb-männlich voneinander.

Eine Donald-Duck-Stimme aus einem Lautsprecher kündigte meinen Flug an; ich erhob mich und schlurfte der statistischen Unwahrscheinlichkeit entgegen, bei einem Flugzeugabsturz ums Leben zu kommen. Mich persönlich schreckt der Gedanke an einen solchen Tod wenig. Welcher zivilisierte Mensch würde nicht lieber wie Ikarus sterben, als auf einer Autobahn von einem Ford Transit zu Tode gequetscht zu werden?

Als wir die Sitzgurte wieder öffnen durften, bot mir ein netter Amerikaner, der neben mir saß, eine riesige und prächtige Zigarre an. Er war so schüchtern und nannte mich so nett »Sir«, dass ich sie einfach annehmen musste. (Sie war wirklich wunderbar, aus der Werkstatt von Henry Upmann). Vertraulich und eindrucksvoll teilte er mir mit, dass es eine statistische Unwahrscheinlichkeit darstelle, bei einem Flugzeugabsturz zu Tode zu kommen.

»Na, das sind doch gute Neuigkeiten.« Ich musste kichern.
»Statistisch gesehen«, erklärte er, »ist man nach neuesten Erhebungen der Versicherungen in weitaus größerer Gefahr, wenn man mit einem drei Jahre alten Auto elf Meilen auf der Autobahn fährt.«

»Tatsächlich«, sagte ich – ein Wort, das ich nur gebrauche, wenn nette Amerikaner mir was über Statistik erzählen.

»Sie können drauf wetten. Ich persönlich fliege jedes Jahr viele, viele tausend Meilen.«

»Tja, da haben wir's. Oder besser: hier haben wir's, denn zum Beweis, dass diese Zahlen stimmen, sind Sie ja hier. Stimmt's?«

»Genau.«

Mit der Korrektheit unserer Gedankengänge zufrieden, verfielen wir in freundliches Schweigen, und unsere lutscherähnlichen Zigarren lullten unsere Ängste ein, als unser großes graues metallenes Zugpferd leichten Hufes über den St.-Georg-Kanal donnerte. Nach einer Weile lehnte er sich zu mir herüber.

»Aber«, murmelte er, »zieht sich Ihnen nicht auch kurz vor dem Abheben das Arschloch ein wenig zusammen?«

Ich dachte ausgiebig darüber nach. »Eigentlich mehr bei der Landung«, sagte ich schließlich, »was natürlich ganz falsch ist, wenn man mal darüber nachdenkt.«

Er dachte eine Weile darüber nach. »Sie meinen, wie in einem Fahrstuhl?«

»Genau.«

Er wieherte glücklich, wieder ganz er selbst und zufrieden in dem Wissen, dass alle Männer, geht man nur ein bisschen tiefer, Arschlöcher sind, wenn ich das mal so ausdrücken darf.

Nachdem wir die Artigkeiten abgehakt hatten, holten wir – zwei alten Frauen beim Fertigen einer Steppdecke nicht unähnlich – unsere Arbeit heraus, meine in Gestalt eines grässlich öden deutschen Taschenbuchs über das Settecento in Neapel (es braucht schon einen deutschen *Kunstkenner*, um diese Epoche langweilig darzustellen), seine in Form unendlich unverständlicher Computerausdrucke, die er einem Aktenkoffer entnahm. Ich kämpfte ein Weilchen mit Professor Aschlochs verzwickter Prosa – nur deutsche Dichter haben je verständliche deutsche Prosa geschrieben –, schloss dann die Augen und sann bitter darüber nach, für welchen meiner Feinde der nette Amerikaner wohl arbeitete.

In einer ansonsten tadellosen Aufführung war ihm nur ein Fehler unterlaufen: er hatte mir seinen Namen nicht genannt. Haben Sie je drei Worte mit einem Amerikaner gewechselt, ohne dass er Ihnen seinen Namen mitgeteilt hätte?

Seit Mittwoch schien ich mir eine ganze Reihe von Feinden gemacht zu haben. Die wahrscheinlichste und unangenehmste Möglichkeit und zugleich die, die mir am meisten Kopfzerbrechen verursachte, war die, dass er zu Colonel Bluchers Mannen gehörte, wer immer sie waren. Martland war auf seine eigene, britische Art ein grauenvoller Bastard, konnte sich aber nie seines gesegneten britischen Sinns für die Verhältnismäßigkeit der Mittel entledigen. Die erbarmungslosen, unglaublich reichen Dienststellen der US-amerikanischen Regierung waren eine andere Sache: zuviel tödlicher Ernst, zuviel Hingabe; sie halten das alles für *wirklich.*

Saure, von *Angst* hervorgerufene Verdauungssäfte schwappten plötzlich in meinem Magen herum, und unangenehm gluckernde Geräusche kamen aus meinem Dünndarm. Die Stewardess mit einem Tablett voll undefinierbarem Schrott war mir höchst willkommen. Ich schaufelte das Zeug wie ein Verhungernder in mich hinein, während mein netter Amerikaner, ganz übersättigte, weitgereiste, statistische Unwahrscheinlichkeit, abwinkte. Mein Magengeschwür wurde einstweilen durch geräucherten Plastiklachs, ein gummiartiges

Kotelett in glasigem Aspik, in Hormonschinken eingewickelte Hühnerkacke und matschige, halb aufgetaute Erdbeeren mit einem Haufen Rasierschaum besänftigt, und ich fühlte mich gerüstet, die Möglichkeit zu erwägen, dass ich mich irrte und der Mann womöglich doch nur ein normaler amerikanischer Simpel war (eigentlich wie ein britischer Simpel, nur mit besseren Manieren).

Warum sollte mir schließlich jemand einen solchen Menschen an die Fersen heften? Was konnte ich auf einer solchen Reise schon anstellen? Oder andersherum: was konnte *er* auf einer solchen Reise schon anstellen? Mir ein Geständnis abpressen? Mich davon abhalten, das Flugzeug in meine Gewalt zu bringen oder die Verfassung der Vereinigten Staaten aus den Angeln zu heben? Zudem wäre es auch eine Verschwendung an Agenten, denn nach mehreren Stunden extremer Nähe würde ich ihn zweifelsfrei in Zukunft wiedererkennen. Nein, er musste eindeutig das sein, was er schien: ein unbeteiligter, ehrlicher leitender Angestellter, vielleicht bei jenem hervorragenden Forschungsinstitut, das dem State Department hilfreiche Ratschläge erteilt, wo es den nächsten unbedeutenden Krieg in Szene setzen soll. Ich wandte mich ihm herzlich, entspannt und mit neuem Vertrauen zu. Ein Mann, der Upmanns raucht, kann nicht gänzlich schlecht sein.

»Ach, entschuldigen Sie bitte, was machen Sie eigentlich beruflich?« fragte ich so britisch, wie ich nur konnte. Erfreut faltete er die Ziehharmonika der Computerausdrucke zusammen (für jeden, der mit der Sonntagsausgabe einer amerikanischen Zeitung fertig wird, ist das ein Klacks) und wandte sich liebenswürdig mir zu.

»Also, ich habe – äh – die Zahlen dieser sehr, sehr umfangreichen – äh – Bilanz einer Einzelhandelskette in – äh – Großbritannien verglichen, auf Richtigkeit überprüft und evaluiert, Sir«, erklärte er rundheraus.

Ich blickte ihn weiterhin an und hob meine Augenbrauen nur eine Spur – winzige, höfliche britische Fragezeichen, die unter meinem Haaransatz leuchteten.

»Fish and Chips«, erläuterte er. Ich ließ den Unterkiefer ein wenig sinken und hatte den Eindruck, dass ich damit eine noch britischere Wirkung erzielte.

»Fish and Chips?«

»Richtig. Ich denke daran, zu kaufen.«

»Oh, tatsächlich. Äh, viel?«

»Na ja, also – so ungefähr alles.« Mein Gesichtsausdruck war fragend und interessiert, und er erzählte und erzählte. Wie es aussah, handelte es sich bei Fish and Chips um das letzte noch unentdeckte Millionengeschäft in Britannien, das zu entdecken er sich gerade anschickte. Siebzehntausend fast durchgängig unabhängige Frittenbuden, von denen viele nur knapp in den schwarzen Zahlen wirtschafteten, verbrauchten jährlich eine halbe Million Tonnen Fisch, eine Million Tonnen Kartoffeln und hunderttausend Tonnen Fett und Öl. Er erklärte mir, dass sie jede Fischart verwenden, die ihr »Lieferant« ihnen zukommen lässt, und zahlen, was gefordert wird; meistens braten sie das Zeug in Öl, das ein Hottentotte als Gleitmittel für den Geschlechtsverkehr zurückweisen würde. Er malte ein graues Bild von der Gegenwart und ein rosiges von der Zukunft, wenn er alle Läden aufgekauft und sie im Franchise-Verfahren zu seinen Bedingungen zurückverpachtet haben würde.

Das klang alles sehr vernünftig, und als er mit seinen Erklärungen fortfuhr, beschloss ich, ihm bis zur Landung vorübergehend abzunehmen, dass er echt war. Tatsächlich wurden wir sogar so etwas wie Kumpel. Es ging so weit, dass er mich einlud, in seiner Wohnung Logis zu nehmen. Nun, natürlich traute ich ihm *so* weit nun auch wieder nicht, und ich musste ihn leider bescheiden, dass ich in der Britischen Botschaft wohnen würde. Er musterte mich nachdenklich und erzählte mir dann, dass er davon träume, einen Herzog als Vorsitzenden für seine englische Firma gewinnen zu können.

»Großartige Idee!« sagte ich herzlich. »Von denen kann man gar nicht genug haben. Sind auch alles fabelhafte Arbeitstierchen. Wissen Sie, die echten Herzöge sind heutzutage ziemlich hart umworben. Es scheint, dass nicht mal mehr die Handelsbanken sie an sich binden können. So schnell sie können, begeben sie sich alle auf die freie Wildbahn. Vielleicht kommen sie jetzt, wo Wilson fort ist, wieder ans Licht, aber ich an Ihrer Stelle würde mich nach einem Marquis oder ein paar Earls umsehen. Von denen gibt es wesentlich mehr, und sie sind nicht so hochnäsig.«

»Earls?« sagte er. »Sagen Sie mal, kennen Sie vielleicht zufällig den Earl of Snowdon?« Seine Augen schimmerten unschuldsvoll, aber ich wurde nervös, wie ein Übeltäter, der eine furchteinflößende Vorladung erhält.

»Natürlich nicht«, sagte ich nervös, »nein, nein, nein. Der ist wieder ganz was anderes, auf jeden Fall hat er einen Job – ich glaube, im Design Centre. Grässliche Leute. Er natürlich nicht, er entwirft Elefantenfreiluftgehege für den Zoo, und ich bin sicher, verflixt gute. Sehr fähig, der Mann. Großartiger Bursche. Glücklich verheiratet. Das liebe kleine Frauchen. Ja.« Mein Redestrom versiegte. Er bohrte unerbittlich weiter.

»Tschuldigung, aber sind Sie ein Aristokrat?«

»Nein, nein, nein«, sagte ich erneut und wand mich vor Verlegenheit, »nichts dergleichen. Völlig daneben. Ich bin nur ein Edelmann, und mein Bruder hat den einzigen Titel eingesackt. Mein Vater hat mir eine Art Pflichtteil hinterlassen, ha, ha.« Er blickte verwirrt und unglücklich drein, deswegen setzte ich zu einer Erklärung an.

»Wissen Sie, in dieser Beziehung ist England nicht wie Kontinentaleuropa, ja noch nicht einmal wie Schottland.

Diese Sache mit den *seize quartierst*[*] und dem ›edel in all ihren Abkömmlingen‹ ist etwas, über das wir nicht gern sprechen, und es gibt nur ein knappes halbes Dutzend Familien, die ihre Herkunft geradewegs auf einen Ritter der Eroberung zurückführen können, und die haben keine Titel. Außerdem würde niemand, der bei Verstand ist, von diesem Haufen abstammen wollen: Die Eroberung war ein Mittelding zwischen einer Aktiengesellschaft und dem Goldrausch am Yukon. Wilhelm der Eroberer selbst war eine Art primitiver Cecil Rhodes und seine Anhänger waren Schnorrer, Glücksritter, Schwule und Komödianten.«

Er war jetzt ganz wunderbar verstört; ich konnte daher nicht widerstehen, fortzufahren.

»Allgemein gesagt, gehört heutzutage praktisch keiner aus der Aristokratie zum Hochadel, und nur sehr wenige Mitglieder des Hochadels sind überhaupt Aristokraten, was man auf dem Kontinent sehr ernst nehmen würde. Man ist schon glücklich, wenn man die Familie bis zu irgendeinem ungeschlachten Rüpel zurückverfolgen kann, der bei der Auflösung der Klöster sein Vermögen gemacht hat.«

Das regte ihn nun wirklich auf; ein Teil seiner Computerausdrucksziehharmonika rutschte ihm vom Schoß und rauschte wie ein Wasserfall zwischen unseren Füßen zu Boden. Wir bückten uns beide danach, da ich aber um ein paar Zentimeter schlanker war als er, bückte ich mich tiefer, so dass wir nicht gerade mit den Köpfen aneinanderstießen, meine Nase (normannisch, mit römischem Einfluss) sich aber in seinem Jackett wiederfand, wo sie buchstäblich auf den schwarzen Griff einer Pistole im Schulterhalfter stieß.

* *Seize Quartiers:* Man muss 16 mit der normannischen Eroberung 1066 nach England gekommene Vorfahren nachweisen, um als echter alter Adel zu gelten. (Anm. d. Übers.)

»Hoppsa!« quiekte ich, ziemlich entnervt. Er lachte gutmütig glucksend.

»Kümmern Sie sich nicht um das Schießeisen, mein Sohn. Wir Texaner fühlen uns ohne so ein Ding richtig nackt.«

Wir plauderten noch über das eine und andere Thema, ich fand es jedoch schwierig, mich auf die interessanteren Aspekte der Fischbraterei zu konzentrieren. Zweifellos tragen texanische Geschäftsleute oft Schießeisen, ich konnte aber nur schwer glauben, dass sie eine unbequem lange Colt's Woodsman einstecken, bei der es sich um eine kleinkalibrige, langläufige Automatik handelt, die nur zum Zielscheibenschießen und, seltener, von Berufskillern verwendet wird, die wissen, wie sie mit den kleinen Kugeln richtig treffen. Als handliche Waffe zur Selbstverteidigung des Durchschnittsbürgers gibt es sie einfach nicht. Außerdem war ich sicher, dass texanische Geschäftsleute ihre Schießeisen wahrscheinlich nicht in Federklammern mit Schnellfreigabemechanismus, Typ Bryson, aufbewahrten.

Die Reise schien sich immer mehr hinzuziehen. Die Vereinigten Staaten schienen ein ferner unangenehmer Ort. Bei der Landung verriet mir der nette Amerikaner schließlich seinen Namen: Brown, B-R-A-U-N geschrieben und Brawn ausgesprochen. Ziemlich glaubhaft, dachte ich. Wir sagten einander Lebewohl, und einen Augenblick, nachdem wir das Flugzeug verlassen hatten, verschwand er. Seiner herzlichen und stattlichen Gegenwart beraubt, mochte ich ihn immer weniger.

Martland hatte sich getreulich an meine Liste mit Anweisungen gehalten; er würde eine fabelhafte Ehefrau abgeben. Ein großer, trauriger Bursche holte mich ab und geleitete mich zu einer widerhallenden Frachthalle, wo der Rolls auf seiner Palette stand und schimmerte, umgeben von anderen Burschen mit niedlichen kleinen Tankwagen, exotischen Nummernschildern, Reisescheckheften und was weiß ich noch alles. Ach ja, und ein verdrossener Bursche, der heftig mit einem Gummistempel in meinem Pass herumfuhrwerkte. Ich nahm, was sie zu bieten hatten, mit matter Höflichkeit entgegen wie ein gekröntes Haupt, dem man Erzeugnisse einheimischer Volkskunst verehrt. Außerdem war da noch ein wütendes kleines Männeken von der Britischen Botschaft, das sich aber auf der anderen Seite einer Art Weidezaun befand. Der Mann hatte wohl versäumt, sich die entsprechende Zutrittsgenehmigung oder dergleichen zu besorgen, und die großen, gleichgültigen Amerikaner wie auch ich ignorierten sein Gequieke und Geschnatter völlig. Der Bursche mit dem Tankwagen knipste die nötigen Bleisiegel mit einer Kneifzange ab und warf sie über den Drahtzaun hinweg dem quiekenden Bürschchen zu – gerade so, wie man Affen im Zoo Erdnüsse hinwirft –, wobei er mit der Zunge ordinäre Schnalzlaute machte und so tat, als kratzte er sich die Achselhöhlen. Ich begann, um seine Gesundheit zu fürchten – die des quiekenden Burschens meine ich, nicht die des Tankwagentyps.

Ich bestieg den Rolls und sog tief jenen unvergleichlichen Duft nach neuen Armaturen und neuer Lederpolsterung ein. Der große, traurige Bursche, sich seiner Stellung bewusst, stand auf dem Trittbrett, um mich hinauszudirigieren. Der Rolls erwachte sanft und erfreut zum Leben, wie eine Witwe, die sachkundig in den Hintern gezwickt wird, und wir glitten mit ungefähr soviel Lärm wie ein Goldfisch im Wasserglas aus der Halle. An ihren holzschnittartigen, wenig beherrschten amerikanischen Gesichtern konnte ich ablesen, dass sie sich, wären sie in einer anderen Kultur aufgewachsen, an die Stirn gegriffen hätten. Zum Zeichen des Respektes.

Am Ausgang wartete der Bursche von der Botschaft auf uns, noch immer quiekend und vor Wut und Ärger beinahe am Ersticken. Wäre er in einer anderen Kultur aufgewachsen, hätte er vermutlich aus dem einen oder anderen Grund an meine Stirn gegriffen. Ich argumentierte mit ihm und ersuchte ihn, dem Diplomatischen Corps Ehre zu machen, und schließlich riss er sich zusammen. Wie sich herausstellte, befand sich der Botschafter auf irgendeinem weit entfernten, Xanadu-ähnlichen Golfplatz, wo er mit einem ihrer Präsidenten oder Kongressabgeordneten oder wem auch immer Golf oder Schlagball oder was auch immer spielte, dass er aber am nächsten Morgen zurück sein würde, und ich dann – komme, was da wolle, und mit der Mütze in der Hand – bei ihm vorstellig werden müsste, um seine Ermahnungen entgegenzunehmen und meinen Greyhound abzuliefern, und dass er, der Quieker, den Namen des verdammten Kerls zu wissen wünsche, der es gewagt hatte, mit den bleiernen Siegeln des Auswärtigen Amtes dermaßen respektlos umzugehen. Ich antwortete, der Name des Kerls sei McMurdo (Sie müssen zugeben, dass das für einen Augenblickseinfall nicht schlecht war), und versprach, mir die Zeit zu nehmen, während der nächsten Tage mal beim Botschafter vorbeizuschauen.

Er begann erneut, Unzusammenhängendes von sich zu geben, und fing jeden seiner Sätze mit »Sind Sie sich darüber im klaren, dass ...« an, ohne sie zu beenden, so wurde ich allmählich aufsässig.

»Reißen Sie sich doch zusammen«, sagte ich streng und drückte ihm eine Pfundnote in die Hand. Als ich davonfuhr, sah ich im Rückspiegel, dass er auf irgend etwas herumtrampelte. Manche von diesen Diplomatenburschen reagieren wirklich zu emotional. In Moskau würde er überhaupt nichts taugen; die würden ihn im Handumdrehen einsacken.

Ich fand mein Hotel und überließ den Rolls einem fähig aussehenden dunkelhäutigen Burschen in der Garage; seine Augen blickten belustigt, und er gefiel mir auf Anhieb. Wir kamen überein, dass er die Karosserie nur mit einem Staubtuch und sonst nichts bearbeiten dürfe. Mr. Spinoza würde mich heimgesucht haben, hätte ich zugelassen, dass sein geheimes Spezialwachs mit Reinigungsmitteln entfernt oder mit Silikon verhärtet würde. Dann fuhr ich mit dem Lift zum Empfang hinauf (mein Gepäck hatte ich bei mir) und so etappenweise einer gut ausgestatteten Suite entgegen, deren Toiletten der Göttin Kloaka selbst wohlangestanden hätte. Wie sich das für einen echten Engländer gehört, drehte ich die lächerliche Klimaanlage ab und stieß die Fenster auf.

Fünfzehn Minuten später drehte ich die Klimaanlage wieder auf und musste beim Empfang anrufen, damit man mir jemanden heraufschickte, der die Fenster schloss. Was für eine Schande.

Etwas später schickte man mir ein paar Sandwiches herauf, die mir nicht recht schmeckten.

Noch etwas später schlief ich über einem Absatz, den ich nur halb verstand, ein.

# 9

*Hält er nun starr an? Oder rückt er vor,*
*Halb schwindlig, doch mit zielbewusstem Schritt,*
*Sein Hindernis zertrampelnd – wie das Rohr*
*Zermalmt wird von des blinden Willens Tritt,*
*Geheckt im Tierhirn urvoralter Zeit …*
Die beiden Dichter von Croisic

Am Morgen brachte man mir tatsächlich eine Tasse Tee, und recht ordentlicher Tee war es zudem. Wenn ich mich an den Namen des Hotels erinnern könnte, würde ich ihn Ihnen mitteilen. Allerdings bin ich nicht mal sicher, welcher Tag es war. Ein mehrstündiger Flug von Ost nach West bringt den Urinhaushalt ganz schön durcheinander. Ich wette, das wussten Sie nicht; das ist der Grund, warum man sich so konfus fühlt.

Dann wurde mir ein ausgesucht leckeres, typisch amerikanisches Frühstück serviert – Schinken, Pfannkuchen und Sirup die Menge –, das mir eigentlich nicht so recht schmeckte.

Ich fuhr mit dem Lift hinunter in die Garage, um mich nach dem Rolls zu erkundigen, der, so schien es, eine angenehme Nacht hinter sich hatte. Der dunkelhäutige Bursche hatte der Versuchung nicht widerstehen können, die Fenster zu putzen, aber nur mit Wasser und Seife, wie er schwor, also verzieh ich ihm und gab ihm von meinem Reichtum etwas ab. Zehn Minuten später saß ich in einem enorm großen Taxi mit Klimaanlage, das ich zu einem Tagessatz von fünfzig

Dollar gemietet hatte. Ich weiß, dass das viel zu sein scheint, aber Sie wären überrascht, wie fürchterlich wenig Geld dort drüben wert ist. Das kommt, weil es soviel davon gibt.

Der Name des Fahrers war Bud, und irgendwie schien er der Ansicht zu sein, ich hieße Mac. Liebenswürdig erklärte ich, dass ich eigentlich Charlie heiße, aber er erwiderte »Yeah? Na, das is doch ein netter Name, Mac.«

Nach geraumer Zeit machte es mir nichts mehr aus. Schließlich heißt es ja: Bist du in Rom, verhalte dich wie ein Römer, und bald schon zeigte er mir alle Sehenswürdigkeiten Washingtons, wobei er nichts ausließ. Es ist eine erstaunlich großartige und elegante Stadt, wenngleich größtenteils aus grässlichem Kalkstein erbaut. Ich genoss jede Minute. Die große Hitze wurde von einer angenehmen kleinen Brise gelindert, die die Baumwollkleidchen der Mädchen höchst erfreulich flattern ließ. Wie stellen die amerikanischen Mädchen es bloß an, dass sie alle so appetitanregende Beine haben: wohlgerundet, glatt, kräftig und doch schlank? Da wir schon mal davon reden – wie kommt es bloß, dass sie alle so erstaunliche Titten haben? Vielleicht größer, als Sie oder ich sie mögen, aber dennoch köstlich. Als wir an einer Ampel halten mussten, ging eine besonders wohlgenährte junge Person vor unserem Wagen über die Straße, und ihre erstaunlichen Brüste wippten bei jedem Schritt bestimmt zehn Zentimeter rauf und runter.

»Junge, Junge, Bud«, sagte ich zu Bud, »das ist aber mal wirklich eine bezaubernde Person!«

»Sie meinen die Dame mit die dicken Möpse? Nee. Im Bett zerfließen die Dinger wie Kingsize-Spiegeleier.«

Diese Vorstellung machte mich ganz schwach. Er erzählte mir kurzgefasst noch mehr über seinen persönlichen Geschmack in diesen Dingen, was ich zwar faszinierend, in gewissem Grade aber auch *bizarr* fand.

Mit einigem Recht ist mal gesagt worden, dass Van Dycks

Arbeiten aus seiner Zeit in Genua zu den besten Portraits der Welt gehören. Zu dieser Ansicht kam in der Nationalgalerie in Washington auch ich; wenn man die *Clelia Cattaneo* nicht gesehen hat, hat man kaum wirklich etwas gesehen. Ich blieb nur eine Stunde in der Galerie; bei einem einzigen Besuch kann man nicht viel von solchem Kunstüberfluss verdauen, und eigentlich hatte ich mir nur einen speziellen Giorgione anschauen wollen. Hätte ich nur soviel Zeit, wie der grausame Gevatter Tod für sein plötzliches Zuschlagen braucht, könnte ich dazu ein oder zwei Geschichten erzählen, aber dieser Zug ist abgefahren.

Nachdem ich, nahezu betrunken von dieser willkürlich zusammengestellten Kunstmischung, wieder aufgetaucht war, wies ich Bud an, mich zu einer typischen gutbürgerlichen Kneipe auf ein Bier und ein Mittagessen zu fahren. Am Eingang musterte Bud mich zweifelnd von Kopf bis Fuß und schlug vor, dass wir es woanders mit etwas »mehr Klasse« versuchen sollten.

»Unsinn, mein lieber Bud«, rief ich unerschütterlich, »dies ist die normale, vernünftige Kleidung oder Ausstattung eines modebewussten englischen Gentleman, der dem Gesandten seines Landes einen Besuch abstatten will, und ich bin sicher, dass die ehrliehen Washingtoner durchaus damit vertraut sind. Um es mit Sir Tobys tapferen Worten auszudrücken: ›Diese Kleidung ist gut genug, um damit einen trinken zu gehen, und für die Schuhe gilt dasselbe.‹ Also rein mit Ihnen.«

Er zuckte auf die diesen Burschen eigene ausdrucksvolle Art die Achseln und ging brav voraus. Er war sehr groß und sah stark aus, aber trotzdem starrten uns die Leute an; vielleicht, weil er etwas leger angezogen war, wie das Taxifahrer oft sind; wohingegen ich, wie schon erwähnt, die korrekte Kleidung für eine Unterredung mit Botschaftern, Handelsbänkern und anderen Größen trug. In England hätte niemand den Unterschied zwischen uns bemerkt, aber in Amerika haben sie keine Ahnung von Demokratie. Das ist eigenartig.

Wir aßen in einer Art Box oder Kabäuschen, wie man sie in altmodischen Londoner Esslokalen findet, allerdings waren diese hier nicht so solide. Mein Steak war wirklich hervorragend, aber erschreckend groß; es schien sich um einen Querschnitt durch einen Ochsen zu handeln. Dazu aß ich einen Salat, aber Bud bestellte sich eine Kartoffel, und was für eine Kartoffel: eine gewaltige Knolle, die, so sagte er mir, in den Ebenen Idahos gezüchtet würde. Ich glaube, ich ließ etwa dreihundert Gramm von meinem Steak übrig, und Bud trug dem Kellner (auch dessen Name war Mac) ganz kühl auf, es für seinen Hund einzupacken, und der Kellner zuckte nicht mal mit der Wimper, obwohl sie beide sehr genau wussten, dass dieses Steak Mrs. Buds Abendessen darstellen würde. Steak ist in Washington fürchterlich teuer, wie Sie sicherlich wissen.

Bud mochte mich beim Steakessen ausgestochen haben, aber ich schlug ihn beim Trinken. Sie haben dort ein Getränk, das man unverständlicherweise *High Balls* nennt und auf das wir nach dem Bier umstiegen. Bei diesem Spiel konnte er mir nicht das Wasser reichen; er war aus dem Rennen. Tatsächlich betrachtete er mich mit neuem Respekt. Zu einem gewissen Zeitpunkt bat ich ihn, glaube ich, mich in London zu besuchen und bei mir zu wohnen; jedenfalls weiß ich, dass ich die Absicht dazu hatte.

Als wir die Bar verließen, schwankte mir ein *ziemlich* komisch aussehender Bürger über den Weg und fragte: »Was bissn du für einer, bissu bescheuert oder was?« Worauf ich die folgende kumpelhafte Antwort gab, die Bud früher am Tage einem anderen Taxifahrer gegenüber gebraucht hatte:

»Ach fick dich doch ins Knie!« (Es ist einem Mann eine Freude, wenn er richtig antwortet, und ein Wort zu seiner Zeit ist sehr lieblich! Sprüche 15:23)

Zu meinem Entsetzen und meiner Verblüffung nahm der Betrunkene mir das übel, denn er schlug mir sehr hart ins Gesicht, wodurch mir ein Schwall von Blut aus der Nase und über das Hemd floß. Ich gestehe, ich ängstigte mich so, dass ich Vergeltung übte.

Als ich im Krieg – ja, Ihr Mäuschen, im Zweiten Weltkrieg – in einer dieser Hantel- und Degen-Einheiten war, nahm ich mal an einer dieser Überlebensübungen ohne Waffen teil, und wissen Sie was? Ich war verdammt gut, obwohl Sie das, wenn Sie mich sähen, nicht glauben würden.

Ich hieb ihm die Handkante unter die Nase – das ist viel wirkungsvoller als ein Faustschlag –, trat ihm dann kräftig in die Eier, und als er, völlig verständlich, zusammenklappte, knallte ich mein Knie in das, was von seinem bedauernswerten Gesicht noch übrig war. Er ging zu Boden, was unter den Umständen nicht ungewöhnlich war, und bevor ich über ihn hinwegstieg, trat ich ihm zur Vorsicht auf beide Hände. Sehen Sie, er hatte mich schließlich zuerst geschlagen, und ich bin sicher, er wäre der erste, der das zugäbe. Bud, der *enorm* beeindruckt war, scheuchte mich hinaus, während hinter uns die ganze Kneipe applaudierte – Orchestergraben, Parkett und Rang. Kein Zweifel, das war ein unbeliebter Typ. Ich hatte wenig Mühe, ins Taxi zu steigen, obwohl sich der Fahrersitz erneut auf der anderen Seite befand.

All die gutaussehenden jungen Männer in der Botschaft hassten mich auf Anhieb, diese unverschämten Herzchen, aber sie schleusten mich zum Botschafter mit nur eben soviel Verzögerung wie sie brauchten, um sich wichtig zu fühlen. Der Botschafter empfing mich – kaum zu glauben – in Hemdsärmeln, und auch er schien keine besondere Vorliebe für mich zu hegen. Er erwiderte meine höfliche, der alten Welt angemessene Begrüßung mit etwas, das ich nur als Grunzen bezeichnen kann.

Aus praktischen Gründen kann der Normalverbraucher

Botschafter in zwei Kategorien einteilen: In die dünnen, die zumeist verbindlich, wohlerzogen und leutselig sind, und in die fleischigen, die nichts von alledem sind. Seine augenblickliche Exzellenz gehörte eindeutig der zweiten Kategorie an; seine großflächige Visage war feist, von Pockennarben zerfurcht und so mit Pusteln, Mitessern und geplatzten Äderchen übersät, dass sie an eine Flächenkarte des Trossach Tals in Schottland gemahnte. Sein enorm großer, pflaumenfarbener Kinnlappen hing schlaff herab, und beim Sprechen besprühte er sein Gegenüber mit Speichel. Ich konnte es nicht übers Herz bringen, ihn zu lieben, aber der arme Kerl war vermutlich auf Geheiß der Labour Party dort – die Flure seiner Machtbefugnis reichten nur bis aufs Herrenklo.

»Ich werde nicht um den heißen Brei herumreden, Mortdecai«, grunzte er. »Sie sind ein abscheulicher Mensch, soviel ist klar. Wir hier bemühen uns, das Bild eines in technologischer Hinsicht wirklich erstklassigen Großbritanniens zu vermitteln, das so modern ist, dass es sich mit jedem hochtechnisierten Land auf der Welt messen kann. Sie dagegen laufen in Washington wie ein besserer Bertie Wooster herum in Klamotten, die so aussehen, als ob sie sich das Fremdenverkehrsamt ausgedacht hätte, um für Königin Viktorias Britannien Werbung zu machen.«

»Oh«, sagte ich, »das haben Sie aber wirklich hübsch formuliert.«

»Außerdem«, tönte er weiter, »ist Ihr lächerlicher Bowler eingedellt, Ihr grotesker Schirm verbogen, Ihr Hemd mit Blut besudelt, und zudem habern Sie ein blaues Auge.«

»Sie sollten mal den anderen Burschen sehen«, zirpte ich gutgelaunt. Das kam allerdings gar nicht gut an – er war jetzt in Fahrt gekommen.

»Der Umstand, dass Sie ganz offensichtlich sturzbetrunken sind, ist in keiner Weise eine Entschuldigung dafür, dass ein Mann Ihres Alters« – war das gemein! – »daherkommt und sich aufführt wie ein aus einem Heim für alkoholkranke Schmierenkomödianten Entsprungener. Ich weiß nur wenig über die Gründe Ihres Hierseins, und ich möchte sie auch nicht wissen. Ich bin gebeten worden, Sie, so möglich, zu unterstützen, eine dahingehende Anweisung habe ich nicht erhalten. Sie können also davon ausgehen, dass ich es nicht tun werde. Der einzige Rat, den ich Ihnen geben kann, ist: bitten Sie diese Botschaft nicht um Hilfe, falls und wenn Sie mit den Gesetzen der Vereinigten Staaten in Konflikt geraten. Ich werde Sie, ohne zu zögern, verleugnen und Inhaftnahme und nachfolgende Ausweisung empfehlen. Wenn Sie sich beim Hinausgehen rechts halten, stoßen Sie auf die Kanzlei. Dort wird man Ihnen eine Quittung für den silbernen Greyhound ausstellen und einen behelfsmäßigen normalen Pass im Austausch gegen Ihren Diplomatenpass, der gar nicht erst hätte ausgestellt werden dürfen. Guten Tag, Mr. Mortdecai.«

Nach diesen Worten begann er grimmig, Briefe zu unterzeichnen oder was immer sonst Botschafter grimmig unterzeichnen, wenn sie wünschen, dass man geht. Ich erwog kurz, mich auf seinen Schreibtisch zu übergeben, fürchtete aber, dass er mich an Ort und Stelle zum unerwünschten britischen Bürger erklären würde, also verließ ich schlicht in aufrechter Haltung den Raum und wartete seinen Befehl zu verschwinden gar nicht erst ab. Ich wandte mich allerdings nach *links*, als ich sein Büro verließ, wodurch ich in einen Raum voller Tippsen geriet, den ich, den Schirm schwenkend und ein paar Zeilen aus »Zeig her deine Schlüpfer, Elsie« singend, lässig durchquerte.

Bud fand ich schlafend auf dem Parkplatz vor. Er fuhr mich zu einer nahegelegenen Kneipe, oder vielmehr zu mehr als einer. Eine Lokalität ist mir besonders in Erinnerung, wo eine stämmige junge Frau sich zu Musikbegleitung all ihrer Kleider entledigte, während sie in meiner Reichweite auf dem Tresen tanzte. Ich hatte nie zuvor eine Schönheitstänzerin gesehen. Gegen Ende schimmerten nur noch sieben Perlen auf ihrer Haut, vier davon Schweißperlen. Ich glaube, es war diese Kneipe, aus der man uns hinauswarf.

Ich weiß, dass ich ins Bett ging, aber die Einzelheiten sind ein bisschen verschwommen. Ich bin noch nicht einmal sicher, ob ich mir die Zähne putzte.

# 10 

*Mein Ritt beginnt. Und langsam rennt*
*Die Seel' sich glatt – ein Pergament,*
*Das sich entrollt, im Wind befreit.*
*Schon lagen alte Träume weit.*
Der letzte Ritt zusammen

Ich erwachte und fühlte mich wesentlich nüchterner, aber dieses Gefühl hielt nicht vor. Als ich endlich angezogen war und gepackt hatte, hatte mich der Kater so fest im Griff wie ein eifriger, aber unerfahrener Terrier eine Ratte. Ich schaffte es schrittchenweise bis in die Hotelbar (nehmen Sie den langsamen Lift und niemals den Expressaufzug), und der Barkeeper hatte in Nullkommanichts die Diagnose und eine entsprechende Behandlung parat. Ein echter Kater, so erklärte er, ist nichts anderes als eine Entzugserscheinung; wirken Sie dem Entzug entgegen, indem Sie Ihrem Körper mehr von dem zuführen, was ihm entzogen wurde, und die Beschwerden machen sich unter dem Rauschen schwarzer Flügel davon. Das schien mir vernünftig zu sein. Er verordnete schlicht Scotch und Quellwasser und schwor einen heiligen Eid, dass das Quellwasser jeden Morgen frisch aus den Appalachen käme – hätten Sie das geglaubt? Ich war beim Trinkgeld nicht kleinlich.

Gut therapiert, aber keinesfalls abgefüllt, zahlte ich am Empfang meine Rechnung, holte bei einem nur schwer sich trennenden dunkelhäutigen Burschen einen blitzblanken

Silver Ghost ab und fuhr vorsichtig in Richtung Neumexiko. Die Nachwelt wird zu erfahren wünschen, dass ich total amerikanisch verkleidet war: cremefarbener Anzug aus Wildseide, Sonnenbrille und ein kakaofarbener Strohhut mit einem dunkel-orangefarbenen Hutband. Ich gestehe freimütig, dass die Wirkung äußerst sexy war. Wenn er das gesehen hätte, hätte Herr Lagerfeld sich vor Wut in den Hintern gebissen, und *Vogue* wäre nur so dahingeschmolzen.

Eigenartigerweise hatte ich schon wieder Angst. Ich spürte dunkel, dass dieses Land, »wo Gesetz und Sitte gleichermaßen sich auf die Träume alter Jungfern gründen« trotz allem ein Land war, in dem ich durchaus zu Schaden kommen konnte, wenn ich nicht vorsichtig war; oder sogar, *wenn* ich vorsichtig war.

Als ich endlich die unschönen Vororte und Außenbezirke der Stadt ein gutes Stück hinter mir hatte, musste ich tanken. Der Silver Ghost ist ein wunderbares Auto, aber selbst seine besten Freunde würden zugeben, dass seine Kilometerleistung pro Liter recht mager ist. Ich suchte mir eine Tankstelle aus, die aussah, als könnte sie das Geschäft brauchen, und bog ein. Das war nahe einem Ort namens Charlottesville am Rande des Shenandoah Nationalparks. Der Tankwart wandte mir, die Arme in die Seiten gestemmt, den Rücken zu und sagte: »Na, was issn das für'n Typ?« und starrte einem hellblauen Wagen nach, der mit großer Geschwindigkeit die Straße hinunter verschwand. Er bemerkte mich erst, als ich den Motor abstellte, und nahm dann, mit leichter Spätzündung, den Rolls bewundernd in Augenschein. »Oh, Scheiiße«, flüsterte er immer wieder. (Während der nächsten Tage sollte ich noch so viele »Oh, Scheiiße« hören, dass sie ausgereicht hätten, die staubigen Ebenen Oklahomas zur Gänze wieder fruchtbar zu machen.) Als er die Zapfpistole in den Tank senkte, kicherte er wie eine Jungfrau, und beim Wegfahren sudelte mir ein letztes Fäkallob ins Ohr. Ich fragte mich ganz kurz, was der hellblaue Wagen getan hatte, um seine Missbilligung zu ernten.

Danach verfuhr ich mich ein bisschen, aber eine Stunde später traf ich bei Lexington wieder auf den Highway 81 und machte auf meiner Fahrt durch Virginia viel Zeit wieder gut. Als ich die Grenze zu Tennessee passiert hatte, sagte ich mir »Schluss für heute«, und mietete mich in einem Original-Holzhütten-Motel ein. Die Art, wie die gelbhaarige, schlappmäulige und fettarschige Pächterin mir schwabbelnd ihr Übergewicht an Fleisch darbot, war magenumdrehend. Sie wirkte, als sei sie so schwer zu haben wie ein Haarschnitt und zu etwa dem gleichen Preis. In meiner Hütte war alles am Boden festgeschraubt, und die Pächterin verriet mir, dass Pärchen auf Hochzeitsreise oft ihre ganze Wohnung mit gestohlener Motelware möblieren. Tatsächlich quälten sie sich manchmal die ganze Nacht einen ab, erzählte sie mir affektiert kichernd und deutete damit an, dass sie sich einen besseren Zeitvertreib vorstellen könnte – wie zum Beispiel, auf dem Boden genagelt zu werden, würde ich sagen.

Die Laken waren knallrot. »Junge, Junge«, sagte ich zu ihnen, »an eurer Stelle würde ich auch rot werden.«

Zum Abendessen gab es »Corned-Beef-Haschee nach Bergbauernart«. Man sollte annehmen, dass das in Tennessee eine Delikatesse *ist*, aber weit gefehlt. Überhaupt kein Vergleich mit dem von Jock. Ich trank ein bisschen aus meinem Vorrat an Red Hackle de Luxe und fiel sofort in Schlaf – *mich* hätte man keinesfalls abschrauben, nageln oder sonst was können.

In einem amerikanischen Motel kann man um keinen Preis noch vor dem Frühstück eine Tasse Tee bekommen, und ich wünschte, ich hätte meine tragbare Teemaschine mitgenommen. Sie haben keine Ahnung, wie schwer es ist, sich anzuziehen, ohne ein solch aufmunterndes Tässchen intus zu haben. Ich stolperte ins Restaurant und trank eine ganze Kanne ausgezeichneten Kaffees, der mich dazu verleitete, den kanadischen Schinken mit Pfannkuchen zu versuchen. Wirklich nicht schlecht, das Zeug. Ich bemerkte, dass der Eigentümer des hellblauen Wagens – oder eines Wagens, der dem sehr ähnlich sah – sich das gleiche Hotel ausgesucht hatte, konnte ihn oder sie aber nirgends entdecken. Müßig fragte ich mich, ob sie sich die Nacht über einen abgequält hatten. Ich jedenfalls checkte mit gutem Gewissen aus; ich hatte seit Tagen nichts genommen, was nicht mir gehörte.

An jenem Morgen verfuhr ich mich kaum. In wenig mehr als einer Stunde befand ich mich auf der US 40 und rauschte auf ihr quer durch Tennessee. Eine wundervolle Landschaft. In Nashville aß ich zu Mittag: Schweinsrippchen mit Maisauflauf und die tollste Musikbox, die ich je gesehen habe; es war ein Privileg, davor sitzen zu dürfen. Vom heißen Schweinefleisch und den Dezibel ganz benommen, geriet ich beinahe unter die Räder eines hellblauen Wagens, als ich vom Gehweg (Bürgersteig) trat. Ich bin sicher, dass es bei der letzten Zählung wahrscheinlich eine halbe Million hellblauer Wagen in den Vereinigten Staaten gab, aber wenn Fußgänger ihnen vor die Räder laufen, werden amerikanische Fahrer gewöhnlich selbst ein wenig blau im Gesicht, lehnen sich aus dem Wagenfenster und bedenken einen mit Flüchen wie »Saukerl«, wenn man nur irgendwie nach was aussieht. Dieser aber tat das nicht. Er sah durch mich hindurch und fuhr weiter. Er war ein stämmiger Bursche mit kantigem Kiefer, etwa so wie Mr. Braun, der Fish-and-Chips-Kronprinz, aber mit Hut und Sonnenbrille bis zur Unkenntlichkeit verkleidet.

Ich strich den Zwischenfall aus meinem Gedächtnis, bis ich spät am Abend die Peripherie von Memphis erreichte, und mich just ein solcher Wagen mit just einem solchen Typen drin überholte.

An jenem Abend ließ ich mir Kaffee und eine Flasche Quellwasser für meinen Scotch aufs Zimmer bringen. Ich schloss die Tür ab und meldete ein Gespräch mit Mr. Krampf an. Amerikanische Telefonistinnen sind einfach fabelhaft. Man nennt ihnen bloß Namen und Adresse desjenigen, mit dem man sprechen möchte, und sie erledigen den Rest. Krampf klang ein wenig angesäuselt, aber sehr freundlich. Im Hintergrund war ein ziemlicher Lärm zu hören, was den Schluss nahelegte, dass er Gäste hatte, die auch ein wenig angesäuselt waren. Ich berichtete ihm, dass ich den Zeitplan einhielte, und machte keinerlei Andeutung dahingehend, dass er von unserem ursprünglichen Plan abgewichen war.

»Na, das ist ja prima«, röhrte er, »einfach prima.« Er wiederholte es noch ein paar Mal; er ist halt so.

»Mr. Krampf«, fuhr ich vorsichtig fort, »ich scheine eine Art Weggefährten zu haben, wenn Sie wissen, was ich meine. Ein ziemlich neuer hellblauer Buick mit aufklappbarem Dach und New Yorker Nummernschild. Wissen Sie vielleicht …?«

Es gab eine lange Pause, dann lachte er glucksend. »Das geht in Ordnung, Sohn, das ist Ihre Eskorte. War' mir nicht lieb, wenn jemand meinen Rolls klauen würde.«

Ich gab einen Laut der Erleichterung von mir, und er fuhr fort: »He, lassen Sie ihn nicht merken, dass er uns aufgefallen ist; tun Sie einfach so, als ob er nicht da wäre, und wenn er hier ankommt und mir erzählt, dass Sie ihn nicht *ein* Mal bemerkt hätten, beiß' ich ihm die Eier ab, okay?«

»In Ordnung, Mr. Krampf«, sagte ich, »aber seien Sie nicht zu hart zu ihm. Wissen Sie, ich war ziemlich auf dem Quivive.«

Er ließ noch einmal einen glucksenden Lacher los – vielleicht war es auch ein Rülpser – und legte auf. Dann legte noch jemand auf. Vielleicht war es nur die Hoteltelefonistin, aber danach hatte es eigentlich nicht geklungen. Schließlich legte ich auf, gestattete mir auch einen Rülpser und ging zu Bett.

In jener Nacht passierte weiter nichts, außer dass ich eine Menge nachdachte. Krampf hatte seine Millionen nicht als betrunkener alter Furz gemacht; um Millionär zu werden, braucht es Grips, Skrupellosigkeit und eine kleine Made im Hirn. Krampf hatte all das, er war cleverer als ich und wesentlich bösartiger. Irgend etwas stimmte nicht. Meine Eingeweide greinten und rumorten, sie wollten nach Hause. Und wenn Millionäre zu Hause ermordet wurden, wollten sie schon gar nichts damit zu tun haben. Endlich schaffte ich es, mich in den Schlaf zu sorgen.

*Doch jetzt erwache ich zu solcher Zehr,*
*Als wär ich abgeglitten, abgestürzt*
*Hinab, vorbei an meinem einstigen Selbst,*
*Nach Anhaltspunkten haschend, die zergehn,*
*Bis ich, entfernt von meiner eigenen Welt,*
*Taste nach Grund durch leeren tiefen Raum*
*Mit Ungeborenen in fremder Öd ...*
Ein Tod in der Wüste

Es war Sonntag, aber angesichts dessen, was bei meiner Ankunft in Little Rock, Arkansas, los war, hätte man das nie geglaubt. Dort fand irgendeine Protestveranstaltung statt, und, wie üblich, prügelten kurzhaarige Typen in Dunkelblau gelangweilt auf langhaarige Typen in blassem Jeansblau ein, die sie mit Schweine-Rufen bedachten und mit Steinen und anderem bewarfen. Eine traurige Angelegenheit. Wie ein Russe vor hundert Jahren so treffend sagte: diese Leute glauben, sie seien die Ärzte der Gesellschaft und sind in Wirklichkeit doch deren Krankheit. Der Verkehr war zum Erliegen gekommen, und ein paar Autos weiter vorn konnte ich den blauen Buick erkennen, der in einem Meer von langen Haaren und munter drauflos schlagenden Polizeiknüppeln steckengeblieben war.

Ich stellte den Motor ab und dachte nach. Warum, zum Teufel, sollte sich Krampf die Mühe machen und dafür bezahlen, ein Auto über einen halben Kontinent hinweg (und auch noch derart umständlich) eskortieren zu lassen, das niemand, der seine Sinne beisammen hatte, stehlen würde. Indem ich die Möglichkeit, er könne eine Schraube locker haben, mal beiseite ließ, kam ich zu dem Schluss, dass er jemandem von dem zusätzlichen Stück Leinwand erzählt haben musste, das in dem Wagen versteckt war. Wenn das stimmte, hatte er tatsächlich eine Schraube locker, und es reute ihn jetzt. Schlimmer noch, vielleicht spielte er ein hintergründigeres und verzwickteres Spielchen, das irgendwie mit seinem nicht belegten Brief an den beinahe-königlichen Kumpel in Zusammenhang stand. Von dem netten kleinen Mord, mit dem Martland mich beauftragt hatte, konnte er kaum etwas ahnen, aber er konnte mich aus anderen Gründen für überflüssig und für eine Bedrohung seiner Sicherheit betrachten. »Es ist das Herz ein trotzig und verzagt Ding; wer kann es ergründen?« heißt es in Jeremias 17:9 klagend, und Jeremias 17:9 war, wie Ihnen sicher bekannt ist, ein Bursche, der mit diesen Dingen sehr vertraut und bei dem auch ein kleines Schräubchen locker war.

Mein kleiner Privatvorrat an Sorgen und Malaisen wuchs dadurch nur noch mehr an. Ich stellte fest, dass ich mich nach Jocks starkem rechten Arm und seinem messingbewehrten Händchen sehnte. Die mir eingebrockte Suppe wurde immer dicker; wenn ich nicht bald einen Löffel zum Umrühren fände, bestand die konkrete Gefahr, dass etwas anbrennen würde. Höchstwahrscheinlich mein Hintern. Und wo stünde der ehrenwerte C. Mortdecai dann? Darauf gab es nur eine vage Antwort.

Der Verkehr kam wieder in Gang, nachdem alle Beteiligten einander gründlich geknufft, geknüppelt und angebrüllt hatten. Den Buick erspähte ich erst wieder, als ich bei Shawnee den North Canadian River überquerte. Er lag in einer Nebenstraße auf der Lauer. An der nächsten Tankstelle (Benzin heißt dort Gas – ich frage mich bloß, wieso?) hielt ich an in der Hoffnung, auf den Fahrer, sollte er vorbeikommen, einen langen Blick werfen zu können.

Was ich dann erblickte, ließ mich den Mund aufsperren und unzusammenhängendes Zeug schwatzen wie eine Hausfrau, die sich in der Fernsehwerbung für Dash entscheidet. Zwei oder drei Sekunden später befand ich mich bereits zwanzig Meilen weiter, auf einem Motelbett sitzend und Whisky in mich hineinschlürfend, bis ich wieder klar denken konnte. Es war derselbe Wagen – wenigstens trug er dieselben Nummernschilder –, aber über Nacht war er einer tiefen Delle in der Stoßstange verlustig gegangen und hatte statt dessen Weißwandreifen und eine zweite Antenne bekommen. Der Fahrer hatte ein paar Kilo abgespeckt und war zu einem dünnen, mürrischen Kerl mit einem Mund wie der Schlitz in einem Sparschwein geworden. Was das bedeutete, war nicht klar, aber eins war so unübersehbar wie Priapus: Wie man es auch drehte und wendete, dies war keine Wendung zum Besseren. Irgend jemand widmete den Angelegenheiten C. Mortdecais eine Menge Zeit, Mühe und Ausgaben, und dabei handelte es sich sicher nicht um die Gesellschaft zur Unterstützung Notleidender Edelleute. Ein dummer Mann hätte sich wohl nicht allzusehr in Angst und Schrecken versetzen lassen, aber dafür war ich nicht dumm genug. Ein wirklich aufgewecktes Kerlchen andererseits hätte alles stehen und liegen lassen und wäre mit Volldampf nach Hause zurückgekehrt, ich war aber auch nicht wirklich aufgeweckt.

Was ich dann schließlich tat, war, aus dem Motel abzurücken unter Hinterlassung der Nachricht, dass ich nach dem Abendessen zurück sein würde (natürlich hatte ich schon bezahlt) und auf Umwegen mitten hinein nach Oklahoma City zu fahren, wo ich müde und düsterer Stimmung eintraf.

Nicht zu nahe beim Zentrum fand ich ein solide und nüchtern wirkendes Hotel, das nicht den Eindruck machte, als ob es wissentlich die auffälligere Sorte Attentäter beherbergte. Ich fuhr in die Tiefgarage und wartete, bis der Nachtwächter auch das letzte seiner bewundernden »Oh, Scheiiße« von sich gegeben hatte. Dann sagte ich ihm, dass der Rolls für einen in der nächsten Woche in Los Angeles stattfindenden Wettbewerb namens Rolls *Royce Concourse d'Elégance* gemeldet sei und dass ein verhasster Rivale vor nichts zurückschrecken würde, um mein weiteres Fortkommen zu verhindern oder die Erfolgschancen des Wagens zunichte zu machen.

Ich stellte ihm die hypothetische Frage: »Was würden Sie tun, wenn ein Fremder Ihnen Geld anböte, damit er ungestört fünf Minuten in dem Wagen sitzen kann, während Sie in Ihrem Büro sitzen?«

»Tja, Sir«, sagte er, »ich schätze, ich tät' ihm einfach diesen süßen kleinen Schraubenschlüssel unter die Nase halten und ihm empfehlen, seinen Arsch hier rauszubewegen. Dann tät' ich oben am Empfang Bescheid sagen und am Morgen tät' ich Ihnen stekken, wieviel Geld er mir angeboten hat. Sie verstehen, Sir?«

»Aber natürlich. Sie sind wirklich ein großartiger Bursche. Selbst wenn nichts passieren sollte, gehe ich morgen früh davon aus, dass Sie – sagen wir mal – fünf *Bucks* ausgeschlagen haben, ja?«

»Danke, Sir.«

Mit dem Lift fuhr ich hinauf und begann, den Mann am Empfang zu bearbeiten. Es handelte sich um einen sauber geschrubbten, hochnäsigen kleinen Pinkel in einem jener Anzüge, wie sie nur Rezeptionisten kaufen, und sein Atem roch nach etwas, das nicht sehr bekömmlich und wahrscheinlich illegal war. Er beäugte mein Gepäck wie ein Pfandleiher, bevor er widerwillig zugab, dass ein Zimmer mit Bad frei sei, taute aber rasch auf, als er meinen Diplomatenpass und die Fünfdollarnote, die ich lässig darin »vergessen«

hatte, zu Gesicht bekam. Er zog das Geld gerade zu sich rüber, als ich einen wohlgeformten Zeigefinger darauflegte. Ich lehnte mich über den Tresen und senkte die Stimme.

»Niemand außer Ihnen und mir weiß, dass ich heute abend hier bin. Können Sie mir folgen?«

Er nickte; unserer beider Finger lagen noch auf dem Geld.

»Das heißt, dass jeder, der anruft, darauf aus ist, mir auf die Spur zu kommen. Können Sie mir noch immer folgen?« Er konnte. »Keiner meiner *Freunde* wird mich hier zu erreichen versuchen, und meine Feinde sind Mitglieder einer politischen Partei, die den Umsturz der Vereinigten Staaten betreibt. Was werden Sie also tun, falls ein Anruf für mich kommt?«

»Die Bullen anrufen?«

Dass ich ärgerlich zusammenzuckte, war nicht gespielt.

»Nein, nein, NEIN«, sagte ich. »Die Bullen auf keinen Fall. Warum, glauben Sie, bin ich wohl in Oklahoma City?«

Damit hatte ich ihn. In seine wässrigen Augen stahl sich Ehrfurcht, und sein Mund öffnete sich mit einem leisen Plopp. »Sie meinen, ich soll einfach *Sie* anrufen, Sir?« fragte er schließlich.

»Richtig«, sagte ich und gab die fünf Dollar frei. Er starrte mir nach, bis ich im Lift war. Ich fühlte mich einigermaßen sicher. Überall auf der Welt haben Rezeptionisten zwei Talente: Informationen zu verkaufen und zu wissen, wann man keine Informationen verkauft. Diese einfachen Fertigkeiten sichern ihnen das Überleben.

Mein Zimmer war geräumig, gut proportioniert und angenehm; die Klimaanlage allerdings gab in unregelmäßigen Abständen ermüdende Geräusche von sich. Ich bat den Zimmerservice, mir eine Auswahl der besten Sandwiches zu schicken sowie eine Flasche Quellwasser, ein gutes Glas und den Hausdetektiv. All das traf gleichzeitig ein. Ich strengte mich an, mir den Detektiv gewogen zu machen, bei dem es sich um einen ungelenken, zwei Meter großen Jugendlichen mit einem Schulterhalfter handelte, das geräuschvoll knarzte, als er sich setzte. Ich verabreichte ihm schottischen Whisky und eine Portion jener Räuberpistole, die auch der Rezeptionist schon geschluckt hatte. Er war ein ernsthafter Knabe und bat mich, mich auszuweisen. Er war gehörig beeindruckt und versprach, in dieser Nacht meine Etage besonders im Auge zu behalten.

Als er fünf Dollar später gegangen war, betrachtete ich mit melancholischem Vergnügen die Sandwiches, die reichlich waren und aus zwei Sorten Brot mit allen möglichen guten Sachen darauf bestanden. Ich aß, trank noch etwas mehr Scotch und ging ins Bett mit dem Gefühl, dass ich mich nach Kräften abgesichert hatte.

Ich schloss die Augen. Die Klimaanlage dröhnte in meinem Kopf und brachte jede nur denkbare Furcht und Spekulation mit sich sowie tausend grauenerregende Szenarien und eine stetig wachsende Panik. Eine Schlaftablette zu nehmen wagte ich nicht. Nach einer endlosen halben Stunde gab ich den Kampf um Schlaf auf und schaltete das Licht ein. Es gab nur eins zu tun. Ich hob den Hörer ab und meldete ein Gespräch mit Mrs. Spon in London an. Natürlich London in England.

In nur zwanzig Minuten hatte ich sie an der Strippe. Sie kreischte und schrie herum, weil ich sie aus dem Schlaf gerissen hatte, und verfluchte mich im Namen fremdartiger Götter. Im Hintergrund konnte ich ihren ekligen kleinen Pudel Pisspartout hören, der mit seinem schrillen Gekläff in das Getöse einstimmte. Ich wurde ganz krank vor Heimweh.

Ich beruhigte sie mit einigen wohlgesetzten Worten, und bald dämmerte ihr, dass es sich um eine recht ernste Angelegenheit handelte. Ich sagte ihr, dass Jock, koste es, was es wolle, am Dienstag auf der Rancho de los Siete Dolores sein und sie unbedingt dafür Sorge tragen müsse. Sie versprach es. Die Schwierigkeiten, die damit verbunden sind, innerhalb weniger Stunden ein Visum für die Vereinigten Staaten zu organisieren, sind für eine Frau wie sie gar nichts. Sie hat einmal eine Privataudienz beim Papst bekommen, indem sie einfach an die Tür klopfte und sagte, sie würde erwartet. Es heißt, dass er kurz davor war, ihr einen Auftrag für die Neugestaltung der Sixtinischen Kapelle zu erteilen.

Das Wissen, dass Jock mich erwarten würde, dämpfte meine schlimmsten Befürchtungen. Jetzt hieß es nur noch, dorthin zu gelangen, ohne eine Blutspur hinter mir herzuziehen.

Ich versank in einen unruhigen Schlummer, der merkwürdigerweise von erotischen Träumen durchsetzt war.

Am nächsten Morgen war kein Tee aufzutreiben, aber da ich mich an der Schwelle zum alten Westen befand, wusste ich, dass ich würde lernen müssen, damit zu leben. »Pioniere! Oh, ihr Pioniere!« wie Walt Whitman nie müde wird auszurufen.

Weder der Empfang noch die Garage hatten etwas zu berichten, und so schlenderte ich hinaus, um Luft zu schnappen und um festzustellen, ob die Gegend von blauen Buicks verseucht war. Was ich schließlich fand, war eine Art Bar, die im Fenster mit etwas warb, das »Viehtreiberfrühstück nach alter Oklahoma-Art« hieß. Wer hätte da widerstehen können? Ich nicht.

Es erwies sich, dass das Viehtreiberfrühstück aus einem dicken, fast rohen Steak bestand, einem Mordstrumm gesalzenem Schinken von der Größe und Form meiner Faust, einem Haufen Sauerteigkekse, einem Blechbecher voll herbschmeckendem Kaffee und einem Viertelliter Roggenwhisky. Wie Sie inzwischen bereits festgestellt haben werden, bin ich ein Mann aus Eisen, aber ich gebe zu, dass ich erbleichte. Ich saß in der Falle, denn der Barkeeper und der Koch hingen beide über der Theke und harrten offensichtlich mit beträchtlichem Interesse meiner weiteren Schritte. Ihre Gesichter waren ernst, höflich und erwartungsvoll. Es war an mir, Britanniens Ehre mit Messer und Gabel zu verteidigen. Ich verdünnte ein wenig Kaffee mit ein wenig Whisky und trank, wobei ich einen Brechreiz unterdrückte. Danach fand ich die

Kraft, einen heißen Keks zu probieren, dann etwas mehr Kaffee, dann ein Stückchen von dem Schinken und so weiter. Der Appetit wuchs mit dem Essen, und zu meiner wie auch der Zuschauer Verblüffung ergab sich sogar das Steak bald meinem Speer und Bogen. Situationen wie diese haben zu Britanniens Größe beigetragen. Ich nahm einen Drink auf Kosten des Hauses vom Barkeeper an, schüttelte ernst ein paar Hände und machte einen guten Abgang. Wissen Sie, nicht alle Botschafter sitzen in Botschaften.

Gestärkt holte ich den Rolls ab und wandte mein Antlitz dem Goldenen Westen zu, jener Löwin unserer Tage und Kinderstube des großen amerikanischen Märchens. Zur Mittagszeit überquerte ich die Staatsgrenze zum Pfannenstiel von Texas. Für einen Mann, der als Kind jeden Samstagmorgen mit dem Lone Ranger geritten ist, ist das ein bedeutsamer Moment.

Mir des mit einem Buick versehenen Viehdiebs auf meiner Fährte stets bewusst, begann ich, bei fast jeder Tankstelle ein paar Liter Benzin zu tanken. Jedesmal erkundigte ich mich dabei nach dem Weg nach Amarillo, das in genau westlicher Richtung lag. Wie nicht anders zu erwarten, rauschte der blaue Wagen irgendwo zwischen den Städtchen McLean und Groom an mir vorüber, wobei der Fahrer weder nach links noch nach rechts sah. Ganz offenbar hegte er keinerlei Zweifel hinsichtlich meines Bestimmungsortes und beabsichtigte, mir bis Amarillo vorauszufahren. Ich befand mich etwa eine Meile hinter ihm und gestattete ihm noch ein paar Blicke in den Rückspiegel, die ihn in seiner Überzeugung bestärkten, bevor ich an einer sehr gelegen kommenden Kehre wendete und nach Süden bis Claude brauste. Dann ging's in südöstlicher Richtung durch Clarendon hindurch zu der Gabelung des Red River bei Prairie Dog Town. Lässt einem dieser Name nicht das Blut gefrieren? Den Red River überquerte ich bei Estelline. Ich verspürte kein Bedürfnis nach einem Mittagsimbiss, hielt mich aber mit einem gelegentlichen Schlückchen Roggenwhisky und ab und zu einem Ei (damit er was zu beißen hatte) bei Kräften. Indem ich den unwahrscheinlichsten Straßen folgte, arbeitete ich mich wieder gen Westen vor, und am frühen Nachmittag war ich überzeugt, den Buick nun endgültig in die Irre geführt zu haben. Es erübrigt sich wohl anzumerken, dass auch ich mich verirrt hatte, aber das war zweitrangig. Ich fand ein verschlafenes Motel, dessen Empfangspersonal aus einem dreizehnjährigen Jungen bestand, der mir, ohne den Blick von seinem Comic-Heft zu heben, einen Bungalow vermietete.

»Heil dir, Columbia, du glückliches Land!« sagte ich zu ihm, indem ich frei nach R. H. Horne zitierte, »Heil euch, ihr Helden, vom Himmel gesandt!«

Beinahe hätte er aufgeshaut, entschied sich aber zugunsten des Jugendlichen Werwolfs aus zehntausend Faden Tiefe – ich hatte nicht das Herz, ihm das vorzuwerfen.

Den schlimmsten Teil des Nachmittags verschnarchte ich, und etwa drei Stunden später wachte ich mit einem Mordsdurst wieder auf. Nachdem ich mich darum gekümmert hatte, schlenderte ich hinaus, um mir die Beine zu vertreten und ein paar Eier mit Schinken aufzutreiben. Etwa zweihundert Meter die staubige Straße hinunter stand, im Schatten einer Silberpappel, ein hellblauer Buick.

Damit war eins klar: Der Rolls war verwanzt. Keine von Menschen betriebene Institution hätte ohne Hilfsmittel den ganzen Tag lang meinen Irrwegen folgen können. Die Ruhe selbst, verputzte ich den Schinken mit Eiern zusammen mit großen, einem Mann geziemenden Tassen Kaffee und spazierte dann zum Rolls zurück in der Haltung eines Mannes, der sich nicht im mindesten an hellblauen Buicks stört. Ich brauchte fast zehn Minuten, um das kleine Transistorspürgerät zu finden: mittels eines Magneten klebte es fest an der Unterseite des rechten, vorderen Kotflügels.

Ich ließ den Ghost an und entschwand in der falschen Richtung. Nach ein paar Meilen winkte ich hektisch einem Streifenpolizisten, der auf einem unglaublichen Motorrad saß, und erklärte, ich hätte mich verfahren.

Wenn ein Sohn des Landes unklug genug ist, einen amerikanischen Polizisten nach dem Weg zu fragen, wird er entweder wegen Landstreicherei eingebuchtet oder man empfiehlt ihm – falls es sich um einen freundlichen Polizisten handelt –, sich doch eine Straßenkarte zu kaufen. Ich könnte schwören, dass dieser mich *niedergeschlagen* haben würde, weil ich ihn angehalten hatte, wäre ich nicht mit einem englischen Akzent und einem Rolls Royce von außergewöhnlicher Schönheit aufgetreten, welcher Umstand ihn zu widerwillig zugestandener Höflichkeit verführte. Ich stieg aus und lehnte mich, als er mir auf der Karte den Weg erklärte, leicht gegen seine großartige Harley Davidson, deren im Leerlauf grummelnder Motor das harte Klicken übertönte mit dem der Magnet des Minisenders auf die Unterseite des hinteren Schutzbleches auftraf. Mit einem Affenzahn röhrte er nordwärts, und ich verbarg mich am Ende eines Feldwegs, bis der Buick bei seiner zuversichtlichen Verfolgungsjagd langsam an mir vorbeigefahren war. Dann machte ich mich wie ein geölter Blitz in Richtung Süden und Westen auf den Weg.

Ein riesiger, theatralischer Mond ging über Texas auf, und ich fuhr wie verzaubert Stunden durch Palmlilienwälder und rote Beifußfelder. Schließlich manövrierte ich den Rolls an den Ausläufern der Llanos Estacados in einen Cañon und machte es mir, mit einer Flasche Whisky in Reichweite (falls es Berglöwen gab), hinter dem Steuer zum Schlafen bequem.

Wie aufs Stichwort heulte ein Kojote in der dünnen, über Entfernungen hinwegtäuschenden Nachtluft sein heiseres Liebeslied, dass mir das Blut in den Adern gefror, und als ich langsam in Schlaf versank, war mir, als hörte ich das gedämpfte Donnern weit entfernter, unbeschlagener Hufe.

# 13

*... So traf ich ihn:*
*Kam über einen scharfgezackten Kamm,*
*Wie eines alten Leuen krumme Zähne ...*
Eine Epistel

Ich wurde durch einen Schuss geweckt.

Das finden Sie nicht spannend? Dann vermute ich mal, dass Sie selbst nie dergestalt geweckt worden sind. Was mich betrifft, so fand ich mich, noch bevor ich richtig wach war, auf dem Boden zwischen Gas- und Bremspedal wieder, vor Entsetzen wimmernd und hektisch nach der Bankers's Special in ihrem kleinen Versteck unter dem Sitz suchend.

Nichts geschah.

Ich entsicherte die Pistole und spähte zitternd über den Rand der Fensterscheibe.

Noch immer geschah nichts.

Ich sah durch die anderen Fenster – nichts – und kam zu dem Schluss, dass ich den Schuss geträumt hatte, da mein Schlaf von den grauenerregenden Heldentaten der Comancheros, Apachen, Quantrills Guerilla und anderen Teufeln in Menschengestalt erfüllt gewesen war. Ich gönnte mir ein weiteres Viehtreiberfrühstück, diesmal allerdings ohne Steak, Schinken, heiße Kekse oder Kaffee. Ein-, zweimal wurde mir schwach, aber nicht übel. So hatte mich die alte Begeisterung bald wieder, und ich fühlte mich stark genug, um zu einem kleinen, der Hygiene dienenden Spaziergang auszusteigen.

Als ich die Wagentür öffnete, knallte erneut ein Schuss, auf den eine Fünftelsekunde später das Knallen der wieder zuschlagenden Wagentür folgte. Mit Mortdecais Reaktionszeit stimmt noch immer alles.

Ich horchte gründlich in mein auditives Gedächtnis hinein, wobei ich mir genau das Geräusch des Schusses vergegenwärtigte:

1. Es war nicht das unverkennbare, eindeutige BÄNG einer Schrotflinte.
2. Auch nicht das bösartige KRÄCK eines kleinkalibrigen Gewehrs.
3. Auch nicht das BUMM einer Pistole Kaliber .45.
4. Nicht das ohrenbetäubende WOMM eines großkalibrigen, handelsüblichen Gewehrs oder einer Magnum.
5. Nicht das erschreckende, wie ein Peitschenknall klingende PINGGG einer Hochgeschwindigkeitssportflinte, aber etwas in der Art.
6. Also dann: eine Sportflinte, aber
7. nicht im Cañon abgefeuert, weil es kein Echo gegeben hatte, und sicherlich
8. *nicht auf mich abgefeuert* – verdammt, schließlich könnte nicht einmal eine Pfadfinderin einen Rolls Royce mit zwei sorgfältig gezielten Schüssen verfehlen.

Meinem Verstand genügte die Feststellung, dass es sich wohl um einen ehrlichen Rancher handelte, der die örtlichen Kojoten aufmischte, mein Körper allerdings brauchte etwas länger, um sich zu beruhigen. Ich kroch auf den Sitz zurück und zitterte noch zirka eine Viertelstunde lang. Von Zeit zu Zeit nippte ich am Whisky. Nach etwa hundert Jahren hörte ich, wie meilenweit weg in der Wüste ein altes Auto angelassen wurde, das sich dann auspuffknallend entfernte. Ich verachtete mich ob meiner Memmenhaftigkeit.

»Du feiger Hund«, schnaubte ich. Unerklärlicherweise schlief ich dann sofort für eine weitere Stunde ein. Die Natur weiß sich eben zu helfen.

Es war erst neun Uhr, als ich mich mit dem Gefühl, alt, schmutzig und inkompetent zu sein, auf den letzten Abschnitt meiner Reise machte. Falls Sie über achtzehn sind, kennen Sie das Gefühl wahrscheinlich.

Es ist nicht leicht, in gekrümmter Haltung zu fahren. Ich brachte den Rolls dennoch auf Touren und durchquerte in gutem, meilenfressendem Tempo die abgesteckten Ebenen. Irgendwie sind die abgesteckten Ebenen nicht sehr aufregend – kennt man eine, kennt man alle. Erst recht werde ich Ihnen nicht verraten, wo Krampfs Ranch liegt – oder vielleicht *lag* –, aber ich gebe gern zu, dass sie etwa zweihundert Meilen von meinem nächtlichen Biwak entfernt zwischen dem Sacramento-Gebirge und dem Rio Hondo liegt. An jenem Morgen waren das bloße Namen auf der Landkarte; die Poesie war flötengegangen. Nichts kann den Worten ihren Glanz so nehmen wie eine Gewehrsalve. Ich wurde der Kreosotbüsche, der Bigoniaceen und Schraubenbohnen bald überdrüssig, ganz zu schweigen von den ewigen Riesenkakteen, die so verschieden sind von denen, die Mrs. Spon in ihrem Triebhaus züchtet.

Gegen Mittag erreichte ich Neumexiko, noch immer unbelästigt, noch immer mit dem Gefühl, alt und schmutzig zu sein. In Lovington (das nach dem alten Oliver Loving benannt ist, der 1866 den furchterregenden »Gutenacht-Loving-Trail« gen Westen bahnte und im Jahre darauf daselbst an Pfeilwunden verschied) gönnte ich mir ein Bad, eine Rasur, einen Kleiderwechsel und ein Gericht namens »Huevos Ojos de Chomanchero«. Das klang wunderbar. Die Wirklichkeit konfrontierte mich mit dem entsetzlichsten Anblick, der mir bis dato untergekommen war: zwei Spiegeleier, verziert mit Ketchup, Tabasco und gehackten Chilischoten. Das Ganze sah aus wie ein Paar blutunterlaufener Augen. Genausogut hätte ich mein eigenes Bein verspeisen können. Ich bedeutete mit einem Winken der Hand, das grässliche Zeug fortzunehmen. Viehtreiber aus dem alten Oklahoma sind eine Sache, das hier war schlicht und einfach ungenießbwar. Ich probierte statt dessen »Chili 'n Franks«, das sich als recht ordentlich erwies; es schmeckte wie Chili con carne, enthielt aber nette kleine salzige Würstchen statt des Hackfleischs. Während ich aß, wuschen ein paar *Peones* den Rolls, aber natürlich nur mit Wasser und Seife.

Jetzt lagen nur noch hundert Meilen vor mir, ich fühlte mich wieder sauber, adrett und jetzt nur noch wie ein Mann in mittleren Jahren. Ich brachte die Nase des Rolls in Richtung der Ranch zu den Sieben Schmerzen der Jungfrau, wo ich mich meines Pilgersäckels voll Sorgen, meines Pilgerhutes voll Angst und meines Knüttels der Illegalität entledigen würde, wo ich zudem eine große Menge Geldes entgegennehmen und vielleicht einen gewissen Krampf umbringen würde. Oder vielleicht auch nicht. Ich hatte England mit der Absicht verlassen, meinen Teil des Handels mit Martland einzuhalten; während der Hunderte unerbittlicher amerikanischer Meilen aber hatte ich eine Menge nach- und mir bestimmte Argumente ausgedacht, warum ich mein Wort ihm gegenüber nicht halten konnte. (Schließlich waren wir in der Schule nie Freunde gewesen; er war das größte Flittchen und jedermann als »Schmuddelschwanz« bekannt gewesen; ein Junge erwirbt sich so einen Namen nicht für nichts und wieder nichts.)

Außerdem hatte ich mir eine leistungsfähigere Sonnenbrille zugelegt; meine alte war für die limonadenfarbenen Strahlen der englischen Sonne gedacht gewesen und bedeutete keinen Schutz gegen den brutalen Anprall des Wüstenlichts. Es schmerzte sogar, auf die roten und grünen Schatten mit den rasiermesserscharfen Rändern zu blicken. Ich fuhr mit geschlossenen Fenstern und heruntergezogenen Seitenblenden. Im Inneren des Rolls herrschte eine Atmosphäre wie in einer schlecht regulierten Sauna, aber das war immer noch besser, als die staubtrockene, sengende Luft von draußen hereinzulassen. Bald saß ich in einer widerlichen Schweißpfütze, und meine alte Wunde verursachte mir erneut Beschwerden; Chili und Krämpfe spielten meinem Dünndarm übel mit, und das Kollern meines Darms war oft lauter als der Motor des Rolls, der unbeirrt voranschnurrte und dabei still sein Literchen Benzin pro Meile schluckte.

Gegen drei Uhr nachmittags stellte ich beunruhigt fest, dass ich zu schwitzen aufgehört und mit mir selbst zu reden angefangen hatte – und *ich hörte mir zu.* Es wurde zunehmend schwierig, die Straße unter all den wabernden Tümpeln voller Hitzeglast zu erkennen, und ich vermochte nicht zu sagen, ob die Erdkuckucke mit ihrem spärlichen Federkleid bereits unter den Rädern des Rolls oder noch zweihundert Meter entfernt waren.

Eine halbe Stunde später befand ich mich auf einem Feldweg unterhalb eines Ausläufers des Sacramento-Gebirges. Ich hatte mich verfahren und hielt an, um die Karte zu Rate zu ziehen, und bemerkte, dass ich der enormen Stille lauschte – »jener Stille, in der die Vögel ausgestorben sind und dennoch etwas wie ein Vogel singt«.

Irgendwo oberhalb von mir wurde ein Schuss abgegeben, aber es folgte kein Geräusch einer vorbeipfeifenden Kugel, und ich hatte nicht die Absicht, mich zweimal an einem Tag vor Angst zu winden. Zudem gab es hinsichtlich der Beschaffenheit der Schusswaffe keinen Zweifel: es handelte sich um das durch die schwere Luft gedämpfte, gesunde Bellen eines großkalibrigen, mit Schwarzpulver geladenen Revolvers. Auf dem Berggrat über mir schwenkte ein Reiter seinen breitkrempigen Hut und schickte sich an, mit lässiger Meisterschaft und seines Reittieres nicht achtend herunterzureiten. *Ihres* Reittieres, wie sich herausstellte, und was für eins.

*¡Que caballo!* Ich erkannte es sofort, obwohl ich noch nie zuvor einen echten *Bayo naranjado* gesehen hatte. Es hatte eine lebhafte dunkelorange Farbe, Mähne und Schweif waren reinweiß. Es war nicht kastriert – sicherlich würde es niemand über sich bringen, ein solches Pferd zu verschneiden – und kam den zerklüfteten Felshang herab, als handelte es sich um den Park des Bukkingham Palasts. Der texanische Sattel mit flachen Sattelknäufen und doppelten Gurten war zudem mit silbernen *Conchos,* Beschlägen, auf dem mit Einlegearbeiten verzierten Leder bestückt. Das Mädchen selbst war gekleidet wie ein Ausstellungsstück aus einem Old-Texas-Museum: flacher, schwarzer Stetson mit einem Hutband aus Schlangenhaut und einem geflochtenen Kinnriemen, ein Halstuch, dessen Enden bis fast zu den Hüften fielen, braune Jeans, die in unglaubliche Justin-Stiefel gestopft waren, die wiederum selbst in antiken silbernen Steigbügeln steckten und mit offensichtlich goldenen Sporen versehen waren.

Sie erreichte den Fuß des Abhangs in einer kleinen Gerölllawine mit durchhängenden Zügeln, die kräftigen Schenkel fest an den Sattel gepresst. Der Hengst nahm den Straßengraben, als ob er nicht existierte und kam inmitten auseinanderspritzender Steine neben dem Rolls zum Stehen. Ein dramatischer Anblick.

Ich ließ ein Fenster herunter und spähte höflich nach draußen. Sofort sprühte mir käsiger Schaum aus dem Maul des Pferdes entgegen, das ein paar seiner riesigen gelben Zähne bleckte und Anstalten machte, mir das Gesicht abzubeißen. Ich drehte das Fenster wieder herauf. Das Mädchen inspizierte den Rolls; als sein Pferd sich am Fenster vorbeibewegte, ertappte ich mich dabei, dass ich auf einen prächtigen Revolvergurt – mexikanische Handarbeit – mit *Buscadero*-Pistolenhalftern starrte, in denen ein Paar echter Dragoon Colts steckte. Die Griffe waren zweifelsfrei von Louis Comfort Tiff any und datierten etwa zwanzig Jahre später. Sie trug sie in der für den Südwesten korrekten Weise mit den Griffen nach vorn, als wollte sie sie in der nächsten Sekunde in fescher Grenzermanier kreuzweise ziehen oder, wie die Kavallerie, wild um sich ballern, und sie waren natürlich nicht ans Bein gebunden – das hier war keine Hollywood-Vorstellung, sondern eine perfekte historische Rekonstruktion. (Versuchen Sie mal, ein Pferd zu besteigen oder auch bloß zu laufen, wenn Sie an Ihren Schenkeln ein Halfter festgebunden haben.) Aus dem Sattelfutteral lugte, wie es sich gehörte, der Kolben eines Winchester Repetiergewehrs, wie man es nur einmal unter tausend findet.

Vom Hut bis zu den Hufen musste sie, wie sie so im Sattel saß, ein Vermögen wert sein – das gab mir eine ganz neue Vorstellung davon, wie sich Reichtum verwenden lässt –, und dabei war ihre großartige Persönlichkeit, die noch viel wertvoller wirkte, gar nicht mitgezählt. Wie Sie vielleicht schon vermutet haben, bin ich nicht besonders scharf auf Nullachtfuffzehnsex, besonders nicht mit Frauen, aber diese Erscheinung brachte unbestreitbar mein schlappes Fleisch in Wallung. Weil sie dezent transpirierte, schmiegte sich das seidene Hemd ihrer vollkommenen Figur an, und die Levis machte keinen Hehl aus ihrem Freuden versprechenden Becken. Sie besaß das perfekte, runde, harte Hinterteil einer Reiterin, aber nicht die massive Breite eines Mädchens, das zu früh mit dem Reiten begonnen hat.

Ich tauchte auf der anderen Seite des Wagens auf und sprach sie über die Kühlerhaube hinweg an. Ich verstehe so viel von Pferden, dass ich nie versuchen würde, an heißen Tagen mit müden Mähren Freundschaft schließen zu wollen.

»Guten Tag«, sagte ich, um das Gespräch zu eröffnen.

Sie musterte mich von oben bis unten. Ich zog meinen Bauch ein. Mein Gesicht war so ausdruckslos, wie ich es nur hinbekam. Aber sie wusste Bescheid; sie wusste Bescheid. Sie wissen immer Bescheid, wissen Sie.

»Hi«, sagte sie auf eine Weise, dass ich nach Luft schnappen musste.

»Könnten Sie mir zufällig den Weg nach der Rancho de los Siete Dolores zeigen?« fragte ich.

Ihre knallroten, geschwollenen Lippen öffneten sich, die kleinen weißen Zähne desgleichen, wenn auch nur ein bisschen – vielleicht sollte das ein Lächeln sein. »Was ist das alte Auto wert?«

»Ich fürchte, es steht nicht zum Verkauf.«

»Sie sind dumm. Zudem übergewichtig. Aber süß.« In ihrer Stimme klang ein Hauch von Akzent mit, aber kein mexikanischer. Vielleicht Wien, vielleicht Buda. Ich fragte erneut nach dem Weg. Sie hob den Stiel ihrer ausgesucht schönen, geflochtenen Reitpeitsche an die Augen und suchte den westlichen Horizont ab. Es war eine dieser Reitpeitschen, in deren Stiel perforiertes Horn eingefügt ist; in diesem Klima ist das nützlicher als ein Teleskop. Zum ersten Mal in meinem Leben begann ich, Sacher-Masoch zu verstehen.

»Halten Sie sich in dieser Richtung querfeldein. Die Wüste ist nicht schlimmer als die Straße. Wenn Sie auf Knochen treffen, folgen sie ihnen.«

Ich bemühte mich um ein weiteres Gesprächsthema, aber irgend etwas sagte mir, dass sie keine große Plaudertasche war. Tatsächlich hieb sie, noch während ich nach einem Weg suchte, sie zurückzuhalten, dem Hengst die Peitschenschnur unter den Bauch und war auf dem Weg zu dem schimmernden Durcheinander der in der Sonne bratenden Felsen. Na ja, man kann nicht jede für sich einnehmen. Glücklicher alter Sattel, dachte ich.

Nach zwanzig Minuten traf ich auf die ersten Knochen; es handelte sich um das gebleichte Skelett eines Texas-Longhorn-Rindes, das künstlerisch neben einem kaum erkennbaren Pfad abgelegt worden war. Dann noch eins und noch eins, bis ich mitten im Niemandsland an einem riesigen

Ranchtor anlangte. Auf dem sonnengebleichten Querbalken befand sich eine großartige, vielfarbige mexikanische Schnitzerei einer Madonna im Todesschmerz, und darunter hing ein Brett, in das das Brandzeichen der Ranch eingraviert war – zwei spanische Münzen. Ich fragte mich müßig, ob das ein Scherz sein sollte und entschied, dass, falls ja, er nicht auf Mr. Krampf zurückzuführen sei.

Hinter dem Tor war der Weg klar erkennbar, das Büffelgras wurde alle hundert Meter üppiger, und ich erhaschte dann und wann einen Blick auf Ansammlungen von Pferdefleisch unter den Pappeln: Morgans, Palominos, Apalusas und was weiß ich nicht noch alles. Dann und wann fiel ein Reiter hinter oder neben mir in Trab. Als ich schließlich die riesige, weit auseinandergezogene *Hacienda* erreichte, wurde ich von einem Dutzend Desperados in typisch mexikanischer Reitkleidung eskortiert, die alle so taten, als sei ich nicht da.

Das Haus war erstaunlich schön – nichts als weiße Säulen und Portiken, und das Drumherum ein Irrgarten grüner Rasenflächen, Springbrunnen, Patios, blühender Agaven und Yukkabäume. Das Tor einer Autogarage öffnete sich unaufgefordert, und ich fuhr den Rolls behutsam hinein, genau zwischen einen Bugatti und einen Cord. Als ich, die Reisetaschen in der Hand, vor die Garage trat, war meine Eskorte von Banditen auf einen von mir nicht vernommenen Befehl hin verschwunden, und lediglich ein kleiner, aufdringlicher Junge war noch zu sehen. Mit zartem Stimmchen sagte er etwas auf Spanisch, nahm mir mein Gepäck ab und wies auf einen schattigen Patio, wohin ich mich so elegant auf den Weg machte, wie meine mitgenommenen Hosen es erlaubten.

Ich setzte mich auf eine Marmorbank, streckte und dehnte mich nach Kräften, und ließ meine dankbaren Augen auf den halb im grünen Schatten verborgenen Statuen ruhen. Eine der Statuen, wettergegerbter als die anderen, erwies sich als alte, unbewegliche Dame, die mich, mit im Schoß gefalteten Händen, ohne Neugier anblickte. Ich sprang auf und verbeugte mich – sie war die Art Frau, vor der man sich immer und zu allen Zeiten verbeugte. Sie neigte ein wenig das Haupt. Ich trat unruhig von einem Bein aufs andere. Es musste sich um Krampfs Mutter handeln.

»Habe ich die Ehre, mit Mrs. Krampf zu sprechen?« fragte ich schließlich.

»Nein, Sir«, erwiderte sie im bedachtsamen Englisch eines gebildeten Ausländers, »Sie sprechen mit der Gräfin Grettheim.«

»Vergeben Sie mir«, sagte ich ganz aufrichtig, denn wer von uns, der kein Krampf ist, würde schon gern für einen solchen gehalten werden?

»Sind Mr. und Mrs. Krampf zu Hause?« erkundigte ich mich.

»Ich weiß nicht«, antwortete sie gutgelaunt. Das Thema war offensichtlich beendet. Das Schweigen erreichte einen Punkt, wo ich mich nicht traute, noch etwas dagegen zu unternehmen. Falls es die Lebensaufgabe der alten Dame sein sollte, mich daran zu hindern, mich wohl zu fühlen, dann war sie offensichtlich in bester Form. *Si extraordinairement distinguée,* wie Mallarmé zu sagen pflegte, *quand je lui dis bonjour, je me fais toujours l'effet de lui dire ›merde‹.*

Ich studierte erneut die Statuen. Es gab eine exzellente Kopie der Venus Callipygea, auf deren kühlem Marmorhinterteil meine Augen dankbar verweilten. In meinem Bestreben, mich nicht verwirren zu lassen, war ich so erfolgreich, dass meine sonnengeschädigten Augenlider herabzufallen begannen.

»Sind Sie nicht durstig?« fragte die alte Dame plötzlich.

»Hm? Oh, ja, also –«

»Warum läuten Sie dann nicht nach einem Diener?«

Sie wusste verdammt gut, warum ich nicht nach einem Diener läutete, die alte Hexe. Schließlich läutete ich doch, und eine kesse Göre erschien, die eine dieser Blusen anhatte – Sie wissen schon, die Sorte, die so eine Art Zugschnur oder Reißleine hat – und ein Glas mit etwas Köstlichem trug.

Bevor ich das erste Schlückchen nahm, verbeugte ich mich höflich vor der Gräfin; auch dies erwies sich als Fehler, denn sie bedachte mich mit einem Basilikenblick, als hätte ich gesagt: »Prösterchen, meine Liebe.«

Mir kam in den Sinn, dass ich mich ihr vielleicht vorstellen sollte. Ich tat es, und es setzte bis zu einem gewissen Grad Tauwetter ein. Das hätte ich schon früher haben können.

»Ich bin Mr. Krampfs Schwiegermutter«, sagte sie plötzlich; ihre tonlose Stimme und ihr unbeteiligter Gesichtsausdruck vermittelten ihre abgrundtiefe Verachtung für Leute namens Krampf. Und für Leute namens Mortdecai, was das betrifft.

»Tatsächlich«, sagte ich und legte einen kleinen Hauch höflicher Ungläubigkeit darein.

Eine Weile geschah nichts, außer dass ich mein Glas austrank und den Mut aufbrachte, nach einem weiteren zu läuten. Sie hatte mich schon in die Schublade »Unterklasse« gesteckt, deshalb fand ich, dass sie mich ruhig auch als Säufer kennenlernen könnte.

Etwas später schlich ein barfüßiger Peon herein, murmelte ihr in unverständlichem Spanisch etwas zu und schlich wieder hinaus. Nach einem Weilchen sagte sie: »Meine Tochter ist jetzt da und wünscht, Sie zu sehen.« Dann schloss sie die pergamentartigen Lider mit einer gewissen Endgültigkeit. Ich war entlassen. Als ich den Patio verließ, hörte ich sie ganz deutlich sagen: »Wenn Sie schnell sind, haben Sie noch Zeit, sie sich vor dem Essen vorzunehmen.« Ich blieb wie vom Donner gerührt stehen. C. Mortdecai ist nicht oft um Worte verlegen, aber diesmal war ich es in der Tat. Ohne die Augen zu öffnen, fuhr sie fort: »Ihrem Mann wird das nichts ausmachen. Er selbst hat keinen Spaß dran.«

Irgendwie blickte ich da noch immer nicht durch; ich ließ die Worte in der unbewegten Luft nachklingen und stahl mich davon. Ein Diener fing mich geschickt ab, als ich das Haus betrat und geleitete mich zu einer kleinen, mit Wandteppichen geschmückten Kammer im ersten Stock. Ich versank in dem üppigsten Sofa, das man sich nur vorstellen kann, und versuchte herauszufinden, ob ich einen Sonnenstich hatte oder ob die alte Dame vielleicht die Familienirre war.

Sie, meine klarsichtigen Leser, werden nicht erstaunt sein zu erfahren, dass das Mädchen, das schließlich durch die sich teilenden Wandbehänge ins Zimmer trat, das Mädchen war, das ich auf dem Hengst gesehen hatte. Ich allerdings war höchst überrascht, denn als ich Mrs. Krampf das letzte Mal gesehen hatte (in London, zwei Jahre zuvor), war sie eine niederträchtige alte Schachtel gewesen mit einer rothaarigen Perücke und einem Gewicht von etwa hundert Kilogramm. Niemand hatte mir gesagt, dass es ein neueres Modell gab.

Indem ich mich von ihrem Anblick losriss – meine Augen traten bereits aus den Höhlen –, versuchte ich, auf die Füße zu kommen, und machte dabei wegen meiner kurzen Beine und dem unverantwortlich tiefen Sofa eine recht lächerliche Figur. Endlich stand ich, war ziemlich sauer und sah, dass sie etwas zur Schau trug, was ich vermutlich mit »spöttischem Lächeln« bezeichnen muss. Man konnte sich fast eine tiefrote Rose zwischen ihren schimmernden Zähnen vorstellen.

»Wenn Sie mich jetzt *Amigo* nennen«, fauchte ich, »dann schreie ich.« Sie hob eine wie eine Möwenschwinge geformte Braue, und das Lächeln schwand aus ihrem Gesicht.

»Aber ich hatte keinesfalls die Absicht, so, äh, *persönlich* zu werden, Mr. Mortdecai, und es liegt mir außerdem fern, die Sprache dieser mexikanischen Wilden nachzuäffen. Auf das Outfit eines *Pistolero valiente,* eines tapferen Revolverhelden, legt dieser Spinner von meinem Mann Wert, und die Revolver haben etwas mit dem Kastrationskomplex zu tun. Ich will das gar nicht verstehen. An Dr. Freud und seiner schmutzigen Gedankenwelt habe ich keinerlei Interesse.«

Jetzt hatte ich sie eingeordnet: Wiener Jüdin – das sind die wunderbarsten Frauen der Welt, und die cleversten. Ich riss mich zusammen.

»Vergeben Sie mir«, sagte ich. »Bitte lassen Sie uns von vorn anfangen. Mein Name ist Mortdecai.« Ich schlug die Hacken zusammen und beugte mich über ihre Hand. Sie hatte die langen und wunderschönen Finger ihrer Rasse, und sie fühlten sich wie Stahl an.

»Ich heiße Johanna. Meinen Nachnamen kennen Sie ja.« ich hatte den Eindruck, dass sie ihn so selten wie möglich aussprach. Sie bedeutete mir, mich wieder aufs Sofa zu setzen – all ihre Gesten waren bezaubernd –, und stand dann breitbeinig da. Ich fühlte mich unbehaglich dabei, aus den Tiefen dieses verdammten Sofas zu ihr aufblicken zu müssen. Als ich etwas tiefer blickte, starrte ich unvermutet auf ihren von Jeans umspannten Schritt, der sich vierzehn Zentimeter von meiner Nase entfernt befand (natürlich verwende ich den Begriff vierzehn hier im borghesischen Sinne).

»Das sind ja herrliche Revolver«, sagte ich verzweifelt. Mit ihrer rechten Hand vollführte sie etwas erstaunlich leicht und kompliziert Aussehendes und gleichzeitig, so schien es, tauchte ein Tiffany-Revolvergriff sechs Zentimeter vor meinem Gesicht auf. Ich nahm das Ding respektvoll entgegen. Wissen Sie, der Dragoon Colt ist über einen Fuß lang und wiegt fünfzehnhundert Gramm; wenn man noch nie einen in der Hand hatte, kann man die Kraft und Geschicklichkeit nicht einmal ahnen, die erforderlich ist, ihn so lässig herumzuwirbeln. Diese junge Frau konnte einen wirklich einschüchtern.

Es war in der Tat ein sehr schöner Revolver. Ich klappte die

Trommel auf: alle Kammern waren geladen bis auf, korrekterweise, eine, bei der der Hahn greifen sollte. Er war reich mit wunderbaren Ziselierungen versehen, und ich war verblüfft, als ich die Initialen J. S. M. entdeckte.

»Aber die haben doch nicht etwa John Singleton Mosby gehört?« fragte ich ehrfürchtig.

»Ich glaube, so hieß er. War einer dieser Streuner bei der Kavallerie oder so. Mein Mann wird nie müde, mir zu erzählen, wieviel er dafür bezahlt hat. Was mich betrifft, so hab' ich's vergessen, aber es war wohl ein ungeheurer Betrag.«

»Ja«, sagte ich, und die Habgier durchfuhr mich wie ein Messer. »Aber ist das nicht eine ziemlich unhandliche Waffe für eine Dame? Ich meine, Sie gehen großartig damit um, aber ich hätte doch gedacht, dass etwas wie ein Colt Lightning oder das Wells Fargo Modell vielleicht ...?«

Sie nahm den Revolver, überprüfte die Stellung des Hahns und steckte ihn mit der Geschicklichkeit einer Taschenspielerin zurück ins Halfter.

»Mein Mann besteht auf diesen großen Dingern«, sagte sie gelangweilt, »es hat was mit dem Kastrationskomplex oder geschlechtsbedingten Minderwertigkeitsgefühlen oder irgend so was Widerlichem zu tun. Aber Sie müssen doch durstig sein. Mein Mann hat mir erzählt, dass Sie *oft* durstig sind. Ich werde Ihnen was zu trinken bringen.« Mit diesen Worten verließ sie mich. Allmählich begann ich, mich selbst kastriert zu fühlen.

Nach etwa zwei Minuten war sie zurück, jetzt in ein äußerst knappes Baumwollkleid gekleidet und gefolgt von einem mit Getränken beladenen Peon. Auch ihre Verhaltensweise hatte einen Wechsel erfahren, und sie sank mit einem freundlichen Lächeln neben mir in die Polster. *Sehr* nahe neben mir. Ich rückte ein wenig von ihr ab, oder besser, ich scheute wie ein geprügelter Hund. Sie sah mich einen Augenblick neugierig an und kicherte dann.

»Ich verstehe. Meine Mutter hat mit Ihnen gesprochen. Seitdem sie mich, als ich siebzehn war, dabei ertappt hat, dass ich unter meinem Kleid nichts trug, ist sie überzeugt davon, dass ich eine läufige Hündin bin. Das stimmt nicht.« Sie machte mir einen großen, steifen Drink zurecht; der Peon war entlassen worden. »Andererseits«, fuhr sie fort, und reichte mir das Glas mit einem Lächeln, das mich aus der Fassung brachte, »hege ich eine unerklärliche Vorliebe für Männer Ihres Alters und Ihrer Statur.« Ich lächelte einfältig, um ihr zu zeigen, dass ich einen Scherz und vielleicht auch eine sanfte Frozzelei erkennen konnte.

»Hihi«, sagte ich, und dann: »Trinken Sie denn nichts?«

»Ich trinke niemals Alkohol. Mir die Sinne zu betäuben, macht mir keinen Spaß.«

»Du meine Güte«, stammelte ich, »wie entsetzlich für Sie. Ich meine, nicht zu trinken. Ich meine – man stelle sich bloß mal vor, dass man morgens aufsteht und weiß, dass man sich den ganzen Tag nicht besser fühlen wird.«

»Aber ich fühle mich den ganzen Tag über großartig, jeden Tag. Fühlen Sie doch mal.« Ich verschüttete eine beträchtliche Menge meines Drinks.

»Nein, wirklich«, sagte sie, »fühlen Sie mal.«

Beherzt tätschelte ich einen goldenen, rundlichen Arm.

»Nicht da, Sie Dummkopf, hier!« Sie machte einen Knopf auf, und zwei der schönsten Brüste der Welt sprangen heraus, völlig bloß, hart und mit beeindruckenden Warzen. Trotz aller Erziehung konnte ich nicht widerstehen, nach einer zu grapschen. Um der Wahrheit die Ehre zu geben: meine Hand traf die Entscheidung für mich. Mein Kastrationskomplex hatte sich wie ein schlechter Traum in Luft aufgelöst. Sie zog meinen Kopf zu sich herunter.

So gern ich den Mädchen die Brustwarzen küsse, fühle ich mich dabei doch immer ein bisschen blöd, Sie nicht? Es erinnert mich an fette alte Männer, die schmatzend an ihren tittengleichen Zigarren lutschen. Da Johanna aber so außerordentlich erfreulich auf meine ersten zaghaften Versuche, auf ihren entzückenden Weiden zu grasen, reagierte, war all meine Verlegenheit wie weggewischt, und ich fing stattdessen an, um meine eigene Gesundheit zu fürchten. Sie ging hoch wie eine Katze, die man quält, und wickelte sich um mich herum, als wäre sie kurz vorm Ertrinken. Ihre schlanken, schwieligen Finger griffen mit köstlicher Wildheit nach mir, und ich stellte schon bald fest, dass ihre Grundsätze betreffend der Unterwäsche sich seit ihrem siebzehnten Lebensjahr nicht geändert hatten.

»Warte«, sagte ich, nach Luft schnappend, »sollte ich nicht erst mal duschen? Ich bin verschwitzt.«

»Ich weiß«, schnurrte sie, »ich liebe das. Du riechst wie ein Pferd. Du bist ein Pferd.«

Gehorsam fiel ich, von ihren trommelnden Fersen dazu angetrieben, in leichten Trab. Ich war froh, dass sie ihre Sporen abgelegt hatte.

Beschreibungen von Kunsthändlern mittleren Alters, die vergewaltigt werden, sind weder erhellend noch erbaulich. Ich werde also eine Reihe Sternchen wie einen Duschvorhang vor die außergewöhnliche Szene, die folgte, ziehen. Hier sind sie:

************

Die barfüßige Göre mit der Reißleinen-Bluse zeigte mir mein Zimmer. Sie lächelte mir sanft zu und streckte mir dabei ihren verschwenderischen Busen wie ein Paar Pistolen entgegen. »Solange Sie auf der Rancho sind, Señor, stehe ich Ihnen zur Verfügung«, sagte sie unschuldig. »Ich heiße Josefina, wie Josephine.«

»Unter diesen Umständen sehr passend«, murmelte ich.

Sie verstand nicht.

Wie die Gräfin vorhergesagt hatte, kam ich gerade rechtzeitig zum Abendessen. Nachdem ich mich umgezogen und gebadet hatte, fühlte ich mich schon eher wie der C. Mortdecai, den wir kennen und lieben; ich gebe aber zu, dass ich eine gewisse Zurückhaltung, ja Scheu empfand, der alten Dame in die Augen zu blikken. Es traf sich, dass sie es ihrerseits vermied; sie war einer jener Menschen, die sich voll und ganz dem Essen widmen. Es war ein Vergnügen, ihr gegenüberzusitzen.

»Sag mal«, sagte ich zu Johanna, als der zweite Gang aufgetragen wurde, »wo ist eigentlich dein Mann?«

»In seinem Schlafzimmer. Neben dem kleinen Ankleidezimmer wo ich dich, äh, empfangen habe.«

Ich starrte sie voll Panik an; kein Mensch, der all seine Sinne beisammen hatte, hätte bei dem tierischen Spektakel, mit dem unsere Vereinigung stattgefunden hatte, schlafen können. Als sie meine Bestürzung bemerkte, lachte sie fröhlich auf.

»Bitte, mach dir seinetwegen keine Gedanken. Er hat bestimmt nichts gehört, er ist nämlich schon seit ein paar Stunden tot.«

Ich kann mich nicht genau erinnern, was es zum Abendessen gab. Ich bin sicher, dass es köstlich war, aber mir fiel das Schlucken schwer, und ständig glitten mir Messer, Gabeln und dergleichen aus der Hand. »Zittrig« ist die einzig richtige Beschreibung meines Zustandes. Alles, woran ich mich erinnere, ist die alte Gräfin, die das Essen in ihren zerbrechlichen Körper hineinstopfte, als ob sie eine Yacht für eine lange Kreuzfahrt verproviantieren müsste.

Wir waren bei Portwein und Walnüssen angelangt, bevor ich wieder hinreichend selbstsicher war, um eine weitere Frage zu wagen.

»O ja«, erwiderte Johanna gleichgültig, »es war vermutlich sein Herz. Der Arzt lebt dreißig Meilen von hier und ist betrunken. Er wird morgen früh kommen. Warum isst du denn so wenig? Du solltest mehr Sport treiben. Ich werde dir morgen eine Stute leihen, ein kleiner Galopp wird dir guttun.«

Ich lief rot an und wurde schweigsam.

Die alte Dame betätigte ein silbernes Glöckchen, das an ihrem Platz stand, und ein käsebleicher Priester schlich herein und sprach ein langes, lateinisches Tischgebet, dem beide Frauen mit gesenkten Köpfen zuhörten. Dann erhob sich die Gräfin und schritt mit zerbrechlicher Würde auf die Tür zu, wo sie einen so kraft- und geräuschvollen Furz ließ, dass ich fürchtete, ihr sei etwas zugestoßen. Der Priester setzte sich ans Tafelende und begann, Nüsse zu knabbern und Wein zu schlürfen, als hänge sein Leben davon ab. Johanna saß da und lächelte traumverloren ins Leere; vermutlich stellte sie sich eine wonnevolle, Krampflose Zukunft vor. Ich dagegen hoffte fest, dass sie sich nicht irgendwelche Wonnen vorstellte, an denen in naher Zukunft ich beteiligt sein sollte; alles, was ich wollte, war etwas Scotch und eine dicke, fette Schlaftablette.

Es sollte nicht sein. Johanna nahm mich bei der Hand und führte mich hinweg, um den Leichnam in Augenschein zu nehmen, ganz so, wie man jemandem in einem englischen Haushalt die Abbildungen von Wasservögeln vorführen würde. Krampf lag da, nackt, scheußlich, in der Tat sehr tot, und wies alle Anzeichen einer massiven Koronarthrombose auf, wie die Krimischreiber sagen (es gibt *keinerlei* äußere Anzeichen bei Tod durch Koronarthrombose). Auf dem Läufer neben seinem Bett lag ein kleines Silberdöschen, an das ich mich erinnerte; er bewahrte seine Herztabletten darin auf. Krampf war verschieden, um sich Pfandflasche zuzugesellen. Miese Herzchen, die beiden. Und nicht nur sie.

Sein Tod löste ein paar Probleme und schuf ein paar neue. An der Situation war etwas, das ich zu jenem Zeitpunkt nicht ganz definieren konnte, aber ich wusste, dass das Wörtchen »Ärger« irgendwo mitspielte. Da ich mir sicher war, dass

Johanna nichts dagegen hätte, zog ich das Laken zurück, das ihn bedeckte; an seinem speckgepolsterten Körper fand sich kein Zeichen von Gewalteinwirkung. Sie kam herüber, stellte sich auf die andere Seite des Bettes, und wir blickten leidenschaftslos auf ihn hinunter. Ich hatte einen reichen Kunden verloren, sie hatte einen reichen Ehemann verloren. Zwischen unseren Sorgen gab es kaum einen quantitativen Unterschied, und der qualitative Unterschied bestand darin, dass sie vermutlich eine Menge Geld zu erwarten und ich eine Menge Geld zu verlieren hatte. Wäre Krampf noch am Leben gewesen, hätte er sich wohl wie Jesus Christus zwischen den beiden Räubern gefühlt, und tatsächlich hatte ihm der Tod eine gewisse Geistigkeit, so etwas wie eine wächserne Heiligkeit verliehen.

»Er war ein schmutziger Affe«, sagte sie schließlich, »und zudem gemein und raffgierig.«

»Das bin ich auch«, entgegnete ich ruhig, »und trotzdem glaube ich nicht, dass ich so bin, wie Krampf war.«

»Nein. Er war auf eine schäbige, harte Art gemein. Ich glaube nicht, dass du auf diese Art oder überhaupt gemein bist. Warum sind reiche Männer bloß so gemein?«

»Ich glaube, weil sie gern reich bleiben möchten.«

Sie dachte darüber nach, und es gefiel ihr nicht.

»Nein«, sagte sie erneut. »Seine Habgier war nicht von dieser Art. Es war das Leben anderer Leute, auf das er begierig war. Er hat seine Mitmenschen gesammelt wie andere Leute Briefmarken. Das gestohlene Gemälde, das du im Versteck des Rolls Royce hast, hat er gar nicht wirklich gewollt. Du warst es, den er gekauft hat. Nach diesem Geschäft wärst du nie wieder von ihm losgekommen. Für den Rest deines Lebens hättest du sein pickliges Hinterteil küssen müssen.«

Das brachte mich ziemlich auf die Palme. Erstens hatte nicht einmal Krampf wissen können – hätte es nicht wissen sollen –, wo genau der Goya versteckt war. Zum zweiten war hier schon wieder jemand, der offensichtlich mich manipulierte, statt umgekehrt. Und drittens war dieser jemand, Himmel noch mal, eine Frau, die tief in der Verschwörung drinsteckte und von gefährlichem Wissen nur so überbrodelte. Krampf war immer unbesonnen gewesen, aber er kannte die Grundregeln des Gaunertums. Wie, um alles in der Welt, hatte er nur so tief sinken können, einer Frau alles zu erzählen?

Krampfs Dahinscheiden bekam jetzt einen ganz neuen Aspekt. Bislang war es äußerst lästig gewesen, jetzt wurde es bedrohlich. Da jetzt überall gefährliches Wissen unbekümmert das Haupt erhob, gab es Dutzende von Motiven, ihn umzubringen, wo es zuvor nur eins gegeben hatte: Martlands.

Außerdem hatte ich erst an jenem Morgen beschlossen, dass ich den Vertrag mit Martland bezüglich der Liquidierung Krampfs nicht einhalten würde. Dem absurden Respekt, der dem menschlichen Leben heutzutage entgegengebracht wird, kann ich nichts abgewinnen; tatsächlich liegt unser Hauptproblem darin, dass es weitaus *zuviel* menschliches Leben gibt. Aber je älter ich werde, desto weniger habe ich das Bedürfnis, Menschen eigenhändig einen Kopf kürzer zu machen. Besonders dann nicht, wenn sie zufällig zu meinen besten Kunden zählen. Trotzdem hätte ich Martland gegenüber in puncto Vertrag wohl mein Wort gehalten, wäre mir nicht gerade an jenem Morgen klar geworden, dass ich bereits selbst auf der Abschussliste stand und ich in dem Moment, in dem ich Krampf umgebracht hätte, selbst dran gewesen wäre aus einer Unmenge von Gründen, die Sie sich sicher selbst ausmalen können.

»Wann hat er durchgedreht, Kindchen?« erkundigte ich mich sanft.

»Wahrscheinlich schon im Mutterleib. Es wurde schlimmer, als er anfing, mit einem Mann namens Gloag zu kungeln.«

Ich zuckte zusammen. »Ja«, sagte ich, »das passt.«

Trotz der augenscheinlichen Gegebenheiten war ich jetzt sicher, dass Krampf ermordet worden war. Es gab bei weitem zu viele Motive. Ebenso gibt es bei weitem zu viele Möglichkeiten, den Tod durch eine Herzkrankheit vorzutäuschen, und erst recht bei jemandem, der ohnehin schon herzkrank ist.

Ich fühlte mich wie die sprichwörtliche blinde Kuh, und es war ein grauenhaftes Gefühl. Nur Martlands Wort stand als Schutz zwischen mir und dem grausamen Schleifer namens TOD. Martlands Wort war so gut wie ein von ihm ausgestellter Schuldschein, bloß waren seine Schuldscheine soviel wert wie Monopoly-Geld. Ich riss mich zusammen. »Tja, Johanna«, sagte ich munter, »ich muss jetzt ins Bett.«

»Ja«, sagte sie, und ergriff entschlossen meine Hand, »das müssen wir.«

»Sieh mal, meine Liebe, ich bin wirklich furchtbar müde, weißt du. Und ich bin kein junger Mann mehr ...«

»Ja, aber ich weiß, wie man beides kurieren kann. Komm mit und lass dich überraschen.«

Ich bin eigentlich kein Weichling, wissen Sie. Nur bis ins Mark schlecht und leicht verführbar. Ich trottete hinter ihr her, meine Männlichkeit hing darnieder. Die Nacht war unerträglich heiß. Ihr Zimmer empfing uns mit feuchter Hitze wie ein Schlag ins Gesicht. Als sie mich hereinzog und die Tür verriegelte, geriet ich in Panik.

»Die Fenster sind luftdicht abgeschlossen«, erklärte sie, »die Vorhänge zugezogen, und die Zentralheizung ist voll aufgedreht. Sieh mal, ich schwitze schon!«

Ich sah hin. Sie schwitzte.

»Dies ist die beste Art überhaupt, es zu tun«, fuhr sie fort, und schälte mir das durchweichte Hemd vom Leib. »Und du wirst dich wieder jung und kraftvoll fühlen, das verspreche ich dir. Es klappt immer. Wir werden wie die Tiere in einem tropischen Sumpf sein.«

Ich gab versuchsweise ein lustvolles Blöken von mir, aber ohne große Überzeugungskraft. Sie ölte mich großzügig mit Babyöl ein, reichte mir die Flasche, stieg aus dem letzten Kleidungsstück, das sie noch trug, und bot die erstaunlichen Kurven ihres dampfenden Körpers dein Öl dar. Ich ölte. Aus einem Vorrat, von dem ich nichts geahnt hatte, schöpfte mein Körper Unmengen einer stetig sich aufheizenden Libido.

»Na, siehst du?« sagte sie heiter und zeigte auf mich. Dann führte sie mich zu einem dieser schreckenerregenden, wassergefüllten Plastikbetten. Sie umzingelte mich mit ihrem hingebungsvollen Körper, wobei unsere Bäuche bei Kontakt schmatzende Geräusche erzeugten und brachte zu meiner Beschämung einen lang tot geglaubten stahlharten und kräftig erblühenden Mortdecai ans Licht, der vor heimlicher Lust ganz von Sinnen war: Mortdecai der Jüngere, der wahrscheinlichste Anwärter auf den Titel eines Ex-Wichsers.

»Weil du müde bist, bin ich heute abend nicht die Stute. Du bist das faule Zirkuspferd, und ich werde dich die Hohe Schule lehren. Leg dich zurück, es wird dir gefallen, das versprech' ich.«

Es gefiel mir.

# 14

*Ottima: Nein – bei der Venus – hätten damals wir*
*Den Leichnam meines Gatten Luca Gaddi*
*Ermordet, zugedeckt, am Fuß des Betts*
*Daliegen sehn – hättst du ihn lang betrachtet?*
*Warum nun nachgedacht? ...*
*Sebald: Weg, weg; nimm deine Hände weg von meinen!*
*Es ist die Abendhitze, weg! Wie, ist es Morgen?*
Pippa geht vorüber

Langsam und qualvoll brachte ich meine verklebten Augen auf. Das Zimmer lag noch immer in absoluter Dunkelheit und roch nach Ziegenbock. Irgendwo hatte eine Uhr die Stunde geschlagen, aber wieviel Uhr es war, oder gar um welchen Tag es sich handelte, wusste ich nicht. Vermutlich hatte ich unruhig geschlafen, jedenfalls kann ich nicht behaupten, dass ich erfrischt erwachte, sondern eher ziemlich erschossen. Ich arbeitete mich aus dem dampfenden Bett heraus und schleppte mich geschwächt in die Richtung, in der ich das Fenster vermutete. Ich war hundert Jahre alt und wusste, dass meine Prostata nie wieder die alte sein würde. Wie der Hirsch nach der kühlenden Quelle, so lechzte ich nach frischer Luft, und das ist keinesfalls etwas, nach dem ich oft lechze. Ich fand die schweren Vorhänge, zog sie mit Mühe auf, und taumelte entgeistert zurück. Draußen war ein ausgelassenes Treiben in vollem Gange, und trotz des Umstandes, dass ich in der Vorschule gelernt hatte, dass man zuerst blind wird, dachte ich, dass meine Sinne mich im Stich gelassen hätten.

Die Fenster auf dieser Seite des Hauses gingen auf die Wüste hinaus, und dort, ein paar hundert Meter vom Haus entfernt, wurde die Dunkelheit kreuz und quer von farbigen Lichtstreifen durchschnitten, die eine halbe Meile weit in alle Richtungen strahlten. Wie ich fassungslos dastand und große Augen machte, pirschte sich Johanna von hinten an mich heran und presste ihre klebrigen Formen liebevoll an meinen Rücken.

»Sie haben die Landebahn erleuchtet, mein kleiner Hengst«, murmelte sie beruhigend zwischen meinen Schulterblättern, »da kommt wohl jemand mit dem Flugzeug. Ich frage mich bloß, wer?« Was sie sich offensichtlich in Wirklichkeit fragte, war, ob der lahme alte Mortdecai seinen feurigen Lenden wohl noch einen weiteren Galopp abverlangen konnte, aber die traurige Antwort war deutlich zu sehen. Ihr liebevolles Gurren wurde zum Schmollen, doch sie machte mir keine Vorwürfe. Sie war – ich weiß, dass das blöd klingt – eine *Dame*, und ist es, soweit ich weiß, noch immer.

Erschöpft oder nicht, wenn unerwartet in den frühen Morgenstunden bei einem Haus in der Pampa, in dem ich mich unter recht zweifelhaften Umständen aufhalte, Flugzeuge landen, beunruhigt mich das. In solchen Fällen pflege ich die Insassen dieser Maschinen in korrekter Kleidung, geduscht und mit einer Pistole oder einem ähnlichen Instrument im Bund zu begrüßen, für den Fall, dass sie sich als meinen Interessen feindlich gesonnen herausstellen sollten.

Also duschte ich, zog mich an, verstaute die Banker's Special in ihrem behaglichen Nest und ging nach unten, wo ich etwas erstaunlich Scheußliches namens *Tequila* zum Trinken fand. Es schmeckte wie ein ausgesuchter alter Jahrgang Batteriesäure, aber ich trank durstig ziemlich viel davon, bevor Johanna herunterkam. Sie wirkte liebenswürdig, freundlich, aber reserviert, und auf ihrem schönen Gesicht fand sich nicht der kleinste Hinweis darauf, dass wir seit kurzem so dicke Freunde waren.

Ein Peon kam aufgeregt herein und überschüttete sie mit einem Schwall jenes schauerlichen Jargons, den man dort für Spanisch hält. Sie wandte sich zu mir um und verbarg wohlerzogen ihre gelinde Überraschung. »Ein gewisser Señor Strapp ist gerade angekommen und sagt, dass er dich sofort sprechen muss. Er behauptet, du würdest ihn erwarten …?«

Ich stutzte einen Augenblick und war drauf und dran, jegliches Wissen über irgendwelche Strapps zu leugnen, bevor der Groschen fiel. »Aber ja, natürlich«, rief ich, »das ist der alte Jock! Hatt' ich ganz vergessen. Dumm von mir. Ist so was wie mein Diener. Ich hätte dir sagen sollen, dass wir uns hier treffen wollten. Er wird bestimmt keine Umstände machen, braucht nur ein Bett und einen Beißknochen. Ich hätte dich warnen sollen. Tut mir leid.«

Als ich noch herumstotterte, stand Jocks massige Figur bereits in der Tür. Sein struppiger Quadratschädel schwenkte von einer Seite zur anderen, und seine Augen blinzelten im Licht. Ich stieß einen erfreuten Schrei aus, und er gab mir ein einzahniges Grinsen zurück.

»Jock!« rief ich, »ich bin froh, dass du kommen konntest.« (Unerklärlicherweise kicherte Johanna.) »Ich hoffe, dir geht's gut, Jock, und du bist, äh, *fit?*« Er begriff, was ich meinte, und kniff bestätigend ein Auge zu. »Geh dich waschen und iss was, Jock, und dann triff mich bitte hier in einer halben Stunde. Wir reisen ab.«

Er trottete davon, von einem weiblichen Peon begleitet, und Johanna wandte sich mir zu. »Aber wie kannst du bloß abreisen? Liebst du mich denn nicht? Was hab' ich nur getan? Wollen wir denn nicht heiraten?« Das war der Tag, an dem ich dauernd die Augen weit aufreißen musste; jetzt schon wieder. Während ich noch dabei war, fuhr sie mit ihrer verblüffenden Tirade fort. »Glaubst du vielleicht, ich gebe mich wie ein Tier jedem Mann hin, der hier aufkreuzt? Ist dir letzte Nacht nicht aufgegangen, dass du meine erste und einzige Leidenschaft bist, dass ich zu dir gehöre, dass ich deine Frau bin?«

Huckleberry Finns Worte schössen mir durch den Sinn: »Das war ja recht interessant, aber hart.« Allerdings war dies nicht die rechte Zeit, um forsch zu zitieren. Sie sah aus, als ob sie bei einer falschen Antwort in ihr Boudoir hochgaloppieren und ihre Dragoon Colts holen würde. Meine Kiefersperre ließ nach und ich plapperte los, als ob ich um mein Leben plapperte.

»Hätte mir nicht träumen lassen … nicht zu hoffen gewagt … Spielgefährte einer müßigen Stunde … zu alt … zu fett … ausgebrannt … wie betäubt … hab' noch keinen Tee getrunken … bin hier in furchtbarer Gefahr.« Letzteres schien sie zu interessieren. Ich musste ihr eine mühsam überarbeitete Version meiner Gründe für diese Angst liefern, wie z. B. Martlands, Buicks, Bluchers und Brauns, um nur einige zu nennen.

»Ich verstehe«, sagte sie schließlich. »Ja, unter den gegebenen Umständen solltest du vielleicht einstweilen besser abreisen. Wenn du in Sicherheit bist, melde dich bei mir, dann komme ich, und wir werden für immer und ewig glücklich miteinander sein. Nimm den Rolls Royce und alles, was drin ist, das ist mein Verlobungsgeschenk für dich.«

»Gütiger Himmel«, brachte ich mit zitternder Stimme und entgeistert hervor, »das geht doch nicht. Der ist doch ein Vermögen wert, das ist lächerlich.«

»Ich verfüge bereits über ein Vermögen«, sagte sie schlicht. »Außerdem liebe ich dich. Bitte beleidige mich nicht, indem du ihn ausschlägst. Versuch doch zu verstehen, dass ich dir gehöre, und alles, was mir gehört, ebenfalls.«

Oh, verdammich, dachte ich. Ganz offensichtlich nahm

man mich aus unerklärlichen Gründen auf irgendeine verzwickte Weise auf die Schippe – oder etwa nicht? Das Glitzern in ihren Augen war wahrhaft gefährlich. »Na ja, in diesem Fall«, sagte ich, »gibt es da noch etwas, was ich für meine eigene Sicherheit brauche. Ich glaube, es ist eine Art Fotonegativ und vielleicht ein paar Abzüge von – tja, also –«

»Von zwei Perverslingen, die sich zum Zeitvertreib mit Rammeln beschäftigen? Das kenn' ich. Die Gesichter auf dem Abzug sind herausgeschnitten, aber mein Mann sagt, dass einer von ihnen dieser grässliche Mr. Gloag ist und der andere der Schwager deines –«

»Ja, genau«, unterbrach ich sie. »Das ist es, genau das. Ist für dich nicht von Nutzen, weißt du. Dein Mann wollte es nur verwenden, um gestohlene Gemälde im Diplomatengepäck transportieren zu können, und auch das war noch zu gefährlich. Sogar für ihn. Ich meine, sieh ihn dir doch mal an.«

Sie sah *mich* ein Weilchen neugierig an und ging dann in Krampfs Arbeitszimmer voraus, bei dem es sich um eine Orgie unverdauten Reichtums handelte: Platzanweiserins Alptraum von Zarskoje Selo. Wenn ich Ihnen sage, dass die Hauptattraktion, sozusagen der Blickfang, eine enorm große, nackte, behaarte Schlampe von Henner war, die auf Louis-XIV-Wandteppichen hing und von zwei der schauderhaftesten Tiffanylampen angestrahlt wurde, die ich je gesehen habe, habe ich, glaube ich, alles gesagt. Mrs. Spon hätte auf der Stelle *gereihert,* und zwar auf den Aubusson-Teppich.

*»Merde«,* sagte ich ehrfürchtig.

Sie nickte ernst. »Wunderschön, nicht. Ich hab' es für ihn am Anfang unserer Ehe arrangiert, als ich noch dachte, ich liebte ihn.«

Sie ging voran zu Krampfs Privatklo, auf dem sich die dreisten Tittchen und Ärschlein eines erlesenen Bouguereau, wenn man Bouguereau mag, im ruhigen Wasser eines Porzellanbidets widerspiegelten, das für Katharina die Große in einer ihrer pfeffrigeren Perioden entworfen worden sein mochte. Schlauerweise verbarg nicht etwa das Bild den Safe, sondern eine geschnitzte Wandtäfelung gleich daneben. Johanna musste sie auf jede erdenkliche, komplizierte Weise überlisten, bevor sie aufschwang und Fächer mit großen abgegriffenen Banknoten – einen so vulgären Anblick habe ich noch nie gesehen –, Sparbüchern von Banken aus aller Welt und einer Reihe mit Leder bezogenen Koffergriffen freigab. (Letztere musste ich nicht erst in der Hand halten, um zu wissen, dass sie aus Platin waren, denn ich hatte Krampf den Tip selbst gegeben. Das ist ein prima Trick, der Zoll ist bislang noch nicht dahinter gekommen. Bitte, bedienen Sie sich, ich werde ihn nicht wieder brauchen.) Sie öffnete ein in der Seitenwand des Tresors verborgenes Schubfach und warf mir ein Bündel Briefumschläge zu.

»Was du willst, ist wohl da drin«, sagte sie gleichgültig und setzte sich elegant auf den Rand des Bidets. Ehrfürchtig blätterte ich das Päckchen durch. Ein Umschlag enthielt Versicherungspolicen, die jenseits aller Vorstellungen von Habsucht lagen, ein anderer einen Haufen letztwilliger Verfügungen und Testamentsnachtrage, und ein weiterer enthielt lediglich eine Reihe von Namen, deren Verschlüsselung jeweils daneben stand. (Da ich Krampfs Vorlieben kannte, steckte wahrscheinlich allein in dieser Liste ein Vermögen, wenn man ein wenig Zeit darauf verwandte, aber ich gehöre nicht zu den Tapfersten.) Der nächste Umschlag war voll kleinerer Umschläge; auf allen klebte rechts oben eine seltene Briefmarke. Reiche und ausgefuchste Leser kennen diesen Kniff – man klebt einfach eine gewöhnliche neue Briefmarke über die Rarität und schickt den Brief an sich selbst oder einen Freund in irgendeiner ausländischen Großstadt. Es ist der einfachste Weg, lästiges Taschengeld um den Globus zu bewegen, ohne allzuviel für Provisionen zu verlieren.

Der letzte Umschlag war der, den ich suchte und brauchte.

Es schien alles mit ihm zu stimmen. Da war die Großaufnahme mit den ausgeschnittenen Gesichtern und ein Streifen 35-mm-Negative auf britischem Filmmaterial. Ein paar amateurhafte Kontaktabzüge beschäftigten sich zumeist mit den Rückansichten in Cambridge, aber das Bild in der Mitte zeigte die Vorderansicht; an jenem Tag schien Pfandflasche das Kommando gehabt zu haben, und unser Kumpel hatte den passiven Part erwischt. Sein vertrautes, direkt in die Kamera gerichtetes Grinsen bewies, dass es ihm nichts ausmachte. Ich verbrannte es ohne Bedenken und warf die Asche in das liederliche Bidet. Da ging eine Menge Geld dahin, aber, wie bereits erwähnt, gehöre ich nicht zu den Tapfersten; sogar Geld kann einen zu teuer zu stehen kommen.

Wegen des möglichen Vorhandenseins weiterer Abzüge machte ich mir keine Gedanken. Krampf mochte zwar unvorsichtig gewesen sein, aber ich glaubte nicht, dass er völlig verrückt war, und außerdem lassen sich Abzüge heutzutage leicht fälschen. Die Leute wollen das Negativ sehen, und zwar das Originalnegativ; von Positivabzügen gewonnene Negative lassen sich leicht erkennen.

Sie drehte sich herum und starrte auf die schmierige Asche im Bidet. »Bist du jetzt glücklich, Charlie? Ist das wirklich alles, was du wolltest?«

»Ja, danke. Jetzt bin ich ein bisschen sicherer, glaube ich zumindest. Nicht viel, aber ein bisschen. Ich danke dir.«

Sie stand auf und ging zum Tresor, nahm einige Geldbündel heraus und schloss ihn gelassen.

»Hier ist etwas Reisegeld, bitte nimm es. Du brauchst vielleicht noch beträchtliche Geldmittel, um ungeschoren davonzukommen.«

Es handelte sich um zwei fette, noch unangebrochene Packen Banknoten; der eine mit englischem, der andere mit amerikanischem Geld. Der Gesamtbetrag musste ziemlich unanständig sein.

»Aber das kann ich doch gar nicht annehmen«, sagte ich mit schriller Stimme, »das ist doch eine furchtbare Menge Geld.«

»Aber ich sage dir doch die ganze Zeit, ich habe jetzt eine Menge Geld. Das hier im Safe ist gar nichts, eine Bargeldreserve, um Senatoren zu bestechen und wenn er plötzlich verreisen musste. Bitte nimm es. Ich bin nicht eher zufrieden, als bis ich weiß, dass du auf der Flucht vor diesen unfreundlichen Männern ausreichende Mittel hast.«

Weiteren Protesten meinerseits wurde durch entsetzlich schrille Schreie von unten ein Ende gesetzt, die ihrerseits vom wütenden Gebrüll eines Basses übertönt wurden. Wir eilten zur Treppe und blickten hinunter auf eine kämpferische Schreckensszene: Jock hielt in jeder Hand einen Peon und schlug sie wie ein Becken methodisch gegeneinander, während andere Peones beiderlei Geschlechts um ihn herumsprangen, ihn am Haar zogen, sich an seine Arme hängten, abgeschüttelt wurden und quer über den gefliesten Boden schlitterten.

»*¡Bravo toro!*« schrie Johanna, und das Durcheinander erstarrte mitten in der Bewegung.

»Setz die Leute ab, Jock«, sagte ich streng, »man weiß schließlich nie, wo sie herkommen.«

»Ich hab' nur versucht rauszukriegen, was Sie mit Ihnen angestellt ham, Mr. Charlie. Sie sagten doch, 'ne halbe Stunde, stimmt's?«

Ich entschuldigte mich nach allen Seiten; die Peones konnten mein geschliffenes Kastilisch nicht verstehen, wussten aber dennoch, worum es ging. Sie dienerten eine Menge, scharrten mit den Füßen, zupften sich an den Stirnlocken, murmelten höflich »de nada«, und nahmen mit allen Anzeichen des Vergnügens pro Person einen Dollar entgegen. Einer ging so weit, höflich anzudeuten, dass er – da seine Nase zu Brei geschlagen worden sei – ein kleines

Extrahonorar verdiene, aber Johanna ließ nicht zu, dass ich ihm mehr gab.

»Mit einem Dollar kann er sich betrinken«, erklärte sie, »aber mit zweien würde er etwas Dummes anstellen, zum Beispiel abhauen und heiraten.« Sie erklärte das auch dem Peon, der andächtig ihren Argumenten lauschte und ihr schließlich ernsthaft beipflichtete. Ein intelligentes Völkchen.

»Ein intelligentes Völkchen, Jock, findest du nicht?« fragte ich später.

»Nee«, sagte er. »'ne Bande verdammter Pakis, wenn Sie mich fragen.«

Wir schafften es, loszufahren, bevor die Sonne hoch stand. Ich hatte ein leichtes Frühstück in Form von ein wenig mehr Tequila zu mir genommen – schmeckt schauderhaft, aber irgendwie gewöhnt man sich dran – und hatte es fertiggebracht, ein Abschiedsspektakel mit meiner verliebten Johanna zu vermeiden. Sie war höchst überzeugend in Tränen aufgelöst und zerfahren und beteuerte, dass sie nur noch in Erwartung einer Nachricht von mir leben werde, dass sie zu mir kommen und bis in alle Ewigkeit glücklich mit mir sein könne.

»Und wo fahren wir jetzt hin, Mr. Charlie?«

»Ich werde während der Fahrt darüber nachdenken, Jock. Augenblicklich gibt es sowieso nur diese Straße. Also los.«

Als wir aber so dahinfuhren – oder genauer, als Jock fuhr, denn er hatte im Flugzeug geschlafen –, dachte ich über Johanna nach. Was, um alles in der Welt, sollte all der unglaubliche Blödsinn, den sie verzapft hatte, bezwecken? Glaubte sie wirklich, dass ich das geschluckt hatte? Glaubte sie, ich würde ihr abnehmen, dass sie ob der verblassten Reize eines gewichtigen, jenseits der Blüte seiner Jahre stehenden Mortdecai ganz aus dem Häuschen war? »Sirenenklänge« war das Wort, das mir nicht aus dem Sinn ging. Und doch, und doch ... Karl Popper ermahnt uns, ständig auf der

Hut vor der Modekrankheit unserer Zeit zu sein; der Annahme nämlich, dass die Dinge nicht so sind, wie sie scheinen, dass eine ins Auge fallende Schlussfolgerung lediglich die vernunftmäßige Erklärung eines irrationalen Beweggrundes ist, dass menschliche Offenheit nur selbstsüchtige Niederträchtigkeit verbergen soll. (Freud versichert uns, dass es sich bei Leonardos Johannes dem Täufer um ein homosexuelles Symbol handelt, da sein nach oben weisender Zeigefinger versuche, das Fundament des Universums zu penetrieren; Kunsthistoriker aber wissen, dass das ein jahrhundertealtes Klischee der christlichen Ikonographie ist.)

Vielleicht war also alles genau so, wie es schien, und als wir auf gewundenen Straßen ins Hochland hinaufglitten, das seine starken Glieder im ersten Sonnenschein reckte, war es wirklich schwer, meine Befürchtungen und meinen Argwohn ernst zu nehmen.

Vielleicht war Krampf tatsächlich nach übermäßigen Tafelfreuden an Herzversagen gestorben; statistisch gesehen kam er genau dafür in Frage. Vielleicht hatte sich Johanna wirklich heftig in mich verliebt; meine Freunde waren manchmal so nett gewesen, mir zu versichern, dass ich über eine gewisse Anziehungskraft und vielleicht Gewandtheit in diesen Dingen verfüge. Vielleicht handelte es sich bei dem zweiten hellblauen Buick und seinem Fahrer um die von Krampf veranlasste Ablösung der ersten Schicht; ich hatte keine Gelegenheit gehabt, ihn damit zu konfrontieren. Vielleicht würde ich letztendlich tatsächlich nach Johanna schicken und mit ihr und ihren Millionen wie Gott in Frankreich leben, bis meine Drüsen den Geist aufgaben.

Je länger ich über diese Sicht der Dinge nachdachte, um so vernünftiger erschien sie mir, und um so lieblicher schien die Sonne auf die Ungerechten. Ich lehnte mich behaglich in die angenehm duftenden Lederpolster des Rolls – *meines* Rolls – zurück und pfiff still ein oder zwei Strophen vor mich hin.

Martland würde sicherlich niemals glauben, dass Krampfs Infarkt natürlichen Ursprungs war, er würde annehmen, dass ich ihn, wie befohlen, ermordet hatte und höllisch schlau dabei vorgegangen war.

Nur Johanna wusste, dass ich das Negativ verbrannt hatte, und falls ich Martland gegenüber nur eine schwache Andeutung fallen ließe, dass ich schlicht vergessen haben könnte, das zu tun, dann würde er es nie wagen, seine Todesschwadron auf mich loszulassen, sondern wäre gezwungen, zu seinem Wort zu stehen und mich vor allen Unannehmlichkeiten, wie zum Beispiel dem Tod, zu bewahren.

Das gefiel mir, alles gefiel mir; es passte zusammen, es führte meine Befürchtungen ad absurdum, und ich fühlte mich wieder richtig jung. Fast wollte ich umkehren und Johanna zum Abschied schließlich doch ein Zeichen meiner Wertschätzung hinterlassen, so jung fühlte ich mich. Die Lerche schwebte im Blau und durchmaß mit starkem Flügelschlag den Himmel, während ich mich erneut in die Welt hinausbegab.

Zugegeben, eine Fliege in der Suppe meiner Gemütsruhe gab es doch: ich war jetzt stolzer, wenngleich verschüchterter Besitzer eines heißen Goyas im Wert von etwa einer halben Million Pfund – die heißeste Ware der Welt. Ungeachtet dessen, was man in den Sonntagsblättern liest, bordet Amerika nicht von verrückten Millionären über, die danach lechzen, gestohlene Meister anzukaufen und sich in ihren unterirdischen Bunkern an ihnen zu weiden. Tatsächlich war der selige Krampf der einzige gewesen, der mir bekannt war, und nach weiteren Exemplaren seiner Sorte sehnte ich mich nicht gerade. Er hatte zwar mit dem Geld nur so um sich geworfen, war aber eine Belastung für das Nervensystem gewesen.

Das Gemälde zu zerstören, kam nicht in Frage. Meine Seele ist zwar von Sünden fleckig und angesengt wie der

Schnurrbart eines Zigarettenrauchers, aber ich bin völlig unfähig, Kunstwerke zu zerstören. Sie stehlen – ja, mit Vergnügen, das ist ein Zeichen des Respekts und der Liebe, aber sie zerstören? Nie. Sogar ein Gentlemangauner hat seinen Ehrenkodex.

Das Beste wäre es vermutlich, ihn zurück nach England zu bringen, schließlich war er jetzt so gut versteckt wie nur möglich, und Verbindung mit einem befreundeten Spezialisten aufzunehmen, der wusste, wie man diskrete Geschäfte mit Versicherungsgesellschaften tätigt.

Wissen Sie, all diese langweiligen rosaroten Renoirs, die in Südfrankreich ständig geklaut werden, werden entweder an die Versicherung für glatte zwanzig Prozent ihres Versicherungswertes zurückverkauft (die Gesellschaften zahlen keinen Pfennig mehr, das ist eine Frage der Berufsehre), oder sie werden auf ausdrücklichen Wunsch ihrer Eigentümer geklaut und dann unverzüglich zerstört. Der französische Emporkömmling lebt unter ständigem Druck, seinen Snobismus zu beweisen, so dass er es nicht wagt, seinen drei Jahre zuvor gekauften Renoir öffentlich zur Versteigerung zu bringen und damit zuzugeben, dass es ihm an ein wenig Kleingeld mangelt. Noch viel weniger wagt er das Risiko einzugehen, dass dieser weniger einbringt, als er all seinen grässlichen Freunden erzählt hat, dass er wert sei. Eher würde er sterben, oder, praktisch ausgedrückt, eher würde er sich an dem Gemälde vergreifen und das Geld einsacken. In England zeigt die Polizei Versicherungsgesellschaften, die von Dieben Diebesgut zurückkaufen, eher mahnend den erhobenen Zeigefinger, weil sie findet, dass das keine Art ist, zu beweisen, dass Verbrechen sich nicht lohnt; das Ganze ist sogar gesetzwidrig.

Aber dennoch – wenn ein gewisser junger Mann, der bei Lloyd's nicht unbekannt ist, in das richtige Ohr murmelt, dass ein an eine Gefälligkeitsadresse in Streatham gesandtes

Bündel Geld bei bestimmten Dieben einen Sinneswandel bewirken und sie veranlassen könnte, in Panik zu geraten und die Beute in einem Fundbüro abzugeben – tja, dann ... Wissen Sie, Versicherungsgesellschaften sind schließlich auch nur Menschen (oder wussten Sie das nicht?), und eintausend Pfund sind eine Menge weniger als, sagen wir mal, fünftausend. Der gewisse Mann, der bei Lloyd's nicht unbekannt war, war auch mir nicht unbekannt, und obwohl er nicht gern öfter als ein-, zweimal jährlich in ein gewisses Ohr murmelte, hatte er, wie ich wusste, ein Herz aus Gold und schuldete mir noch einen kleinen Gefallen. Zudem hatte er furchtbare Angst vor Jock. Glauben Sie aber bitte nicht, dass ich diesen speziellen Dreh empfehle; bei der Polizei handelt es sich um Profis und wir Laien sind bestenfalls begnadete Amateure. Wenn Sie schon sündigen müssen, dann suchen Sie sich eine dunkle, noch unerforschte Abart des Verbrechens, für das Scotland Yard noch keine Experten hat. Gehen Sie behutsam zu Werke, überstrapazieren Sie die Sache nicht und wechseln Sie stetig Ihren modus operandi. Natürlich kommt man Ihnen letztendlich doch auf die Schliche, aber falls Sie nicht zu habgierig sind, haben Sie zuvor noch ein paar gute Jahre.

Wie bereits erwähnt, hatte ich mich mittlerweile völlig mit einer allumfassenden Sicht der Dinge angefreundet; alles war erklärbar, das undurchsichtige Netzwerk ergab schließlich doch, wenn man es bei Sonnenlicht betrachtete, ein verständliches Muster, und letztlich war ein einziger Mortdecai soviel wert wie ein ganzer Sack voll Martlands, Bluchers, Krampfs und anderer Trottel. (»Eines der bemerkenswertesten Phänomene im Zusammenhang mit dem Drang zu lügen, ist die ungeheure Zahl vorsätzlicher Lügen, die wir uns selbst auftischen, wo wir doch gerade uns selbst am allerwenigsten zu täuschen hoffen können.« J. S. Lefanu.)

Um mein frugales Frühstück zu vervollständigen und um

den Sieg der Tugend über die Trottelhaftigkeit zu feiern, öffnete ich eine Flasche des zwölf Jahre alten Scotch und hob ihn gerade an die Lippen, als ich den hellblauen Buick sah. Er kam, und zwar äußerst schnell, mit untertourig heulendem Motor aus einem vor uns liegenden Straßengraben auf unsere dem Mittelstreifen zugekehrte Seite zugerast. Unsere andere Wagenseite befand sich kaum einen Meter von einem steilen, mehrere hundert Meter tiefen Abhang entfernt; er hatte uns sauber abgepasst. Ich hatte mein Leben gelebt. Jock – ich habe Ihnen schon erzählt, wie schnell er sein kann, wenn es darauf ankommt – riss das Steuer nach links herum, stieg auf die Bremse, hieb den ersten Gang rein, bevor der Rolls blokkierte, und drehte bereits nach rechts ab, als der Buick uns traf. Der Mann im Buick hatte weder eine Ahnung von der Stärke eines Rolls-Royce-Veteranen noch von Jocks Kämpfernatur. Unser Kühlergrill schlitzte mit einem grässlichen metallischen Kreischen die Seite seines Wagens auf, und der Buick überschlug sich trudelnd. Er kam am Straßenrand zum Stehen, sein Heck ragte ziemlich weit über den Abgrund. Der Fahrer, dessen Gesicht von weiß der Himmel welchen Gemütsbewegungen verzerrt war, kämpfte verzweifelt mit dem Türgriff; seine Züge waren blutüberströmt. Jock stieg gemächlich aus, schlenderte zu ihm hinüber und glotzte, sah die Straße hinauf und hinunter, ging dann zur Vorderseite des arg mitgenommenen Buick, fand einen Punkt, wo er Hand anlegen konnte, und hievte den Wagen kraftvoll hoch. Der Buick kippte und kam langsam ins Rutschen. Jock hatte genügend Zeit, sich noch mal dem Fenster zu nähern und den Fahrer freundlich anzugrinsen, bevor die vordere Hälfte in die Höhe stieg, und, noch immer ganz langsam, außer Sicht rutschte. Bevor er verschwand, entblößte der Fahrer bei einem unhörbaren Aufschrei alle Zähne. Dreimal hörten wir den Buick erstaunlich laut aufprallen, aber nie auch nur die Andeutung eines Schreis seitens des Fahrers –

diese Buicks müssen besser schallgedämpft sein, als man glaubt. Ich bin der Meinung, allerdings bin ich mir auch jetzt noch nicht sicher, dass es sich um den freundlichen Mr. Braun handelte, der mir wieder einmal die statistische Unwahrscheinlichkeit bewies, bei einem Flugzeugabsturz ums Leben zu kommen.

Ich war überrascht und verständlicherweise stolz, dass ich während des ganzen Vorfalls die Scotchflasche nicht losgelassen hatte. Ich genehmigte mir einen Schluck und, da die Umstände so außergewöhnlich waren, bot ich Jock die Flasche an.

»Das war aber ein bisschen rachsüchtig, Jock«, sagte ich vorwurfsvoll.

»Bin wütend geworden«, gab er zu. »Verdammter Asphaltcowboy.«

»Er hätte uns leicht etwas antun können«, gab ich ihm recht. Dann setzte ich ihn ins Bild, besonders hinsichtlich hellblauer Buicks und der fürchterlichen – ist das Wort wirklich so abgenutzt? – der fürchterlichen Gefahr, in der wir uns befanden, trotz meiner erst kürzlich erfolgten, kurzen Tändelei mit der Vorstellung von Erfolg, Sicherheit und einem immerwährenden friedund liebevollen Leben. (Es schien schwer vorstellbar, dass ich erst vor wenigen Minuten mit einer so offenkundig aus Rauschgold bestehenden Chimäre wie der Sicherheit geliebäugelt hatte.) Mein Redefluss steigerte sich so sehr in die Verhöhnung meiner selbst, dass ich mich zu meiner Verblüffung zu Jock sagen hörte, er solle mich verlassen und verschwinden, bevor die große Axt niedersause.

»Quatsch«, lautete zu meiner Freude seine Antwort auf diesen Vorschlag. (Aber »zu meiner Freude« stimmt auch nicht; seine Loyalität war für mich nur von kurzem und für ihn von gar keinem Nutzen. Man könnte sagen, dass dieses »Quatsch« sein Todesurteil bedeutete.)

Als der Whisky unsere Nerven ein wenig beruhigt hatte, verkorkten wir die Flasche und stiegen aus dem Wagen, um seine Wunden zu inspizieren. Der Besitzer eines Opel hätte das sicher als erstes getan und mit dem Schicksal gehadert, aber wir Rolls-Besitzer sind aus härterem Holz geschnitzt. Der Kühler wies Schrammen auf und leckte ein bisschen auf die glühende Straße; ein Scheinwerfer und ein Blinklicht waren gänzlich im Eimer, und ein Kotflügel kräftig verbeult, aber doch nicht so, dass er einen Platten am Reifen verursacht hätte. Wenn nötig, würde der Zirkus weiterziehen. Ich stieg wieder in den Wagen und dachte nach, während Jock sich über den Schaden erregte. Es ist möglich, dass ich ein wenig an der Whiskyflasche genippt habe, aber wer wollte mir das vorwerfen?

Die Straße war menschenleer. Ein Grashüpfer zirpte ununterbrochen; erst störte mich das, aber ich lernte bald, damit zu leben. Nachdem ich nachgedacht hatte, klopfte ich das Ergebnis nach allen Seiten hin ab. Mit immer wieder demselben Resultat. Es gefiel mir nicht – aber das hatten wir ja schon, oder?

Wir schickten den Rolls den Abgrund hinunter. Ich schäme mich nicht, zu bekennen, dass ich ein wenig weinte, als ich sah, wie etwas so Schönes, Kraftvolles, Anmutiges und Geschichtsträchtiges in einen öden, trostlosen Canyon gestoßen wurde wie ein Zigarrenstummel, den man die Toilettenschüssel hinunterspült. Sogar im Tod war der Wagen noch elegant; er beschrieb große, majestätische Kurven, als er in fast entspannter Weise von einem Felsen nach dem andern abprallte und dann, weit unter uns in einer tiefen Felsspalte kopfüber eingekeilt, zur Ruhe kam. Seine prächtige Unterseite bot sich noch für ein paar Sekunden der Liebkosung durch das Sonnenlicht dar, bevor an die hundert Tonnen Geröll, die sich auf seinem Weg nach unten gelöst hatten, herabdonnerten und ihn begruben.

Der Tod des Buickfahrers war im Vergleich hierzu gar nichts gewesen; einem leidenschaftlichen Fernsehzuschauer kommt das wirkliche Sterben eines Menschen recht mickrig vor, aber wer von Ihnen, meine abgebrühten Leser, hat schon einmal gesehen, wie ein Rolls Royce Silver Ghost in Rückenlage den Geist aufgibt? Ich war unsagbar bewegt. In seiner rauhen Art schien Jock das zu spüren, denn er trat näher an mich heran und äußerte Worte des Trostes.

»Er war vollkaskoversichert, Mr. Charlie«, sagte er.

»Ja, Jock«, sagte ich rauh, »du hast, wie gewöhnlich, meine Gedanken gelesen. Was aber jetzt viel wichtiger ist, wie leicht kann der Rolls geborgen werden?«

Er starrte brütend in den flimmernden, mit Felsen übersäten Glast. »Wie soll man da runterkommen?« fing er an. »Auf dieser Seite gibt's nur Geröllawinen, und auf der anderen Seite ist 'ne Klippe. Ganz schön haarig.«

»Stimmt.«

»Also müssen sie ihn aus der Spalte da rauskriegen, ja?«

»Stimmt.«

»*Verflucht* haarig.«

»Ja.«

»Und dann müssen sie ihn hier raufkriegen, stimmt's?«

»Stimmt.«

»Werden die Straße ein paar Tage sperren müssen, während sie mit den Geräten hier arbeiten, schätz' ich.«

»Genau das hab' ich auch gedacht.«

»Tja, wenn da unten irgend so 'ne beknackte Bergsteigertype festsitzen täte oder das Schoßhündchen von so 'ner alten Schachtel, dann hätten sie die in Nullkommanix oben. Aber das hier is doch man bloß ein altes Marmeladenglas. Man müsste schon ganz schön scharf drauf sein – oder auf das, was drin is –, wenn man sich da runterquält.« Er gab mir einen leichten Stoß in die Rippen und zwinkerte mir heftig zu. Das Zwinkern hatte er noch nie gut gekonnt, es verzerrte sein Gesicht ganz entsetzlich. Ich stieß ihn ebenfalls in die Rippen. Wir grinsten.

Dann schleppten wir uns die Straße entlang. Jock trug unseren einzigen Koffer, der jetzt das Nötigste für uns beide enthielt und den er mit wunderbarer Geistesgegenwart gerettet hatte, als der Rolls schon am Rande des Abgrunds schwankte.

Wohin des Weges, Mortdecai? fasste meine Gedanken auf jener glühenden, staubigen Straße recht gut zuammen. Es ist schwer, konstruktiv zu denken, wenn der feine weiße Sand Neumexikos einem das Hosenbein hochgekrochen ist und sich mit dem Schweiß im Schritt verbunden hat. Alles, worüber ich mir schlüssig wurde, war, dass die Sterne äußerst ungünstig für Mortdecai standen und dass ich, edle Gefühle beiseite, endlich das wahrscheinlich auffälligste Auto auf dem nordamerikanischen Subkontinent losgeworden war.

Andererseits sind Fußgänger in Neumexiko noch wesentlich auffälliger als die meisten Autos. Das wurde mir klar, als ein Wagen in der Richtung, aus der wir gekommen waren, an uns vorbeirauschte. Seine Insassen glotzten uns an, als ob wir Außerirdische aus den Tiefen des Weltraums wären. Es war einer dieser Dienstwagen, ein schwarz-weißer Oldsmobile Super 88, und er hielt nicht an. Warum auch? In den Vereinigten Staaten zu Fuß zu gehen, ist lediglich unmoralisch, nicht ungesetzlich. Es sei denn, natürlich, man ist ein Landstreicher. Es ist eigentlich wie in England; man kann herumwandern und auf freiem Feld übernachten, solange man ein Zuhause hat, in das man zurückkehren kann. Zum Vergehen wird es erst, wenn man *kein* Zuhause hat – das funktioniert nach dem gleichen Prinzip, nach dem man von einer Bank Geld nur dann leihen kann, wenn man keins braucht.

Es schienen mehrere Stunden vergangen zu sein, als wir

endlich ein schattiges Fleckchen unter ein paar namenlosen, kümmerlichen Bäumen fanden, und ohne ein Wort sanken wir unter ihrem kärglichen Laubdach zu Boden.

»Jock, wenn in unserer Richtung ein Auto vorbeikommt, springen wir auf und winken ihm.«

»In Ordnung, Mr. Charlie.«

Und damit schliefen wir beide augenblicklich ein.

# 15

*Jakob der Templer, einst so groß, wird zur Stund*
*Zu Paris auf dem Markte lebendig verbrannt.*
*Wie kann er fluchen, den Knebel im Mund?*
*Drohn mit der Faust bei gefesselter Hand?*

*Wie im eisernen Kragen bewegen den Hals?*
*Wie treten, gebunden vom Knie bis zum Rist?*
*Sich regen in Ketten des tiefen Falls?*
*Denkt Jakob: Ich rufe zu Jesus Christ.*
Die Tragödie des Ketzers

Einige Stunden später wurden wir recht unsanft aus dem Schlaf gerissen, als ein in unserer Richtung fahrendes Auto mit quietschenden Bremsen neben uns anhielt. Es war der dienstlich aussehende Wagen, der vorher an uns vorbeigefahren war, und vier riesige, ungeschlachte Kerle entstiegen ihm, die Revolver, Handschellen und andere Symbole von Recht und Ordnung schwenkten. Im Handumdrehen und bevor wir noch richtig wach waren, saßen wir – mit gefesselten Händen und umringt von Hilfssheriffs – im Wagen. Als Jock die Situation erfasst hatte, begann er, tief zu knurren und seine Muskeln anzuspannen. Der Hilfssheriff neben ihm, der über eine bewundernswerte Rückhand verfügte, legte Jock geschickt einen lederbezogenen Knüppel an Oberlippe und Nasenlöcher. Das ist ausgesucht schmerzhaft; Jock traten die Tränen in die Augen und er verstummte.

»Na, hören Sie mal!« rief ich wütend.

»Schnauze.« Auch ich verstummte.

Sie schlugen Jock erneut, als wir beim Büro des Sheriffs in der einzigen breiten, staubigen Straße einer leergefegten Kleinstadt ankamen. Er hatte die zudringlichen Hände eines der Hilfssheriffs abgeschüttelt und fauchte, woraufhin ein anderer sich beiläufig bückte und ihm mit dem Knüppel scharf in die Kniekehle hieb. Auch das ist ziemlich schmerzhaft – wir mussten alle ein Weilchen warten, bevor Jock ins Büro gehen konnte, denn zum Tragen war er zu groß. Mich schlugen sie nicht; ich war ja zurückhaltend.

In diesem speziellen Sheriffbüro wird folgendermaßen mit einem verfahren: Sie hängen einen vermittels der Handschellen an die Gittertür und schlagen dir dann ganz sanft, aber ohne Unterbrechung und ziemlich lange, auf die Nieren. Falls Sie es wissen wollen: es bringt einen zum Heulen. Nach einer gewissen Zeit würde einfach jeder heulen. Sie stellen keinerlei Fragen und hinterlassen auf deinem Körper keinerlei Spuren – abgesehen dort, wo die Handschellen eingeschnitten haben, aber das hat man sich ja schließlich selbst zugefügt, weil man sich wehrte.

*»Die Augen schloss ich, wandte sie nach innen; ach, könnt' nur einmal noch ich einen Blick gewinnen auf eine früh're frohe Zeit …«*

Nach einer Weile kam der Sheriff höchstpersönlich herein. Er war schmächtig und dienstmäßig, sah intelligent aus und trug eine missbilligende Miene zur Schau. Die Hilfssheriffs hörten auf, unsere Nieren zu bearbeiten, und steckten die Knüppel wieder ein.

»Warum ist gegen diese Männer nicht Anklage erhoben worden?« fragte er kühl. »Wie oft muss ich euch noch sagen, dass Verdächtige erst dann verhört werden dürfen, wenn sie ordnungsgemäß inhaftiert worden sind?«

»Wir haben sie nicht verhört, Sheriff«, sagte einer von ihnen aufsässig. »Wenn wir sie verhört hätten, dann täten sie andersrum hängen, und wir täten ihnen auf die Eier schlagen, das wissen Sie doch, Sheriff. Wir haben sie nur in die richtige Stimmung gebracht, bevor *Sie* sie verhören, Sheriff.«

Er strich sich langsam mit der Hand übers Gesicht und gab dabei einen leisen, kaum wahrnehmbaren Laut von sich wie eine alte Dame, die ihre Lieblingskröte streichelt. »Bringt sie zu mir rein«, sagte er und machte auf dem Absatz kehrt.

»Bringen« war der richtige Ausdruck, wir hätten nicht auf eigenen Füßen in sein Büro gelangen können. Er ließ uns auf Stühlen sitzen, aber nur, weil wir nicht stehen konnten. Jetzt war ich plötzlich wirklich sehr wütend; das ist für mich eine äußerst seltene Gefühlsregung und zudem eine, die ich seit meiner katastrophalen Kindheit zu vermeiden getrachtet habe.

Als ich trotz Kloß im Hals und unter Schluchzen wieder sprechen konnte, tischte ich ihm alles auf, besonders den Diplomatenpass. Es funktionierte. Jetzt fing er selbst an, wütend auszusehen und vielleicht auch ein wenig erschrocken. Man nahm uns die Handschellen ab und erstattete uns unsere Besitztümer, mit Ausnahme meiner Banker's Special, zurück. Jocks Luger befand sich im Koffer, der, so stellte ich erleichtert fest, nicht geöffnet worden war. Jock hatte den Schlüssel schlauerweise verschluckt, und da sie so wild darauf gewesen waren, unser persönliches Drainagesystem kaputt zu schlagen, hatten sich die Hilfssheriffs nicht die Zeit genommen, das Schloss gewaltsam zu öffnen. Es war ein sehr gutes Schloss und ein sehr stabiler Koffer.

»Vielleicht haben Sie jetzt die Güte, Sir, für diese außergewöhnliche Behandlung eine Erklärung abzugeben«, sagte ich, wobei ich ihn so gemein ansah, wie ich nur konnte, »und mir Gründe dafür zu liefern, warum ich meinen Botschafter nicht bitten sollte, Sie und Ihre Schläger fertigzumachen.«

Er sah mich lange und nachdenklich an; in seinen Augen blitzte es, während sein Gehirn arbeitete. Wie der Hase auch laufen mochte – ich bedeutete eine Menge Ärger für ihn: bestenfalls einen Haufen Papierarbeit, schlimmstenfalls eine Menge Schwierigkeiten. Ich sah, dass er zu einem Entschluss gekommen war, und zitterte innerlich. Bevor er etwas sagen konnte, griff ich erneut an.

»Wenn Sie es natürlich vorziehen, nicht darauf zu antworten, kann ich auch einfach nur die Botschaft anrufen und ihnen die nackten Tatsachen präsentieren.«

»Treiben Sie's nicht zu weit, Mr. Mortdecai. Ich werde Sie beide wegen Mordverdacht einbuchten, und dann ist Ihr Diplomatenstatus keinen Rattenschiss mehr wert.«

Ich gab stammelnd irgend etwas Britisches von mir, um meine Bestürzung zu verbergen. Es hatte doch sicher niemand Jocks kleinen, vorübergehenden Ausbruch schlechter Laune hinsichtlich des Buicks gesehen, und außerdem hatte es aus der Entfernung sicher so gewirkt, als versuchte er, den armen Burschen zu *retten*, oder?

»Wen soll ich denn – sollen wir denn – ermordet haben?«

»Milton Quintus Desiré Krampf.«

»*Desiré?*«

»So steht es hier.«

»Verdammich. Sind Sie sicher, dass es nicht *Voulu* heißt?«

»Nein«, sagte er, den Eindruck von Bildung vermittelnd und mit einem halben Lächeln. Ich hatte den Eindruck, dass er, wäre er Engländer gewesen, sich meinem »Verdammich« angeschlossen hätte. Ich hatte aber auch den Eindruck, dass er ganz froh darüber war, kein Engländer zu sein, und schon gar nicht der gewichtige Engländer, der jetzt mannhaft vor ihm hockte.

»Na los doch«, sagte ich. »Machen Sie mir angst.«

»Das habe ich nicht nötig. Manchen Leuten tue ich weh, das gehört zu meinem Job. Manche bringe ich um, auch das gehört dazu. Aber warum sollte ich jemand angst machen? Die Sorte Polizist bin ich nicht.«

»Ich wette, dass Sie Ihrem Psychiater sehr wohl angst machen«, stichelte ich und wünschte umgehend, ich hätte es nicht getan. Er sah mich nicht etwa mit einem kalten, gefühllosen Blick an, er sah mich überhaupt nicht an. Er blickte auf die Schreibtischplatte mit den Kratzern und dem Fliegendreck, zog dann eine Schublade auf und nahm einen dieser dünnen schwarzen gemaserten Zigarillos heraus und zündete ihn an. Er blies mir nicht mal den stinkenden Qualm ins Gesicht – die Sorte Polizist war er nicht.

Aber irgendwie war es ihm gelungen, mir angst zu machen. Meine Nieren begannen, mir furchtbar weh zu tun.

»Meine Nieren tun mir furchtbar weh«, sagte ich, »und ich muss auf die Toilette.«

Er machte eine sparsame Geste zur Tür hin, die ich tatsächlich erreichte, ohne laut aufzuschreien. Es war eine sehr hübsche kleine Toilette. Ich lehnte den Kopf an die kühle, gekachelte Wand und pinkelte ermattet. Es kam kein Blut, was mich gelinde überraschte. Auf Augenhöhe hatte jemand »MUTTERF« in die Wand geritzt, bevor er unterbrochen worden war. Ich überlegte, ob es vielleicht »... REUDEN« heißen sollte, und nahm mich dann, eingedenk Jocks Gelöbnis, zusammen. Bevor ich ging, brachte ich meine Kleidung in Ordnung.

»Jetzt bist du dran, Jock«, sagte ich entschlossen, als ich wieder ins Zimmer trat, »ich hätte als erstes an dich denken sollen.« Jock schlurfte hinaus. Der Sheriff vermittelte nicht den Eindruck, dass er ungeduldig war; er vermittelte überhaupt keinen Eindruck, aber ich wünschte, er täte es. Ich räusperte mich.

»Sheriff«, sagte ich, »gestern – meine Güte, war das erst gestern? – habe ich Mr. Krampfs Leiche gesehen, und er ist eindeutig und ganz normal an einer Koronarthrombose gestorben. Wie kommen Sie auf Mord?«

»Sie können ruhig Klartext reden, Mr. Mortdecai. Ich bin

zwar ein ungebildeter Mensch, aber ich lese eine Menge. Mr. Krampf starb an einer tiefen Stichwunde ins Herz. Irgend jemand – ich nehme an, Sie – hat ein langes und sehr dünnes Instrument seitlich zwischen der fünften und sechsten Rippe eingeführt und sorgfältig die äußerst schwache Oberflächenblutung abgewischt, die dabei wohl aufgetreten ist. Bei uns hier an der Westküste ist dieser modus operandi recht häufig. Die chinesischen Tongs bevorzugten einen fünfzehn Zentimeter langen Nagel, die Japaner verwenden eine angespitzte Regenschirmspeiche. Die Wirkung ist wie bei einem sizilianischen Stilett, nehm' ich an, abgesehen davon, dass die Sizilianer den Stich normalerweise von unten nach oben führen. Wenn Mr. Krampf ein junges und gesundes Herz gehabt hätte, hätte er einen so kleinen Stich vermutlich überlebt, weil sich der Muskel sozusagen um das Loch geschlossen hätte. Aber Mr. Krampf hatte alles andere als ein gesundes Herz. Wäre er ein armer Mann gewesen, dann hätte der Umstand, dass seine Herzkrankheit seit langem bekannt war, dazu beigetragen, dass die Art seines Todes der Aufmerksamkeit entgangen wäre, aber er war überhaupt kein Mann. Er repräsentierte hundert Millionen Dollar. Das bedeutet in diesem Land eine Menge Druck seitens der Versicherungen, Mr. Mortdecai, und die Ermittler unserer Versicherungen lassen die Chikagoer Polizei wie Pfadfinderinnen aussehen. Sogar der versoffenste Arzt untersucht einen Klumpen Fleisch, der hundert Millionen Dollar wert ist, verdammt genau.«

Ich grübelte ein bisschen. Dann dämmerte es mir.

»Die alte Dame!« rief ich. »Die Gräfin! Eine Hutnadel! Wenn ich je eine gesehen habe, dann war sie die geborene Krampfhasserin und Hutnadelbesitzerin!«

Er schüttelte bedächtig den Kopf. »Keine Chance, Mr. Mortdecai. Es erstaunt mich, dass Sie versuchen, einen Mord, der auf Ihr Konto geht, der süßesten und unschuldigsten kleinen alten Dame anzuhängen, die es je gegeben hat. Außerdem haben wir das schon überprüft. In der Kirche legt sie sich einen Schal um den Kopf, und sie besitzt weder einen Hut noch eine Hutnadel. Wir haben das überprüft. Na ja, jedenfalls hat einer der Diener an Eides Statt versichert, dass Sie dabei gesehen wurden, wie Sie etwa zum Zeitpunkt des Todes betrunken Krampfs Suite betraten und dass sich Ihr Diener Strapp während Ihres Besuches auf der Ranch wie ein wahnsinniger Totschläger aufgeführt, dem besagten Diener die Nase gebrochen und alles und jeden aufgemischt hat. Außerdem ist bekannt, dass Sie der Geliebte von Mrs. Krampf sind – uns liegt eine wirklich faszinierende Aussage der Frau vor, die ihr Bett macht. Es gibt also zwei Motive – Sex und Geld – und außerdem die Gelegenheit. Ich würde sagen, Sie erzählen uns jetzt alles, angefangen damit, wo Sie die Mordwaffe versteckt haben. Dann muss ich Sie nicht verhören lassen.«

Er wiederholte das Wort »verhören«, als ob ihm sein Klang gefiele. Zu sagen, dass es mir kalt den Rücken hinunterlief, wäre untertrieben; er war bereits so kalt wie der Kuss einer Nutte. Wäre ich schuldig gewesen, hätte ich mir auf der Stelle eher in die Hosen geschissen, wenn ich mich umgangssprachlich ausdrücken darf, als noch einmal Bekanntschaft mit diesen Hilfssheriffs zu machen, und dann vielleicht auch noch von vorn. Wenn der Winter naht, lässt auch der Lenz nicht mehr lange auf sich warten. Ein kleines Stimmchen in meinem Ohr flüsterte »hinhalten«.

»Wollen Sie damit sagen, dass Sie Johanna Krampf verhaftet haben?« rief ich.

»Mr. Mortdecai, Sie können doch unmöglich so naiv sein, wie Sie tun. Mrs. Krampf repräsentiert jetzt selbst viele Millionen Dollar. Ein armer Sheriff verhaftet nicht einfach ein paar Millionen Dollar – die haben eine blütenweiße Weste. Soll ich jetzt einen Stenografen rufen, damit Sie Ihre Aussage machen können?«

Was hatte ich schon zu verlieren? In Anwesenheit einer

niedliehen kleinen, vollbusigen Stenografin würde mir niemand allzu unanständig weh tun können.

Er drückte also auf einen Knopf, und herein trampelte der abstoßendere der beiden Hilfssheriffs. Eine seiner fleischigen Pranken umklammerte einen Bleistift, die andere einen Stenoblock.

Es kann sein, dass ich kurz aufgeschrien habe; ich entsinne mich nicht, und es ist nicht von Bedeutung. Es kann aber kein Zweifel daran bestehen, dass ich zutiefst beunruhigt war.

»Geht es Ihnen nicht gut, Mr. Mortdecai?« erkundigte sich der Sheriff liebenswürdig.

»Ach doch«, sagte ich, »nur ein kleiner Anfall von Proktalgie.« Er fragte nicht, was das war; um so besser.

»Aussage von C. Mortdecai«, sagte er knapp, dem stenografierenden Kleiderschrank zugewandt, »am soundsovielten vor mir gemacht, und so weiter, und so weiter, bezeugt von blablabla, blablabla.« Dann schoss sein Zeigefinger auf mich zu, wie man das bei diesen tollen Burschen im Fernsehen immer sieht. Ich zögerte keine Sekunde; jetzt war es an der Zeit, ein bisschen auf den Putz zu hauen.

»Ich habe Krampf nicht umgebracht«, sagte ich, »und ich habe keine Ahnung, wer es war. Ich bin britischer Diplomat und protestiere entschieden gegen diese entwürdigende Behandlung. Ich schlage vor, dass Sie mich entweder sofort freilassen oder mir gestatten, den nächsten britischen Konsul anzurufen, bevor Sie sich unwiederbringlich Ihre Karriere ruinieren. Können Sie ›unwiederbringlich‹ buchstabieren?« fragte ich über die Schulter den Stenografen. Aber der notierte meine Worte gar nicht mehr, er kam mit dem Knüppel in seiner haarigen Pranke auf mich zu. Bevor ich auch nur zusammenzucken konnte, ging die Tür auf und zwei fast identische Männer traten ein.

Diese kafkaeske Wendung war zuviel für mich; ich brach

in hysterisches Kichern aus. Keiner beachtete mich; der Hilfssheriff schlich sich hinaus, der Sheriff warf einen Blick auf die Papiere der beiden, die beiden sahen durch den Sheriff hindurch. Dann schlich sich der Sheriff hinaus. Ich riss mich zusammen.

»Was soll das bedeuten?« fragte ich, und kicherte noch immer wie ein Verrückter. Sie waren sehr höflich, taten so, als ob sie mich nicht gehört hätten, und ließen sich Seite an Seite hinter dem Schreibtisch des Sheriffs nieder. Sie sahen sich erstaunlich ähnlich: gleicher Anzug, gleicher Haarschnitt, gleiches ordentliches Aktenköfferchen und gleiche leichte Ausbuchtung unter der adrett gekleideten linken Achsel. Sie sahen aus wie Colonel Blüchers jüngere Brüder.

Wahrscheinlich waren sie auf ihre stille Art doch recht beunruhigend. Ich riss mich zusammen und hörte mit dem Kichern auf. Jock mochte sie nicht, denn er hatte begonnen, durch die Nase zu atmen; ein sicheres Zeichen.

Einer von ihnen holte ein kleines Aufnahmegerät heraus, testete es kurz, schaltete es ab und lehnte sich mit verschränkten Armen zurück. Der andere holte einen dünnen Aktendeckel heraus, las mit gemäßigtem Interesse dessen Inhalt und lehnte sich mit verschränkten Armen zurück. Sie sahen einander nicht ein einziges Mal an, und sie beachteten auch Jock nicht. Erst blickten sie ein Weilchen zur Decke, als hätten sie so etwas noch nie gesehen, dann blickten sie mich an, als ob sie meine Sorte jeden Tag haufenweise zu Gesicht bekämen und sich deswegen doch kein bisschen bereichert fühlten. Wie auf ein unsichtbares Zeichen hin äußerte sich schließlich einer von ihnen.

»Mr. Mortdecai, wir gehören zu einer kleinen Bundesbehörde, von der Sie noch nie gehört haben dürften. Wir unterstehen direkt dem Vizepräsidenten. Wir sind in der Lage, Ihnen zu helfen. Wir sind zu der Auffassung gelangt, dass Sie sehr dringend Hilfe benötigen. Wir sind zu dieser Auffassung nach einem umfangreichen Studium Ihrer jüngsten Aktivitäten gekommen, die, so scheint es, recht dumm waren.«

»Oh, äh«, sagte ich schwach.

»Ich möchte klarstellen, dass wir kein Interesse daran haben, dem Gesetz Geltung zu verschaffen. Tatsächlich würde ein solches Interesse oftmals mit unseren besonderen Aufgaben kollidieren.«

»Ja«, sagte ich. »Kennen Sie zufällig einen Burschen namens Colonel Blucher? Oder, wenn wir schon dabei sind, jemanden namens Martland?«

»Mr. Mortdecai, wir sind der Ansicht, dass wir Ihnen zu diesem Zeitpunkt am besten dadurch helfen, dass Sie uns unsere Fragen beantworten, und nicht dadurch, dass Sie uns welche stellen. Ein paar richtige Antworten bringen Sie in zehn Minuten hier heraus. Falsche Antworten oder eine Menge Fragen hätten zur Folge, dass wir das Interesse an Ihnen verlieren und Sie wieder dem Sheriff ausliefern. Ich persönlich, und das sag' ich mal ins Unreine, ließe mich allerdings in diesem Land nicht so gern wegen Mordes festhalten. Sie etwa, Smith?«

Smith schüttelte heftig den Kopf, die Lippen fest aufeinander gepresst.

»Fragen Sie ruhig«, sagte ich mit zittriger Stimme, »ich habe nichts zu verbergen.«

»Nun, das ist ja wohl nicht ganz die Wahrheit, Sir, aber wir lassen das noch mal durchgehen. Würden Sie uns bitte als erstes erzählen, was Sie mit dem Negativ und den Abzügen einer gewissen, früher im Besitz von Milton Krampf befindlichen Fotografie gemacht haben?«

(Wussten Sie, dass in den alten Zeiten, wenn ein Seemann auf See starb, und der Segelmacher ihn zusammen mit einem Ankerschäkel in seine Jacke aus Persenning einnähte, der letzte Stich, bevor man ihn der Tiefe übergab, traditionsgemäß immer durch die Nase des toten Mannes gemacht wurde? Das sollte ihm ein letztes Mal Gelegenheit geben, ins Leben zurückzukehren und aufzuschreien. In diesem Augenblick fühlte ich mich genau wie ein solcher Seemann. Ich wurde lebendig und schrie auf. Dieser letzte Stich hatte mich endlich aus der starren Trance gerissen, in der ich mich schon seit Tagen befunden haben musste. Weitaus zu viele Leute wussten weitaus zuviel über meine kleinen Angelegenheiten; das Spiel war aufgeflogen, alles war ans Licht gekommen, Gott war nicht mehr im Himmel, und C. Mortdecai saß *dans la purée noire*, weil er wirklich recht dumm gewesen war.)

»Was für ein Negativ?« fragte ich heiter.

Sie sahen einander bekümmert an und begannen, ihre Sachen zusammenzusuchen. Ich war noch immer recht dumm.

»Warten Sie!« rief ich. »Das war dumm von mir. Das Negativ. Ja, natürlich. Das Negativ von dem Foto. Ja. O ja, ja, ja. Ich hab' es verbrannt. Es war viel zu gefährlich, es mit mir herumzutragen.«

»Wir freuen uns, dass Sie das gesagt haben, Sir, da wir Grund zu der Annahme haben, dass es stimmt. Tatsächlich haben wir Spuren von Asche in, äh, hm, einer merkwürdigen Fußbadewanne in Mr. Krampfs Badezimmer gefunden.«

Sie werden mir zustimmen, dass dies nicht der richtige Zeitpunkt war, um sich über die Feinheiten französischer Sanitäreinrichtungen auszulassen.

»Na, bitte«, sagte ich.

»Wie viele Abzüge, Mr. Mortdecai?«

»Ich habe zwei zusammen mit dem Negativ verbrannt. Ich weiß nur noch von einem weiteren in London, und auf dem sind die Gesichter herausgeschnitten. Ich könnte mir vorstellen, dass Sie alles darüber wissen.«

»Vielen Dank. Wir hatten schon befürchtet, dass Sie behaupten würden, Sie wüssten noch von weiteren Abzügen, um sich mit dieser Behauptung zu schützen. Sie hätte in keiner Weise Schutz für Sie bedeutet, uns allerdings eine Menge Unannehmlichkeiten bereitet.«

»Oh, gut.«

»Mr. Mortdecai, haben Sie sich eigentlich nicht gefragt, warum wir schon so bald nach dem Mord hier sind?«

»Hören Sie, ich habe gesagt, dass ich Ihre Fragen beantworten würde, und das werde ich auch. Wenn noch etwas in mir steckt, bin ich gern bereit, es auszuspucken. Ich bin da leidenschaftslos. Wenn Sie aber wollen, dass ich mir selbst Fragen stelle, müssen Sie mir was zu essen und trinken besorgen. *Was* Sie mir zum Essen holen lassen, ist egal, zu trinken habe ich im anderen Büro was, falls King Kong und Godzilla es noch nicht geklaut haben. Ach, und mein Diener braucht natürlich auch was.«

Einer von ihnen steckte den Kopf zur Tür hinaus und murmelte etwas. Mein Whisky tauchte auf, noch nicht allzusehr geleert, und ich nuckelte begierig an der Flasche. Dann reichte ich sie an Jock weiter. Die Jungs in den Anzügen von Brooks Brothers wollten nichts, vermutlich lebten sie von Eiswasser und Dosenfraß.

»Nein«, nahm ich den Faden wieder auf, »das habe ich mich nicht gefragt. Wenn ich wirklich anfinge, die Ereignisse der vergangenen sechsunddreißig Stunden zu hinterfragen, käme ich vermutlich zwangsläufig zu dem Schluss, dass es eine weltweite Anti-Mortdecai-Verschwörung gibt. Aber erzählen Sie's mir, wenn Sie das aufheitert.«

»Wir wollten Ihnen eigentlich nichts erzählen, Mr. Mortdecai. Wir wollten lediglich hören, was Sie sagen würden. Bis jetzt gefallen uns Ihre Antworten. Und jetzt erzählen Sie uns mal, wie Sie den Rolls Royce verloren haben.« An dieser Stelle schalteten sie das Tonband ein.

Ich berichtete ihnen offen von dem Zusammenstoß, änderte allerdings die nachfolgenden Ereignisse ein wenig ab, indem ich ihnen wunderbare Geschichten über Jocks tapferes Bemühen erzählte, den Buick zu retten, der über dem Abgrund schwebte, und wie wir dann versucht hatten, den Rolls zurück auf die Straße zu bekommen, wie die Räder durchgedreht hatten, das Bankett abgebröckelt war und der Wagen sich dem Buick zugesellt hatte.

»Und Ihr Koffer, Mr. Mortdecai?«

»Da war Jock wirklich fabelhaft geistesgegenwärtig, er hat ihn noch im letzten Moment erwischt.«

Sie schalteten den Rekorder ab.

»Wir glauben nicht unbedingt alles oder auch nur etwas von dem, was Sie uns erzählt haben, Mr. Mortdecai, aber auch jetzt wieder ist das genau die Story, die wir hören wollten. Befindet sich noch irgend etwas anderes in Ihrem Besitz, das Sie eigentlich Mr. Krampf hatten übergeben wollen?«

»Nein. Ehrenwort. Durchsuchen Sie uns doch.«

Wieder blickten sie nachdenklich an die Decke; sie hatten alle Zeit der Welt.

Etwas später klopfte es an der Tür, und ein Hilfssheriff brachte eine Papiertüte mit etwas zu essen herein. Der berauschende Duft der Hamburger ließ mich fast die Besinnung verlieren. Ich langte kräftig zu, aber der Whisky schmeckte danach nicht so richtig, und unsere Verhörspezialisten konnten nicht mal den Anblick ertragen. Sie schoben ihre Hamburger wie ein Mann mit spitzen Fingern von sich, als ob sie es geprobt hätten. In einem kleinen Karton fand sich Chili, mit dem ich die Hamburger würzte. Ich langte kräftig zu, aber wissen Sie, der Whisky schmeckt danach nicht mehr so richtig.

An die übrigen Fragen kann ich mich nicht mehr recht erinnern, außer dass es noch eine ganze Weile dauerte und manche der Fragen erstaunlich vage und allgemein gehalten waren. Manchmal war das Aufnahmegerät eingeschaltet, manchmal nicht. Wahrscheinlich lief die ganze Zeit über noch ein zweites in einem ihrer Köfferchen. Ich hatte den

Eindruck, dass die ganze Sache sie allmählich langweilte, aber da war ich vom Essen, vom Schnaps und vor Erschöpfung schon so schläfrig, dass ich mich nur noch mit Mühe konzentrieren konnte. Die meiste Zeit über erzählte ich ihnen einfach die Wahrheit, ein Vorgehen, das Sir Henry Wotton (noch so einer, der im Ausland Lügen verbreitete) empfahl, um seine Gegner zu verwirren. Ein anderer kluger Bursche hat mal gesagt: »Wenn du ein Geheimnis bewahren willst, verpacke es in Aufrichtigkeit.« Ich verpackte verschwenderisch. Aber wissen Sie, wenn man beidhändig auf dem Klavier gleichzeitig die Wahrheit und die Unwahrheit spielt, verliert man nach und nach den Sinn für die Wirklichkeit. Mein Vater hat mich immer davor gewarnt, zu lügen, wenn man mit der Wahrheit durchkommen kann; er hatte schon früh erkannt, dass mein Gedächtnis, die wichtigste Ausstattung eines Lügners, lückenhaft war. »Außerdem«, pflegte er zu sagen, »ist eine Lüge ein Kunstwerk. Man verkauft Kunstwerke, man schenkt sie nicht her. Hüte dich vor Lügen, mein Sohn.« Deshalb also lüge ich nie, wenn ich Kunstwerke verkaufe. Wenn ich Sie kaufe, ist das natürlich etwas anderes.

Wie bereits erwähnt, stellten sie eine Menge ziemlich vage gehaltener Fragen, von denen mir nur wenige zur Sache zu gehören schienen. Allerdings war ich mir durchaus nicht sicher, was denn Sache war, daher konnte ich das wahrscheinlich nur schlecht beurteilen. Sie wollten etwas über Pfandflasche hören, obwohl sie mehr über ihn zu wissen schienen als ich. Andererseits schienen sie aber noch nicht gehört zu haben, dass er tot war; das war merkwürdig. An mehreren Stellen brachte ich Colonel Blüchers Namen ins Gespräch; ich versuchte sogar, ihn amerikanisch »Bluutscher« auszusprechen, aber sie reagierten überhaupt nicht.

Schließlich begannen sie mit einer gewissen Endgültigkeit, ihre Ausrüstung in den identischen Köfferchen zu verstauen, was mir ein warnender Hinweis darauf war, dass die wichtigste Frage wahrscheinlich ganz spontan und beiläufig gestellt werden würde, sobald sie sich zum Gehen anschickten.

»Sagen Sie mal, Mr. Mortdecai«, sagte einer, von ihnen ganz spontan und beiläufig, als sie sich zum Gehen anschickten, »wie fanden Sie eigentlich Mrs. Krampf?«

»Ihr Herz«, sagte ich bitter, »ist wie der Speichel in den zusammenschlagenden Händen eines Hitzkopfs – man kann nicht sagen, wohin er spritzen wird.«

»Das ist sehr hübsch, Mr. Mortdecai«, sagte einer und nickte beifällig, »das ist doch von M. P. Shiel, nicht? Soll ich das so verstehen, dass Sie sie in gewisser Weise für ihre jetzige unangenehme Lage verantwortlich machen?«

»Natürlich tue ich das, ich bin doch kein kompletter Idiot.«

»Da könnten Sie aber falsch liegen«, bemerkte der andere Agent freundlich. »Es gibt keinen triftigen Grund für die Annahme, dass Mrs. Krampf andere als aufrichtige Gefühle für Sie hegt, und ganz gewiss keinen dafür, dass sie Sie hereingelegt hat.« Ich schnaubte. »Mr. Mortdecai, ich will ja nicht aufdringlich sein, aber darf ich fragen, ob Sie große Erfahrung mit Frauen haben?«

»Einige meiner besten Freunde sind Frauen«, fauchte ich, »obwohl es mir sicher nicht gefallen würde, wenn meine Tochter eine heiratete.«

»Ah ja. Nun, ich glaube, wir dürfen Sie nicht länger von Ihrer Reise abhalten, Sir. Wir werden den Sheriff informieren, dass Sie Mr. Krampf nicht umgebracht haben, und da es nicht so aussieht, als ob Sie Washington noch Bauchschmerzen bereiten könnten, sind wir für den Augenblick nicht mehr an Ihnen interessiert. Sollte sich herausstellen, dass wir uns geirrt haben, werden wir, äh, Sie natürlich zu finden wissen.«

»Natürlich«, stimmte ich zu.

Während sie das Zimmer durchquerten, durchsuchte ich

fieberhaft mein armes, verwirrtes Gehirn und zerrte die große, sperrige Frage heraus, die noch nicht gestellt worden war.

»Wer hat Krampf umgebracht?« fragte ich. Sie blieben stehen und sahen sich ausdruckslos nach mir um.

»Wir haben nicht die blasseste Ahnung. Wir sind eigentlich hierhergekommen, um es selbst zu erledigen. Es spielt eigentlich keine Rolle.«

Sie müssen zugeben, das war ein gekonnter Abgang.

»Könnte ich noch ein Schlückchen Whisky kriegen, Mr. Charlie?«

»Aber natürlich, Jock, bitte. Dann kriegst du wenigstens wieder Farbe ins Gesicht.«

»Tja. Gluckgluck, schluck. Aaah. Tja, dann is ja alles in Ordnung, oder Mr. Charlie?«

Ich ging wütend auf ihn los. »Nichts ist in Ordnung, du verdammter Idiot. Diese beiden Totschläger werden uns sofort wieder beim Wickel zu kriegen versuchen, sobald wir hier raus sind. Du hältst diese beiden Hilfssheriffs da draußen sicher für Schweine, stimmt's? Ich kann dir sagen, dass sie die reinsten Suffragetten gegen diese beiden leisetreterischen Mörder sind. Im Auftrage des Präsidenten beseitigen die jede Störung, und die Störung sind diesmal wir.«

»Das versteh' ich nich. Warum hamse uns denn dann nich erschossen?«

»Oh, du lieber Gott, Jock. Glaubst du vielleicht, Martland würde uns erschießen, bloß weil er das für eine gute Idee hält?«

»'türlich würd' er das.«

»Aber würde er das auf dem Polizeirevier Half Moon Street vor der versammelten Mannschaft tun?«

»'türlich nicht. Oh, *jetzt* versteh' ich. Mann.«

»Tut mir leid, dass ich dich einen verdammten Idioten genannt habe, Jock.«

»Geht schon in Ordnung, Mr. Charlie. Sie war'n wohl 'n bisschen erregt.«

»Ja, Jock.«

Der Sheriff kam herein und händigte uns den Inhalt unserer Taschen aus, einschließlich der Banker's Special. Die Patronen befanden sich in einem gesonderten Umschlag. Seine Verbindlichkeit war wie weggeblasen. Er hatte jetzt einen richtigen Hass auf uns. »Ich habe Anweisung erhalten«, sagte er wie ein Mann, der Gräten ausspuckt, »Sie für den Mord, den Sie gestern begangen haben, nicht einzubuchten. Draußen wartet ein Taxi, und ich möchte, dass Sie einsteigen, diesen Bezirk verlassen und nie wiederkommen.« Er schloss ganz fest die Augen und hielt sie auch geschlossen, als hoffte er, dass er in einer anderen Welt erwachen würde, und zwar in einer, in der C. Mortdecai und J. Strapp nie geboren worden waren.

Wir schlichen auf Zehenspitzen hinaus.

Die Hilfssheriffs standen bedrohlich und mit dem leeren, höhnischen Grinsen im Gesicht, das für Leute ihres Schlags typisch ist, im vorderen Büro herum. Ich ging nahe an den Größeren und Abscheulicheren der beiden heran.

»Ihre Mutter und Ihr Vater haben sich nur ein Mal getroffen«, sagte ich langsam, »und dabei hat Geld den Besitzer gewechselt. Wahrscheinlich zehn Cent.«

Als wir die Tür nach draußen aufstießen, sagte Jock: »Wieviel sind zehn Cent in englischem Geld, Mr. Charlie?«

Ein riesiger heruntergekommener Wagen wartete ruckelnd und furzend draußen am Bordstein. Der Fahrer, offensichtlich Alkoholiker, meinte, es sei ein schöner Abend, und ich hatte nicht das Herz, ihm zu widersprechen. Als wir hineinkletterten, erwähnte er, dass er unterwegs noch einen weiteren Fahrgast mitnehmen müsse, und an der nächsten Ecke stand es dann: ein Mädel, so süß und appetitlich, wie man es sich nur wünschen konnte.

Es setzte sich zwischen uns, strich seinen knappen gemusterten Rock über den ansehnlichen, mit Grübchen versehenen Schenkeln glatt und lächelte uns wie ein gefallener Engel an. Es gibt doch nichts Besseres als ein hübsches kleines Mädchen, um einen Mann von seinen Sorgen abzulenken, besonders, wenn es so aussieht, als sei es zu haben. Sie sagte, dass ihr Name Cinderella Gottschalk sei, und wir glaubten ihr – schließlich konnte sie sich das nicht ausgedacht haben, oder? –, und Jock gab ihr den letzten Schluck aus der Flasche. Sie sagte, sie fände, dass das aber ein richtig irrer Rachenputzer wäre oder so ähnlich. Sie trug ihre niedlichen kleinen Brüste ganz hoch unter dem Kinn, wie man das in den fünfziger Jahren tat. Sie erinnern sich bestimmt. Kurz, wir waren bereits gute Freunde und zehn Meilen außerhalb der Stadt, als ein Wagen hinter uns die Sirene anstellte und zum Überholen ansetzte. Unser Fahrer kicherte, als er rechts ran fuhr und anhielt. Der Dienstwagen kam mit kreischenden Bremsen und stotternd quer vor unserem Kühler zum Stehen, und heraus sprangen die bekannten beiden Hilfssheriffs mit dem bekannten höhnischen Grinsen im Gesicht und den bekannten Revolvern im Anschlag.

»Oh, mein Gott«, sagte Jock, dabei habe ich ihn wiederholt gebeten, diese Redewendung nicht zu benutzen, »und was jetzt?«

»Wahrscheinlich haben Sie vergessen, sich zu erkundigen, wo ich meine Haare schneiden lasse«, sagte ich tapfer. Aber darum ging es nicht. Sie rissen die Tür auf und wandten sich an unsere kleine Südstaatenschönheit.

»Tschuldigung, Miss, wie alt sind Sie?«

»Och, Jed Tuttle«, kicherte sie neckisch, »mein Alter kennst du doch genauso gut wie …«

»Dein Alter, Cindy«, fauchte er.

»Bald vierzehn«, sagte sie affektiert und mit einem koketten Schmollen.

Mir rutschte das Herz in die Hose.

»Na schön, ihr schmutzigen Perverslinge – raus!« sagte der Hilfssheriff.

Sie schlugen uns nicht, als sie uns ins Büro zurückgebracht hatten; sie wollten Feierabend machen und hatten keine Zeit. Sie warfen uns einfach in den Bunker.

»Bis morgen dann«, sagten sie sonnig.

»Ich verlange, telefonieren zu dürfen.«

»Vielleicht morgen, wenn Sie nüchtern sind.«

Sie zogen ab, ohne auch nur gute Nacht zu sagen.

Der Bunker war ein gänzlich aus Eisenstangen bestehender Würfel, nur der Boden war gekachelt und mit einer dünnen Schicht angetrockneter Kotze bedeckt. Der einzige Einrichtungsgegenstand bestand aus einem offenen Plastikeimer, der schon lange nicht mehr geleert worden war. Mehrere Kilowatt Neonlicht strömten mitleidlos von der hohen Decke herunter. Ich fand keine passenden Worte, aber Jock war der Lage gewachsen. »Für 'n schönes Spiel Darts scheiß ich auf diesen Laden«, sagte er.

»Genau.«

Wir gingen in die Ecke, die am weitesten von dem Schweinekübel entfernt war, und drückten unsere erschöpften Körper gegen die Gitterstäbe. Sehr viel später erschien der Hilfssheriff, der Nachtschicht hatte – ein wuchtiger, älterer Fettwanst mit einem Gesicht, so rosig, rund und heiß wie der Hintern eines Bischofs. Er stand neben dem Bunker und rümpfte gequält schnüffelnd die Nase. »Ihr stinkt ja wie die Schweine, oderwasweißich«, sagte er, und schüttelte seinen großen Kopf. »Hab' nie begriffen, wie erwachsene Kerle bloß so runterkommen können. Bin selber manchmal besoffen, aber ich kack' mich doch nich voll wie die Schweine, oderwasweißich.«

»*Wir* stinken nicht«, entgegnete ich höflich, »das ist hauptsächlich der Eimer. Ob Sie den vielleicht wegnehmen könnten?«

»Nee. Für so was ham wir 'ne Putze, und die hat schon nach Hause gemacht. Außerdem – wo wollnse denn reinspucken, wenn ich den Eimer wegnehme?«

»Wir wollen uns ja gar nicht übergeben. Wir sind nicht betrunken. Wir sind britische Diplomaten, und wir protestieren entschieden gegen diese Behandlung. Wenn wir hier rauskommen, wird es einen ganz schönen Skandal geben, also warum lassen Sie uns nicht einen Telefonanruf machen und tun sich selbst etwas Gutes?«

Nachdenklich strich er sich über das ganze Gesicht; es dauerte ziemlich lange. »Nee«, sagte er schließlich. »Da muss ich den Sheriff fragen, und der hat schon nach Hause gemacht. Gefällt ihm gar nicht, wenn man ihn zu Hause stört, außer, wenn's 'n Mord an 'nem Weißen is.«

»Na, dann können Sie uns doch wenigstens etwas zum Sitzen geben. Sehen Sie sich doch bloß mal den Boden an, und dieser Anzug hat mich vierhundert Dollar gekostet.«

Das saß; das war etwas, das er verstand. Er kam näher und studierte gründlich meinen Aufzug. Weil ich verzweifelt bemüht war, sein Mitgefühl zu erringen, stellte ich mich kerzengerade hin und drehte mich mit ausgestreckten Armen einmal um mich selbst.

»Sohn«, sagte er schließlich, »man hat dich ausgeraubt. Denselben Anzug könnteste in Albuquerque für hundertfünfenachtzich kriegen.« Er reichte uns aber doch noch eine Handvoll Zeitungen durch die Gitterstäbe, bevor er kopfschüttelnd ging. Ich würde sagen, er war der geborene Gentleman.

Wir breiteten die Zeitungen auf einer Stelle des Bodens aus, die noch am wenigsten grindig war, und legten uns hin; in Bodennähe war der Gestank nicht ganz so schlimm. Der Schlaf schlug gnädig zu, noch bevor ich dazu kam, mich vor dem Morgen zu fürchten.

# 16

*Ich spürte gleich: Er log mit jedem Wort.*
Herr Roland kam zum finstern Turm

Die Sonne ging auf wie ein riesiges, vom Suff aufgedunsenes rotes Gesicht, das in meines starrte. Bei näherer Betrachtung entpuppte sie sich als riesiges, vom Suff aufgedunsenes rotes Gesicht, das in meines starrte und zudem schmierig grinste.

»Aufwachen, Sohn«, sagte der Hilfssheriff von der Nachtschicht, »Sie ham 'nen Besucher, und es wurde Kaution gestellt!«

Ich sprang auf die Füße und setzte mich sofort wieder; der Schmerz in meinen Nieren ließ mich winseln. Ich gestattete, dass er mir aufhalf, aber Jock kam allein klar – von einem Polizisten würde er nicht mal die Uhrzeit wissen wollen. Hinter dem Hilfssheriff ragte ein hochaufgeschossener, trauriger Mann auf, der sich sehr bemühte, mit einem Mund, der eigentlich für die Verweigerung von Krediten geschaffen war, zu lächeln. Er streckte ein paar Ellen Arm mit einer knotigen Hand aus, die die meine ohne große Überzeugungskraft schüttelte. Für einen Augenblick war mir, als ob ich ihn kannte.

»Krampf«, sagte er.

Ich drehte das Wort hin und her, konnte aber als Einstieg für ein Gespräch nichts damit anfangen. Schließlich sagte ich »Krampf?«

»Dr. Milton Krampf III.«, bestätigte er.

»Oh, tut mir leid. C. Mortdecai.«

Wir ließen die Hände los, murmelten aber weiterhin Höflichkeiten. Die ganze Zeit über walzte der Hilfssheriff von der Nachtschicht um mich herum und wischte mir mal hier, mal da Unappetitliches vom Anzug.

»Verpiss dich«, zischte ich ihm schließlich zu, ein Ausdruck, der prima zum Zischen geeignet ist.

Jock und ich hatten eine Reinigung nötig; Krampf sagte, dass er währenddessen die mit der Kaution verbundenen Formalitäten erledigen und unsere Sachen abholen würde. Auf der Toilette fragte ich Jock, ob er den Kofferschlüssel schon wiederhabe.

»Jesus, Mr. Charlie, den hab' ich doch erst gestern abend geschluckt, und seitdem hab' ich nicht *gemusst.*«

»Nein, stimmt ja. Hör mal, könntest du es nicht vielleicht jetzt versuchen?«

»Nein, kann ich nicht. Hab' gerade selbst drüber nachgedacht, ob ich kann, aber ich kann nich. Ich schätze, das is das andere Wasser, dann bin ich immer zu.«

»Quatsch, Jock, du weißt doch selbst, dass du kein Wasser trinkst. Hast du zu deinen Hamburgern viel Chilisauce genommen?«

»Was, das scharfe Zeugs? Ja.«

»Gut.«

Der Nachtschicht-Hilfssheriff tanzte um uns herum und suchte verzweifelt, sich zu entschuldigen. Wie sich herausstellte, hatte einer der anderen Hilfssheriffs meine Pistole mitgenommen, um sie am Morgen im Gerichtslabor vorbeizubringen. Das waren schlechte Neuigkeiten, denn unsere einzige andere Waffe war Jocks Luger im Koffer, dessen Schlüssel er vorerst ja nur gleichsam in petto hatte. Er bot an, deswegen zu telefonieren, aber ich verspürte nicht den Wunsch, noch länger zu verweilen. Im Büro draußen stand ein Telexgerät, und die Britische Botschaft würde wohl jeden

Augenblick auf die Anfragen antworten, die sicher jemand hinausgejagt hatte. Sie werden sich erinnern, dass der Botschafter keinen Zweifel daran gelassen hatte, dass der Schutz der erhabenen alten britischen Flagge nicht für mich galt, und würde mein Diplomatenpass erst angezweifelt, wäre er soviel wert wie eine Neunschillingnote.

Die Nacht draußen war so schwarz wie eine Dunkelzelle im Newgate-Gefängnis. Es regnete wie aus Kübeln. Wenn in diesem Landstrich der Regen fällt, tut er seine Sache wirklich gründlich. Wir hechteten in Krampfs großen, farblosen Wagen. Mit feinem Gespür für soziale Unterschiede schob er Jock, zusammen mit dem Koffer, auf den Rücksitz. Ich erkundigte mich höflich, wohin er uns zu bringen gedächte.

»Ach, ich dachte, dass Sie mich vielleicht gern besuchen würden«, sagte er leichthin, »wir haben da so etwas wie eine sehr private Sommerresidenz an der Golfküste – gehört jetzt mir, nehm' ich an –, und da sind auch die Bilder. Besonders die ganz speziellen, verstehen Sie? Die werden Sie sicher sehen wollen.«

Himmel, dachte ich, das hat mir gerade noch gefehlt. Der geheime Zufluchtsort eines verrückten Millionärs, wo es von »heißen« alten Meistern und kühlen jungen Mätressen nur so wimmelt. »Das wird nett werden«, sagte ich, und dann: »Darf ich Sie fragen, Mr. Krampf, wie Sie es zuwege gebracht haben, uns genau im richtigen Moment zu Hilfe zu kommen?«

»Sicher, das war einfach. Gestern noch war ich ein vorgeblicher Kunstkenner mit einem reichen Vater. In meinem ganzen Leben habe ich vielleicht hundert Dollar mit Kunstgeschichte verdient. Heute bin ich hundert Millionen Dollar wert – abzüglich ein paar Millionen, die Johanna bekommt –, und mit soviel Geld kriegt man hier jeden aus dem Gefängnis. Ich will damit nicht sagen, dass man es für Bestechung oder dergleichen braucht, man muss es nur haben. Oh, ich nehme an, Sie meinten, warum ich ausgerechnet hier bin?

Auch das ist einfach. Gegen Mittag bin ich zur Ranch geflogen, um die Überführung der Leiche zu organisieren. Es kann losgehen, sobald die Polizei damit fertig ist. Das Familienmausoleum ist oben in Vermont – Gott sei Dank ist jetzt Sommer, im Winter wird der Boden da oben so hart, dass sie einen einfach an einem Ende anspitzen und mit dem Hammer in den Boden treiben, ha, ha.«

»Ha, ha«, stimmte ich zu. Auch ich habe meinen Vater nie gemocht, aber nie hätte ich am Tag nach seinem Ableben so unpersönlich von ihm gesprochen.

»Die Polizei auf der Ranch erfuhr von dem gestrandeten Rolls und, äh, dem anderen Auto und später dann von Ihrer Verhaftung. Zwei Burschen vom FBI oder irgendeiner anderen Bundesbande waren inzwischen eingetroffen, und als sie wieder abfuhren, sagten sie, sie würden hierher fahren. Ich folgte ihnen, sobald ich alles auf die Reihe gekriegt hatte – nur für den Fall, dass sie ein bisschen dämlich wären. Sehen Sie, ich weiß, dass ein Mann mit Ihren Ansichten über Giorgione nicht durch und durch schlecht sein kann, ha, ha. Aber sicher, ich kenne Ihre Arbeit, ich lese jeden Monat das *Burlington Magazine*, ist in dieser Branche doch unerlässlich. Schließlich wird man zum Beispiel die Leistung Mondrians nicht völlig zu würdigen wissen, wenn man nicht begreift, wie Mantegna ihm den Weg bereitet hat.«

Ich unterdrückte einen Brechreiz.

»Apropos«, fuhr er fort, »ich glaube, Sie haben meinem Vater ein Gemälde auf Leinwand gebracht – macht es Ihnen was aus, mir zu verraten, wo es ist? Vermutlich gehört es doch jetzt mir?«

Ich sagte, dass dem vermutlich so wäre. Natürlich war die spanische Regierung in diesem Punkte anderer Ansicht, aber schließlich glaubt die ja auch, dass ihr Gibraltar gehört.

»Es ist im Rolls, ins Verdeck eingenäht. Ich fürchte, die Bergung wird ein wenig schwierig werden, aber wenigstens ist es dort erst mal sicher. Ach, übrigens, es gibt da noch eine kleine pekuniäre Formalität zu erledigen, um die sich Ihr Vater nicht mehr kümmern konnte.«

»Ach ja?«

»Ja. So etwa fünfzigtausend Pfund.«

»Ist das nicht ziemlich billig, Mr. Mortdecai?«

»Ach, wissen Sie, der Bursche, der es geklaut hat, ist schon bezahlt worden. Die fünfzig Riesen sind nur so eine Art Trinkgeld für mich.«

»Ich verstehe. Tja, wie und wo hätten Sie's denn gern? Schweizer Bank und Nummernkonto, nehme ich an?«

»Du liebe Güte, nein. Die Vorstellung, dass es dort inmitten all der Schokolade und diesem grässlichen Gruyerzer Käse und den Alpen liegt, wäre mir entsetzlich. Glauben Sie, dass Sie es mir nach Japan überweisen könnten?«

»Aber sicher. Wir haben da diese Entwicklungsfirma in Nagasaki. Wir könnten Sie als, hm, ästhetischen Berater mit einem Fünfjahresvertrag à, sagen wir mal, elftausend Pfund im Jahr führen. In Ordnung?«

»Sechs Jahre zu zehntausend Pfund wären mir genauso recht.«

»Einverstanden.«

»Vielen Dank.«

Er warf mir einen so ehrlichen Blick zu, dass ich ihm seine Aufrichtigkeit beinahe abnahm. Ich will damit nicht sagen, dass er mir die fünfzigtausend nicht gönnte; er war noch nicht lange genug reich, um jetzt schon knickrig zu werden. Nein, was ich sagen will, ist, dass ich jetzt ganz offensichtlich in jeder Hinsicht für ihn überflüssig war und mir zu gestatten, noch wesentlich länger zu leben, konnte nicht in seine Pläne passen. Vernünftige Ansichten über Giorgione zu haben, implizierte nicht unbedingt das Privileg, am Leben zu bleiben; schließlich könnte ich noch jahrelang dahinsiechen, mir selbst zur Plage und eine Last für andere.

Wir plauderten weiter.

Über das Restaurieren von Bildern schien er nicht viel zu wissen, was bei einem Kenner neuzeitlicher Maler eigentlich erstaunlich war, wenn man berücksichtigt, dass ein durchschnittliches modernes Bild fünf Jahre, nachdem die Farbe trocken ist, bereits einer hilfreichen Hand bedarf. Tatsächlich bekommen viele von ihnen lange vor dieser Zeit Risse, oder die Farbe löst sich von der Leinwand.

Es liegt nicht daran, dass die Künstler sich nicht die richtigen Techniken aneignen könnten; ich glaube, es liegt vielmehr daran, dass sie im Unterbewusstsein eine Art Scheu davor empfinden, der Nachwelt ihre Werke zu hinterlassen.

»Sind Sie sicher«, fragte Krampf, »dass dieses, äh, Verfahren, dem Bild nicht geschadet hat?«

»Schauen Sie«, sagte ich schließlich, »auf diese Art und Weise können Bilder keinen Schaden nehmen. Um einem Bild wirklich Schaden zuzufügen, braucht es schon eine dumme Hausfrau mit einem Lappen und etwas Ammoniak oder Methylalkohol oder einem bewährten Bilderreinigungspräparat. Sie können ein Bild in Streifen schneiden, und ein guter Restaurator macht es Ihnen, bevor Sie auch nur husten können, wieder so gut wie neu. Erinnern Sie ich an die Venus von Rokeby?«

»Ja«, sagte er. »Das war doch diese Suffragette mit der Axt, oder?«

»Man kann auch ein anderes Bild darüber malen, und der Restaurator bringt, vielleicht Jahrhunderte später, das Original wieder zum Vorschein. Erinnern Sie sich an den Crivelli Ihres Vaters?«

Er spitzte die Ohren, und der Wagen kam kurz ins Schlingern. »Crivelli? Nein. Was für ein Crivelli? Hat er denn einen Crivelli gehabt? Einen guten?«

»Es war ein sehr guter, das hat jedenfalls Bernardo Tatti behauptet. Ihr Vater hat ihn 1949 oder 1950 irgendwo in Venetien gekauft. Sie wissen doch, wie in Italien alte Meister verkauft werden. Die bedeutenden gelangen kaum je in eine Verkaufsgalerie. Sobald jemand mit wirklichem Geld verlauten lässt, dass er nach wirklichen Kunstwerken sucht, wird er garantiert zum Wochenende in irgendeinen Palazzo eingeladen. Sein adliger Gastgeber wird ihm sehr diskret andeuten, dass er binnen kurzem einen Haufen Steuern zahlen muss – in Italien ist das lachhaft – und vielleicht sogar gezwungen ist, einen oder zwei alte Meister zu verkaufen.

Auf die Art hat Ihr Vater den Crivelli erworben, der Zertifikate von den größten Experten hatte. Natürlich haben sie die immer. Aber das wissen Sie sicher. Dargestellt waren die Jungfrau mit Kind mit bloßem Hinterteil und eine Menge Birnen und Granatäpfel und Melonen. Wirklich sehr hübsch. So ähnlich wie der Frick-Crivelli, aber kleiner.

Der Herzog oder Graf deutete an, dass er sich ob seines Anrechtes auf das Bild nicht ganz sicher wäre, er aber sehen könne, dass Ihr Vater nicht der Mann sei, sich über solche Trivialitäten Sorgen zu machen. Zudem müsse das Bild ja ohnehin wegen des Gesetzes gegen die Ausfuhr von Kunstwerken außer Landes geschmuggelt werden. Ihr Vater brachte es zu einem befreundeten Künstler nach Rom, der es mit einer Schicht Grundierleim versah und dann irgendeinen futuristisch-vorticistischen Blödsinn darüber kleckste. Tut mir leid, ich hatte vergessen, dass das Ihr Fachgebiet ist. Ordentlich signiert und mit 1949 datiert, passierte es den Zoll und zog nicht mehr als mitleidige Blicke auf sich.

Zurück in den Staaten, schickte er es mit folgender Notiz an den besten Restaurator in New York: ›Entfernen Sie moderne Übermalung, bringen Sie Original restauriert zum Vorschein.‹ Nach ein paar Wochen sandte er dem Restaurator eines seiner Telegramme – Sie wissen schon –: ERBITTE UMGEHEND FORTSCHRITTSBERICHT BEZÜGLICH ANFÜHRUNG MODERNES ABFÜHRUNG GEMÄLDE.

Der Restaurator kabelte zurück: HABE ANFÜHRUNG MODERNES ABFÜHRUNG GEMÄLDE ENTFERNT STOP HABE ANFÜHRUNG CRIVELLI ABFÜHRUNG MADONNA ENTFERNT STOP BIN JETZT BEI PORTRÄT VON MUSSOLINI STOP WO SOLL ICH AUFHÖREN FRAGEZEICHEN.«

Dr. Krampf lachte nicht. Er blickte starr geradeaus; seine Knöchel umklammerten das Lenkrad. Nach einem Weilchen bemerkte ich schüchtern: »Also, nachdem der erste Schock sich gelegt hatte, fand Ihr Vater das dann doch recht komisch. Und Ihren Vater konnte so leicht nichts amüsieren.«

»Mein Vater war ein einfältiger, sexverrückter Arsch«, sagte er gleichmütig. »Was hat er für das Bild bezahlt?« Ich sagte es ihm, und er zuckte zusammen. Das Gespräch erstarb. Der Wagen fuhr ein wenig schneller.

Einige Zeit später räusperte sich Jock unbeholfen. »Entschuldigen Sie, Mr. Charlie, könnten Sie Dr. Cramp bitten, bald wo zu halten? Ich muss mal austreten. Der Ruf der Natur«, fügte er als kleine Verzierung hinzu.

»Also wirklich, Jock«, sagte ich streng, um meine Freude zu verbergen, »daran hättest du aber auch denken können, bevor wir abfuhren. Ich nehme an, das macht diese Chilisauce.«

Wir hielten an einem die ganze Nacht über geöffneten Imbiss neben einem Motel. Zwanzig Minuten später und bis zum Platzen voll mit unverdaulichen Spiegeleiern beschlossen wir, dass wir den Rest der Nacht genausogut dort verbringen konnten. Jock händigte mir den Kofferschlüssel aus, der so gut wie neu war. Ich hatte erwartet, dass er von seinen kräftigen Magensäften angefressen und korrodiert sein würde.

Ich schloss meine Tür ab, wenngleich ich ziemlich sicher war, dass Krampf den rechten Augenblick – wenn wir in seiner äußerst privaten Sommerresidenz wären – abwarten würde. Als ich ins Bett kletterte, beschloss ich, dass ich eine sorgfältige, objektive Analyse meiner Situation im Lichte der Fakten vornehmen müsste. Ich sagte mir: »Hat die Hoffnung mich getrogen, ist die Furcht gar auch gelogen.« Sicherlich würde das rasiermesserscharfe Hirn Mortdecais einen Weg ersinnen, wie aus diesem unangenehmen, aber letztendlich doch primitiven Schlamassel herauszukommen war.

Unglücklicherweise fiel das rasiermesserscharfe Hirn gleich in Schlaf, kaum dass sein Behälter das Kopfkissen berührt hatte. Wie sich herausstellte, höchst unglücklicherweise.

# 17

*So kämpfen wir Halb-Menschen fort. Am End*
*Wiegt Gott es auf so schließ' ich, und bestraft.*
Andrea del Sarto

Ein Schlangenbiss ist nichts gegen einen Morgen, den man ohne Tee beginnen muss. Jock, der ehrliche Bursche, schleppte mir allerlei vom Motel gestellte Fressalien an, aber Tee war nicht dabei. Wenn, wie Galiani sagt, Paris das Café Europas ist, dann sind die USA die Würstchenbude der Welt. »Pfui!« sagte ich, aß aber ein wenig, um Jock eine Freude zu machen.

Es war fast Mittag; ich hatte geschlagene acht Stunden geschlafen. Gebadet, rasiert und rausgeputzt schlenderte ich in den morgendlichen Sonnenschein hinaus, erfüllt vom Geist meines Vorfahren aus französischen Revolutionszeiten, Sir Percy Blakeney-Mortdecai. »A la lanterne mit dem Bürger Krampf«, murmelte ich und schnippte ein bisschen Rotz von meinem ansonsten untadeligen Jabot aus Brabanter Spitze.

Draußen stand ein hellblauer Buick.

Ein berühmter Mann hat einmal gesagt, eine wirklich bedeutende historische Entdeckung zu machen, ist so, als ob man sich unabsichtlich auf eine Katze setzte. In jenem Augenblick fühlte ich mich wie ein solcher Geschichtswissenschaftler und zudem wie die besagte Katze. Dr. Krampf auf dem Fahrersitz konnten mein Sprung aus dem Stand und mein erstickter Aufschrei nicht entgangen sein, aber er gab sich alle Mühe, nicht überrascht zu wirken. Jock und ich stiegen ein, denn es handelte sich offensichtlich um den Wagen, mit dem wir gekommen waren, und nach einem ausgiebigen Austausch von Gutenmorgengrüßen fuhren wir los.

Wie bei so mancher Gelegenheit Odysseus ließ auch ich meinen flinken Verstand in diese und jene Richtung wandern. Der Kofferschlüssel, das Resultat von Jocks lobenswerter Anstrengung, war in zweifacher Hinsicht segensreich; mich hatte er mit sauberer Unterwäsche und Jock mit seiner geliebten Luger versorgt, dadurch waren wir schon ziemlich stark. Mein Diplomatenpass würde vermutlich noch weitere vierundzwanzig Stunden auf den meisten kleineren Flughäfen durchgehen, wenn auch kaum länger. Wir waren zu zweit, Krampf war derzeit allein. Ich war mir einigermaßen sicher, dass er darüber nachdachte, wie er mich loswerden könnte – Eigentümer von hellblauen Buicks konnten niemals meine Freunde sein, und ich wusste bei weitem zuviel über die Herkunft seiner frisch ererbten Kollektion und über Kleinigkeiten wie »Wer hat Papa umgebracht?«, er konnte aber nicht sicher wissen, was wir wussten. Es war klar, dass er uns an einen von ihm ausgewählten Ort schleppen musste, bevor er uns Betonschuhe verpassen konnte, aber wir waren jetzt in der Lage, ihm das auszureden.

Wir fuhren in südlicher und östlicher Richtung weiter und hielten zu einem schrecklich späten Mittagessen in einem Ort namens Fort Stockton, wo ich klammheimlich eine Straßenkarte kaufte und sie, auf dem Örtchen für die Bierentsorgung eingeschlossen, studierte. Dann fuhren wir noch ein bisschen weiter über den Rio Pecos nach Sonora. (Jetzt waren das bloß noch Ortsnamen, der Zauber war futsch.) Kurz vor Sonora sagte ich zu Krampf: »Tut mir leid, mein lieber Junge, aber wir können nun doch nicht das Wochenende bei Ihnen verbringen.« Er ließ die Hände auf dem Steuer, warf mir aber aus den Augenwinkeln einen Blick zu.

»Wie meinen Sie das?«

»Wissen Sie, es hat sich etwas ergeben.«

»Versteh' ich nicht. Was könnte sich schon ergeben haben?«

»Tja, also, ich habe gerade ein Telegramm erhalten.«

»Sie haben gerade ein Tele…?«

»Ja, um mich an eine Verabredung zu erinnern. Vielleicht wären Sie also so außerordentlich liebenswürdig und fahren bei Sonora in Richtung Norden.«

»Mr. Mortdecai, ich weiß, dass das so was wie ein Scherz sein soll, also werde ich schön weiter in Richtung Golf fahren, hä, hä. Wenn ich nicht wüsste«, gluckste er vergnügt, »dass Ihre Pistole im Gerichtslabor geblieben ist, wäre ich fast versucht, Sie ernst zu nehmen, hä, hä.«

»Jock, zeig Dr. Krampf die Luger.« Jock beugte sich über den Vordersitz und zeigte sie ihm. Krampf beäugte sie gründlich, und wenn er was von Lugers verstand, dann sah er, dass der kleine Hahn, der »geladen« bedeutete, über den Verschluss hinausstand. Dann beschleunigte er, was vernünftig war, denn niemand hätte jemandem, der mit fünfundsiebzig Meilen pro Stunde dahinbrauste, den Genickschuss gegeben.

»Jock, bitte genau auf die linke Schulter.« Jocks große, messingbewehrte Faust sauste wie ein Dampfhammer herunter, und ich brachte das Steuer wieder in die richtige Position, als Krampfs Arm taub herabfiel.

Er verlangsamte und hielt an; man kann nicht richtig fahren, wenn man heulen muss. Rasch wechselte ich mit ihm die Plätze und wir fuhren weiter; irgendwie hatte ich das Gefühl, dass das Anhalten auf dem Interstate Highway 10 nicht gestattet ist. Er saß einfach nur neben mir, hielt sich den Arm, sagte nichts und blickte durch Tränen starr geradeaus. Das war ein sicherer Beweis für seine üblen Absichten, denn ein ehrlicher Mann hätte doch sicher vehement protestiert, oder nicht?

Abilene liegt hundertfünfzig Meilen nördlich von Sonora.

In den nächsten zwei Stunden schafften wir ein gut Teil davon, und Krampf saß offensichtlich ungerührt da, sein Vertrauen in die Macht von hundert Millionen Dollar war nach wie vor unerschüttert. Hinter San Angelo – als wir hindurchfuhren, sang ich *E lucevan le stelle*, Opernliebhaber werden wissen, warum – begann ich, nach einer geeigneten Stelle Ausschau zu halten, denn langsam senkte sich die Abenddämmerung über das Land. Kurz nachdem wir den Colorado überquert hatten, sah ich eine nicht numerierte, unbefestigte Landstraße, die an einem ausgetrockneten Flussbett entlanglief. Zufrieden, dass man uns nicht würde übersehen können, stieg ich aus und schob Krampf vor mir her.

»Krampf«, sagte ich, »ich befürchte, dass Sie mir übelgesonnen sind. Derzeit passt es mir jedoch nicht ins Konzept, dass irgendwelche Krampfs, wie der Rest der Welt, nach meinem Blut dürsten, daher muss ich Ihre mich betreffenden Pläne durchkreuzen. Habe ich mich verständlich ausgedrückt? Ich schlage vor, wir lassen Sie hier – sicher gefesselt, warm angezogen, aber ohne Geld. Am Flughafen werde ich der Polizei schriftlich mitteilen, wo man Sie finden kann, und ich werde auch Ihr Geld mitschicken, denn diese Art Dieb bin ich nicht. Es ist höchst unwahrscheinlich, dass Sie sterben, bevor man Sie findet. Noch Fragen?«

Er sah mich geradewegs an und fragte sich wahrscheinlich, ob er mir wohl mit seinen Fingernägeln die Leber herausreißen könnte. Er sagte nichts, und er spuckte auch nicht aus.

»Brieftasche«, sagte ich und schnippte mit den Fingern. Er brachte ein schmales Ding aus Schlangenleder zum Vorschein und warf es mir unhöflich vor die Füße. Ich hob es auf; stolz bin ich nicht. Die Brieftasche enthielt einen Führerschein, ein paar Kreditkarten der gehobeneren Sorte, Fotos von hässlichen Kindern und ein Porträt von Madison. Das Porträt befand sich natürlich auf einer Tausenddollarnote.

»Kein Kleingeld?« fragte ich. »Nein, wahrscheinlich nicht. Sie würden's sicher nicht gern anfassen wollen, weil Sie doch wissen, wo es herkommt. Und Sie sehen nicht gerade wie ein großzügiger Trinkgeldgeber aus.«

»Mr. Charlie«, sagte Jock, »die reichen Macker hier ham so was Gewöhnliches wie Geld nich inner Brieftasche, sondern inner Hosentasche in so 'ner Art Clip aus 'ner Goldmünze.«

»Richtig, Jock. Eins zu null für dich. Krampf, bitte Ihren Geldclip.«

Widerwillig griff er in seine Gesäßtasche – zu widerwillig, und plötzlich wurde mir klar, was er dort außerdem aufbewahrte. Ich verpasste ihm einen flinken Tritt in die Nüsse, er machte einen Schritt zurück, stolperte, und zog beim Fallen die Miniaturpistole. Den Schuss hörte ich nicht, aber mein linker Arm schien mit der Wurzel ausgerissen zu werden, und als ich fiel, sah ich, dass Jocks Schuh Verbindung mit Krampfs Kopf aufnahm.

Für ein paar Minuten muss ich das Bewusstsein verloren haben; der Schmerz war unerträglich. Als ich wieder zu mir kam, betupfte Jock mit einer Wundauflage aus dem Erste-Hilfe-Kasten des Autos meine Achselhöhle. Die kleine Kugel hatte die Achselhöhle gestreift und eine böse Schramme hinterlassen, die Schlagader aber so weit verpasst, dass die Verletzung nicht gefährlich war. Es war ein sehr guter Erste-Hilfe-Kasten; als wir die Blutung gestillt und die Wunde ausreichend verbunden hatten, wandten wir unsere Aufmerksamkeit dem bewegungslos daliegenden Krampf zu.

»Jock, fessel ihn jetzt, wo er noch bewusstlos ist.«

Lange Pause. »Ach, Mr. Charlie, würdense ihn sich mal ansehn?«

Ich sah ihn mir an. Seine eine Kopfseite fühlte sich an wie eine Tüte Pfanni-Chips. Eine weitere Generation von Krampfs hatte ihr Schlagholz in die ewigen Gefilde getragen, um dort einen Plausch mit dem großen Schiedsrichter zu halten.

»Also wirklich, Jock, das geht zu weit«, fuhr ich ihn an. »Das ist schon der zweite in zwei Tagen. Ich hab's dir nicht nur einmal, sondern hundertmal gesagt: ich *erlaube* nicht, dass du ständig herumläufst und Leute um die Ecke bringst.«

»Tut mir leid, Mr. Charlie«, entgegnete er schmollend, »aber schließlich wollt' ich das doch nich. Schließlich hab' ich Ihnen doch das Leben gerettet, oder?«

»Ja, Jock, das hast du wohl. Tut mir leid, wenn ich ein bisschen voreilig war – weißt du, mir geht's nicht gerade gut.«

Mitten in der Nacht begruben wir ihn verstohlen; man könnte sagen, wir schaufelten ihm mit unseren Bajonetten ein Grab. Dann lauschten wir lange Zeit und fuhren anschließend zurück auf die Hauptstraße und weiter nach Abilene.

In jener Nacht gingen von Abilene aus Flüge nach Denver und nach Kansas City, Jock und ich nahmen je einen.

»Ich seh' dich dann in Quebec, Jock«, sagte ich.

»In Ordnung, Mr. Charlie.«

# 18

*Der Baktrier war wild, war wie ein Kind,*
*Konnt schreiben nicht noch sprechen, lieben nur,*
*Und deshalb will – dass dies nicht untergeht,*
*Da morgen ich mit Tieren kämpfen muss –*
*Ich Phoebas alles sagen. Glaubet ihm!*
Ein Tod in der Wüste

Sie müssen bemerkt haben, dass meine verzwickte Geschichte bis jetzt wenigstens einigen Anforderungen an eine Tragödie gerecht wird: Ich habe nicht versucht, zu berichten, was andere Leute gedacht oder getan haben, wenn dies außerhalb meiner Kenntnis lag; ich habe Sie nicht hierhin und dahin gescheucht, ohne für angemessene Beförderungsmittel zu sorgen, und ich habe nie einen Satz mit den Worten begonnen »ein paar Tage später«. Jeder Morgen war Zeuge des kleinen Sterbens, das das Erwachen eines Trinkers bedeutet, und mit »jeder langsamen Dämmerung wurde ein Rollo heruntergezogen«. Wie Raymond Chandler einmal bemerkte, mögen die Engländer zwar nicht immer die besten Schriftsteller der Welt sein, die fadesten sind sie allemal.

Das den Ereignissen zugrundeliegende Muster habe ich nicht immer erklärt, zum einen, weil Sie das wahrscheinlich besser können als ich, zum anderen, ich muss es gestehen, weil mich die Tatsache ganz benommen macht, dass die Ereignisse, über die ich Kontrolle zu haben glaubte, in Wirklichkeit mich kontrollierten.

In den letzten Wochen habe ich Gefallen daran gefunden, meine gesammelten Erinnerungen in eine Art organisierte Form zu bringen. Diese Narretei muss aber nun ein Ende haben, denn die Tage sind gezählt und die Hubschrauberblätter der Zeit drehen sich wild über meinem Haupt. Die Ereignisse haben die Schriftstellerei eingeholt; es ist noch Zeit für ein paar weitere müßige Seiten und dann vielleicht noch für einige Tagebucheintragungen. Danach, so fürchte ich, wird für gar nichts mehr Zeit sein.

Es sieht so aus, als ob ich durch eine böse Ironie des Lebens heimgekehrt bin, um in Sichtweise der Schauplätze meiner verhassten Kindheit zu sterben. Die Wege der Vorsehung sind in der Tat unergründlich, wie Pat einst zu Mike sagte, als dieses irische Paar aus den Witzblättern den Broadway hinunterschlenderte – oder war es die O'Connell Street in Belfast?

Hierher zu gelangen war leicht. Wir flogen im selben Flugzeug von Quebec nach Irland, aber nicht gemeinsam. Auf dem Flughafen Shannon marschierte Jock geradewegs am Einwanderungsschalter vorbei und wedelte mit seinem Touristenpass, den sie nicht einmal ansahen. Er trug den Koffer. Dann nahm er einen Inlandsflug nach Dublin, Flughafen Collinstown, und wartete im Ortsteil College Green in einem netten Pub namens Jury's auf mich.

Ich hingegen verbrachte in Shannon mit einer halben Flasche Whisky eine beschauliche Stunde auf der Herrentoilette, mischte mich unter verschiedene Reisegruppen, erzählte allen und jedem, dass meine Frau, meine Kinder und mein Gepäck sich in Flugzeugen mit Zielort Dublin, Belfast und Cork befinden, heulte mich angetrunken aus und hinein in ein Taxi, ohne dass mich jemand nach meinem Pass gefragt hätte. Ich glaube, man war recht froh, mich loszuwerden. Der Taxifahrer zog mir auf dem Weg nach Mullingar systematisch das Geld aus der Tasche, woselbst ich mich rasierte,

Kleider und Akzent wechselte, und ein weiteres Taxi nach Dublin nahm.

Jock war, wie geplant, im Jury's, aber nur gerade noch. Ein paar Minuten später hätte man ihn rausgeschmissen, denn er war blau wie ein Veilchen und jemand hatte ihm ein paar unanständige irische Worte beigebracht, die er nun immer wieder zur Melodie von »So grün war mein Tal in der Heimat« oder so ähnlich sang.

Wir erwischten einen Nachtflug zum Spartarif nach Blackpool und benahmen uns nur gerade so betrunken, dass wir unter den anderen Passagieren nicht auffielen. Das Personal am Flughafen wollte ins Bett, oder wohin sonst man in Blackpool will; es zeigte uns allen die kalte Schulter. Wir fuhren in getrennten Taxis zu getrennten und wirklich miesen Absteigen. Zum Abendessen aß ich Kartoffelauflauf, was es bei Jock gab, weiß ich nicht.

Am Morgen nahmen wir getrennte Züge und trafen uns, wie geplant, im Büffet des Bahnhofs Carnforth. Sie haben vielleicht noch nie von Carnforth gehört, aber Sie müssten mal den Bahnhof sehen, und besonders das Büffet. Dort wurde nämlich *Begegnung am Nachmittag* gedreht, und seitdem ist es dem Andenken von Kay Kendall, der ersten Frau von Rex Harrison, gewidmet. Abgesehen davon kann Carnforth heutzutage keinen Platz in der Geschichte beanspruchen. Einst war es eine aufstrebende Stahlstadt mit einem wichtigen Eisenbahnknotenpunkt, heute sticht es lediglich durch die einzigartige, offensichtlich beabsichtigte Hässlichkeit von ausnahmslos jedem Gebäude hervor und durch die außergewöhnliche Freundlichkeit der Menschen, die in ihnen wohnen, Bankmanager eingeschlossen. Ich wurde fünf Meilen entfernt geboren, in einem Ort namens Silverdale.

Carnforth liegt in der äußersten Nordwestecke von Lancashire und bezeichnet sich bisweilen als das Tor zum Lake District. Es ist nicht so richtig ein Küstenort, es ist eigentlich überhaupt nichts so richtig. Es gibt ein paar gute Pubs. Als ich noch ein Junge war, gab es ein Kino, aber ich durfte nie hingehen, und jetzt ist es geschlossen. Außer natürlich für Bingo.

Eines der Hotels wird von einem netten, fetten alten Italiener namens Dino oder so geführt; er kennt mich schon, seitdem ich ein *bambino* war. Ich erzählte ihm, dass ich gerade aus Amerika zurück sei, wo ich mir ein paar Feinde gemacht hätte, und dass ich mich ein Weilchen bedeckt halten müsse.

»Sie sich keine Sorgen machen, Mr. Charlie, dieses verdammtes sizilianisches Bastarde Sie hier nicht finden. Wenn die hier rumhängen, ich holle schnell Polizei. Sind gutte Jungens hier, ham keine Angst nich vor stinkende Mafiosi.«

»Ganz so liegt die Sache nicht, Dino. Wenn du irgend jemanden siehst, gib mir lieber unauffällig Bescheid.«

»In Ordnung, Mr. Charlie.«

»Danke, Dino. *Evviva Napoli!*«

»*Abassa Milano!*«*

»*Cazzone pendente!*«** riefen wir im Chor, das war unser alter Schlachtruf aus früheren Zeiten.

Jock und ich verbrachten dort in strenger Abgeschiedenheit etwa fünf Wochen, bis meine Achselhöhle verheilt und mir ein mehr oder weniger glaubwürdiger Bart gewachsen war. (Ich möchte klarstellen, dass Dino nicht die leiseste Ahnung hatte, dass wir etwas Unerlaubtes getan hatten.) Ich gab das Färben meiner Haare und die kohlehydratreiche Ernährung auf und sah bald aus wie ein gut erhaltener Siebzigjähriger. Bevor ich mich dann schließlich hinauswagte, entfernte ich meine beiden oberen Eckzähne, die mit einer Drahtklammer befestigt sind. Wenn meine oberen Schneidezähne dann sanft auf der Unterlippe ruhen, biete ich das Bild

---

* »Nieder mit Mailand!«

** etwa: »Alte Schlappschwänze!«

eines senilen Idioten. Wenn Mrs. Spon mich so sieht, muss sie jedesmal unweigerlich kreischen. Mein jetzt angegrautes Haar ließ ich lang und wirr wachsen, kaufte einen guten Feldstecher und mischte mich unter die Vogelbeobachter. Es ist erstaunlich, wie viele es davon heute gibt. Ornithologie war früher *das* heimliche Steckenpferd verbitterter Schulmeister, verdrehter alter Jungfern und einsamer kleiner Jungen, aber inzwischen ist es eine so normale Wochenendbeschäftigung wie Teppichknüpfen oder Seitenspringen. Als ich noch zur Schule ging, war ich ganz wild darauf, also kannte ich die verschiedenen Vogelrufe, wurde tatsächlich wieder ganz wild darauf und genoss meine Streifzüge von ganzem Herzen.

In diesem Teil Lancashires finden sich mit die besten Plätze zur Vogelbeobachtung, die es in England gibt; See- und Strandvögel suchen zu Millionen die weiten, salzigen Marschen und das Watt der Morecambe Bucht heim, und das Röhricht von Leighton Moss, ein Vogelschutzgebiet, wimmelt nur so von Enten, Schwänen, Möwen und sogar Rohrdommeln.

Ich gab Dino dreihundert Pfund und er kaufte für mich einen dunkelgrünen gebrauchten Mini, der auf seinen Namen lief. Ich bepflasterte ihn mit Aufklebern wie RETTET DIE KULTURDENKMÄLER, KONSERVATIV WÄHLEN, MANCHESTER IST EINE REISE WERT und setzte eine Baby-Tragetasche auf den Rücksitz. Sie müssen zugeben, dass das eine sehr einfallsreiche Tarnung war. Für Jock konnten wir gefärbte Kontaktlinsen besorgen und verwandelten so seine erstaunlich blauen Augen in ein schmutziges Braun. Sie gefielen ihm sehr und er nannte sie »meine Sonnenbrille«.

Carnforth gehört mittlerweile zum Telefonselbstwählnetz, daher war es ungefährlich, einige konspirative Anrufe nach London zu tätigen, wo sich verschiedene zwielichtige Freunde im Austausch gegen eine Menge Geld daran machten, Jock und mir neue Identitäten zu verschaffen, so dass wir nach Australien auswandern und ein neues Leben unter den dortigen Schönen und Schafscherern beginnen konnten. Neue Identitäten sind sehr kosten- und zeitaufwendig, aber heutzutage, wo alle Welt Drogen nimmt, kann man sie viel leichter bekommen. Man sucht sich einfach einen Typen, der nach dem großen H für Heroin giert und nicht mehr lange auf dieser Welt sein wird; vorzugsweise einen Typen, der wenigstens ein bisschen Ähnlichkeit mit einem selbst hat. Man nimmt ihn unter die Fittiche – das heißt, die zwielichtigen Freunde tun das – beherbergt ihn, versorgt ihn mit Heroin und füttert ihn, wenn er überhaupt etwas hinunterbekommen kann. Man bringt die Zahlungen für seine Sozialversicherung auf den neuesten Stand, kauft ihm einen Pass, eröffnet auf seinen Namen ein Sparkonto bei der Post, besteht in seinem Namen die Fahrprüfung und verschafft ihm bei einer richtigen Firma einen imaginären Job.

(Der »Arbeitgeber« bekommt sein Gehalt natürlich in bar und doppelt zurück.) Dann bezahlt man einen sehr teuren Handwerker dafür, dass er das eigene Foto in den neuen Pass einpasst, und man ist ein neuer Mensch.

(Natürlich wird der Rauschgiftsüchtige jetzt ein bisschen überflüssig; man könnte ihn durch Profis um die Ecke bringen lassen, aber das ist entsetzlich kostspielig. Die beste und billigste Methode ist, ihm für ungefähr drei Tage seine Medizin zu entziehen, bis er ziemlich aus dem Gleis ist. Dann lässt man ihn auf einer öffentlichen Toilette – die U-Bahnstation Piccadilly ist in diesen Kreisen sehr beliebt – mit einer Spritze liegen, die eine starke Überdosis enthält, und Mutter Natur nimmt ihren zweckdienlichen Lauf. Der amtliche Leichenbeschauer wird ihn kaum eines Blickes würdigen. Es geht ihm ohnehin wahrscheinlich besser da, wo er sich jetzt befindet, er hätte sonst ja noch jahrelang herumhängen können und so weiter.)

Kurz, alles schien bestens zu laufen, abgesehen davon, dass William Hickey oder ein anderer dieser Kolumnisten ein-, zweimal eine diskrete Andeutung hatte fallen lassen, dass gewisse Leute in hochrangiger Stellung gewisse Fotografien erhalten hatten, die zu den Kunstwerken Pfandflasches in Beziehung stehen konnten oder auch nicht. Wenn ja, war mir nicht ganz klar, wer dafür verantwortlich zu machen war – doch sicher nicht Johanna? Einer von Pfandflasches widerwärtigen Freunden? *Martland?* Ich ließ mich davon nicht beunruhigen.

Gestern abend, als ich, vollgepumpt mit frischer Luft und mit einem gewaltigen Appetit die Bar in Dinos Hotel betrat, hätte ich jedermann erzählt, dass die Dinge ungewöhnlich gut liefen. Ich hatte den Nachmittag im Leighton Moss verbracht und das Glück gehabt, mit meinem Feldstecher einige Minuten lang ein Pärchen Bartmeisen zu beobachten. Wenn Sie glauben, dass es diesen Vogel gar nicht gibt, dann können Sie das gern im nächsten Naturkundebuch nachschlagen. Das war erst gestern abend.

### *Gestern abend, als ich die Bar betrat*

Der Barkeeper hätte lächeln und sagen sollen: »'n Abend, Mr. Jackson, was hätten Sie denn gern?« Jedenfalls hatte er das seit Wochen jeden Abend zu mir gesagt.

Statt dessen starrte er mich feindselig an und sagte, als sei ich irgendein irischer Lümmel: »Na, Paddy, das Übliche, nehm' ich an?« Ich war total schockiert.

»Na los«, sagte er ungnädig, »entscheiden Sie sich gefälligst. Andere Leute wollen auch noch bedient werden.«

Zwei Fremde am Ende der Bar musterten mich beiläufig im Spiegel hinter den Flaschen. Jetzt kapierte ich.

»In Ordnung, in Ordnung«, brummte ich unwirsch mit meinem schönsten Akzent, »'türlich nehm' ich das Übliche, du mieser kleiner Pickelarsch.«

Er schubste mir einen doppelten irischen Jameson's Whiskey über die Theke. »Und pass auf, was du sagst«, meinte er, »oder du fliegst raus.«

»Du kannst mich mal«, sagte ich und kippte den Whiskey runter. Mit dem Handrücken wischte ich mir den Mund, rülpste und torkelte hinaus. Es ist schon eine feine Sache, dass die Arbeitskleidung eines echten Ornithologen mehr oder weniger den Klamotten gleicht, die ein irischer Kanalarbeiter auf Sauftour trägt. Ich floh nach oben und fand Jock auf dem Bett sitzend vor, wie er *Bravo* las.

»Los«, sagte ich, »sie sind hinter uns her.«

Wir waren die ganze Zeit über auf einen Notfall vorbereitet gewesen, daher waren wir bereits neunzig Sekunden, nachdem ich die Bar verlassen hatte, aus dem Hotel (durch die Küche) und auf dem Weg zum Bahnhofsparkplatz, wo ich den Mini abgestellt hatte. Ich ließ den Motor an und fuhr rückwärts aus der Parklücke. Ich war ganz ruhig, schließlich hatten sie keinen Grund, mich verdächtig zu finden. Dann fluchte ich und stellte den Motor ab. Vor Bestürzung war ich wie gelähmt.

»Was is' los, Mr. Charlie – was vergessen?«

»Nein, Jock. Mir ist was eingefallen.«

Mir war eingefallen, dass ich meinen Whiskey nicht bezahlt und der Barkeeper mich auch nicht darum gebeten hatte. Betrunkene irische Kanalarbeiter haben in respektablen Provinzhotels höchst selten Kredit.

Ich ließ den Motor wieder an, haute wild den Gang rein und brauste vom Parkplatz auf die Straße. Ein Mann, der an der Ecke stand, machte auf dem Absatz kehrt und rannte zurück zum Hotel. Ich betete, dass ihr Wagen in der falschen Fahrtrichtung stünde.

Ich jagte den gehorsamen kleinen Mini auf der Millhead Road aus der Stadt Richtung Norden; kurz vor der zweiten Eisenbahnbrücke schaltete ich die Scheinwerfer aus und bog schlitternd links ein Richtung Hagg House und Marschland. Die Straße wurde zu einem Fußweg und dann zu einem nassen Trampelpfad; wir walzten Stacheldraht nieder, rutschten Böschungen hinunter, schwebten nahezu über die unwahrscheinlich rutschigen Stellen, fluchten und beteten und horchten auf etwaige Verfolger. Zu unserer Linken begann irgendeine dreiköpfige Ausgeburt von Zerberus wie wahnsinnig zu belfern und zu kläffen. Wir fuhren westwärts weiter, hassten den Köter aus vollem, aufrichtigen Herzen und fanden den Keer-Fluss, indem wir hineinfielen. Um genau zu sein: der Mini war die Böschung hinuntergerutscht und blieb mit der Nase in dem weichen Sand neben dem vom Fluss übriggebliebenen Kanal stecken, denn es war Ebbe. Ich schnappte mir den fast leeren Koffer, Jock schnappte sich den Rucksack, und wir krabbelten in den Fluss. Wir schnappten nach Luft, als das kalte Wasser unsere Lenden erreichte. Auf der anderen Seite hielten wir an, bevor wir die Böschung erklommen und unsere Silhouetten sich vor dem Himmel abzeichnen konnten. Eine halbe Meile hinter uns dröhnte ein Motor im niedrigen Gang, zwei Lichtkegel aus den Scheinwerfern strichen über den Himmel und erloschen dann plötzlich.

Die Sterne leuchteten hell, aber wir waren zu weit entfernt, als dass unsere Verfolger uns hätten sehen können. Wir kletterten die Böschung hinauf – wie froh war ich über meine neuerworbene körperliche Fitness – und machten uns in nordwestlicher Richtung davon, wo sechs Meilen hinter dem glitzernden, feuchten Watt die Lichter von Grange-Over-Sands schimmerten.

Es war anders als alles, was ich bis dato erlebt hatte, es war die seltsamste Reise, die ich je unternommen hatte. Die Dunkelheit, die nur zu ahnende, nahegelegene See, das Sausen und Flügelflattern der aufgescheucht davonfliegenden Vögel, das Platschen unserer Füße auf dem nassen Sand und die

*Angst*, die uns vorantrieb auf die so weit am Ende der Bucht blinkenden Lichter zu.

Aber wenigstens hatte ich einen Vorteil; ich befand mich auf bekanntem Terrain. Mein Plan war, Quicksand Pool, eine zwei Meilen lange trügerische Lagune, an ihrem gefährlichsten Punkt zu erreichen, dann nach Nordosten abzuschwenken, ihr bis zu ihrer schmalsten Stelle zu folgen und sie dort zu durchqueren. Von dort waren es nur noch zwei Meilen in Richtung Norden bis zur einladenden Küste von Silverdale. Das Gelingen meines Plans hing davon ab, ob wir den Keer an der richtigen Stelle durchquert hatten und ob der zeitliche Verlauf von Ebbe und Flut so weit fortgeschritten war, wie ich vermutete. Mir blieb keine andere Wahl als davon auszugehen, dass ich in beiden Punkten recht hatte.

Und dann begann der Alptraum.

Jock schleppte sich schwerfällig ein paar Meter links von mir dahin, als wir auf einmal auf nachgiebigen Grund trafen. Ich tat, was man in solchen Fällen tun sollte: ich bewegte mich rasch weiter, schlug aber einen scharfen Kreis zurück zu meinem Ausgangspunkt. Jock tat das nicht. Er blieb stehen, grunzte, versuchte zurückzugehen, platschte herum, steckte fest. Ich ließ den Koffer fallen und suchte in der Dunkelheit nach Jock, während er mit einer Stimme nach mir rief, die vor Panik so hoch war, wie ich es noch nie zuvor gehört hatte. Ich erwischte seine Hand und begann, ebenfalls einzusinken; ich warf mich zu Boden, nur meine Ellbogen befanden sich im Morast. Es war, als ob man versuchte, eine Eiche auszureißen. Ich kniete mich hin, um besser ziehen zu können, aber meine Knie sanken auf der Stelle ein. Es war entsetzlich.

»Leg dich auf den Bauch«, fauchte ich ihn an.

»Kann ich nich, Mr. Charlie, steck' bis zum Bauch drin.«

»Warte, ich hol' den Koffer.«

Ich musste ein Streichholz anzünden, um den Koffer zu

finden, und dann noch eins, um Jock in dem irritierenden Glitzern von nassem Sand und Sternen wiederzufinden. Ich warf den Koffer nach vorne, und er legte die Arme darauf, zog ihn sich vor die Brust und begrub ihn im Morast, als er sein Gewicht darauf verlagerte.

»Hilft nichts, Mr. Charlie«, sagte er schließlich. »Ich steck' schon bis zu den Achseln drin und kann kaum noch atmen.« Seine Stimme klang grauenvoll verzerrt.

Hinter uns, aber leider nicht weit genug hinter uns, konnte ich das rhythmische Geräusch von Schritten auf nassem Sand ausmachen.

»Los, Mr. Charlie, hau'n Sie ab!«

»Himmel, Jock, wofür hältst du mich?«

»Seien Sie nicht blöd«, keuchte er, »verduften Sie. Aber erst tun Sie mir noch 'n Gefallen. Sie wissen schon. So will ich's nicht. Könnte 'ne halbe Stunde dauern. Los, tun Sie's schon.«

»Himmel, Jock«, sagte ich erneut. Ich war entsetzt.

»Na los, alter Freund. Schieben Sie'n schon rein.«

Unsicher und von Grauen geschüttelt, stand ich auf. Dann konnte ich die Laute, die er von sich gab, nicht länger ertragen, trat mit dem linken Fuß auf den Koffer und mit dem rechten Fuß und einer kreisenden Bewegung auf seinen Kopf. Er gab grässliche Geräusche von sich, aber sein Kopf ließ sich nicht nach unten drükken. Wie rasend trat ich immer und immer wieder zu, bis die Laute verebbten, dann hob ich den Koffer auf und rannte blind davon, vor Entsetzen, Angst und Liebe schluchzend.

Als ich unterhalb von mir das Wasser gluckern hörte, hatte ich eine ungefähre Vermutung, wo ich war, und warf mich in den Kanal, ganz egal, ob das nun die richtige Stelle zum Durchqueren war oder nicht. Ich gelangte hinüber, wobei ich den rechten Schuh – Gott sei Dank, der rechte – im Morast verlor, und rannte nach Norden. Jeder Atemzug zerrte an meiner Luftröhre. Einmal fiel ich hin und konnte nicht wieder aufstehen. Links hinter mir sah ich das Flackern von Taschenlampen – vielleicht hatte sich ja einer von ihnen Jock zugesellt; ich weiß es nicht, und es ist nicht von Bedeutung. Ich schleuderte den anderen Schuh von mir und rannte fluchend und schluchzend weiter, fiel in Priele, riss mir die Füße an Steinen und Muscheln auf, und der Koffer schlug mir ständig an die Knie, bis ich schließlich über die Überreste des Wellenbrechers bei Jenny Brown's Point stolperte.

Dort riss ich mich ein bisschen zusammen, setzte mich auf den Koffer und versuchte, ruhig nachzudenken und mit dem leben zu lernen, was geschehen war. Nein, was ich getan hatte. Was *ich* getan hatte. Ein sanfter Regen setzte ein, und ich hob ihm mein Gesicht entgegen, damit er ein wenig von der Hitze und dem Bösen von mir spülte.

Der Rucksack war am Quicksand Pool zurückgeblieben, darin befand sich alles, was man zum Leben braucht. Der Koffer war, mit Ausnahme einiger Banknotenbündel, fast leer. Ich brauchte eine Waffe, Schuhe, trockene Kleidung, Essen, einen Drink, Obdach und vor allem ein freundliches Wort, ganz gleich von wem.

Indem ich mich links von den niedrigen Kalksteinklippen hielt, stolperte ich fast eine Meile lang den Strand entlang auf Know End Point zu, wo die eigentliche Außenmarsch beginnt, jene eigenartige Landschaft aus seeumbrandetem Torfboden, Rinnsalen und Wasserläufen, wo die besten Lämmer Englands grasen.

Oberhalb von mir und zu meiner Rechten leuchteten die Lichter der rechtschaffenen Bungalowbesitzer von Silverdale. Ich musste feststellen, dass ich sie bitter beneidete. Leute wie sie kennen das Geheimnis des Glücklichseins, sie sind in dieser Kunst bewandert, waren es schon immer. Glück bedeutet Rente oder Geld auf dem Sparkonto, es kann eine Pension sein oder blaue Hortensien oder wunderbar ausgeschlafene Enkel, in einem Komitee zu sitzen, ein paar erste Schösslinge im Gemüsegarten, am Leben und für sein Alter erstaunlich gut drauf zu sein, während der alte Sowieso schon unter dem Rasen liegt, und es bedeutet Fenster mit Doppelverglasung und am elektrischen Kamin zu sitzen und sich daran zu erinnern, wie man dem Bezirksleiter gesagt hat, er solle sich zum Teufel scheren, oder an die Zeit, als diese Doris …

Glücklichsein ist so einfach. Ich weiß nicht, warum sich nicht mehr Menschen darum bemühen.

Ich stahl mich die Straße entlang, die vom Strand hinaufführt. Meine Armbanduhr zeigte elf Uhr vierzig. Es war Freitag, also hatten die Kneipen um elf Uhr geschlossen, zuzüglich zehn Minuten zum Austrinken, zuzüglich, sagen wir mal, weiterer zehn Minuten, um die Kletten loszuwerden. Meine durchweichten und zerschlissenen Socken machten auf dem Pflaster feuchte Geräusche. Keine Autos vor dem Hotel, keine Beleuchtung an der Vorderfront. Ich begann, vor Kälte zu zittern als Reaktion auf die Geschehnisse und in der Hoffnung auf Hilfe, als ich über den abgedunkelten Parkplatz nach hinten zur Küchentür humpelte.

Ich konnte den Wirt – oder Miteigner, wie er lieber genannt wird – ganz nah bei der Küchentür stehen sehen, er trug den schauderhaften alten Hut, den er bei seiner Arbeit im Keller aufhat und sein Gesicht war, wie immer, das eines Scharfrichters. Mit Unterbrechungen und mit voreingenommenem Blick verfolgt er seit etwa fünfundzwanzig Jahren meine Karriere, und sie hat ihn bislang nicht beeindruckt.

Er öffnete die Küchentür und musterte mich gleichmütig von oben bis unten. »Guten Abend, Mr. Mortdecai«, sagte er, »Sie haben ein wenig Gewicht verloren.«

»Harry«, stieß ich hastig hervor, »Sie müssen mir helfen. Bitte.«

»Mr. Mortdecai, das letzte Mal, dass Sie mich baten, Ihnen

noch nach der Polizeistunde Getränke zu verkaufen, war neunzehnhundertsechsundfünfzig. Die Antwort lautet noch immer nein.«

»Nein, Harry, ich bin wirklich in ernsten Schwierigkeiten.«

»Das stimmt, Sir.«

»Häh?«

»Ich sagte, ›das stimmt, Sir‹.«

»Was wollen Sie damit sagen?«

»Ich will damit sagen, dass hier zwei Herren waren, die sich erkundigten, wo Sie sich gestern abend aufgehalten haben, und die behaupteten, sie seien vom Geheimdienst. Sie waren äußerst liebenswürdig, zeigten aber größte Zurückhaltung, als es daran ging, mir, wie erbeten, ihre Ausweise zu zeigen.« So redete er immer.

Ich sagte nichts mehr, ich blickte ihn nur flehend an. Er lächelte nicht richtig, allerdings wurde sein durchdringender Blick vielleicht ein wenig weicher.

»Sie sollten jetzt lieber verschwinden, Mr. Mortdecai, oder Sie bringen mich noch ganz durcheinander, und dann vergesse ich womöglich, die Tür zum Garten zu verschließen oder so was.«

»Ja. Dann schönen Dank, Harry. Gute Nacht.«

»Gute Nacht, Charlie.«

Ich zog mich in den Schatten des Tennisplatzes zurück und kauerte dort, mit meinen Gedanken allein, im Regen. Er hatte mich *Charlie* genannt, was er noch nie zuvor getan hatte. Das war ein Pluspunkt, das war das freundliche Wort, auf das ich gewartet hatte. Jock hatte mich zum Schluss seinen alten Freund genannt.

Nach und nach gingen im Hotel die Lichter aus. Die Kirchturmuhr hatte mit dem vertrauten, hohlen Klang halb eins geschlagen, als ich endlich um das Haus herum schlich, durch den Steingarten hindurch und mich an der Tür zum

Garten versuchte. Tatsächlich hatte jemand nachlässigerweise vergessen, sie abzusperren. Sie führte auf eine kleine Glasveranda mit zwei sonnengebleichten Liegen. Ich schälte mich aus meinen durchnässten Kleidern, plazierte sie auf der einen Liege und meinen zerschlagenen Körper mit einem Grunzen auf der anderen. Als meine Augen sich an das Dämmerlicht gewöhnt hatten, machte ich auf dem Tisch zwischen den Liegen eine Ansammlung von Gegenständen aus. Irgend jemand hatte dort nachlässigerweise einen warmen alten Überzieher liegen lassen, wollene Unterwäsche und ein Handtuch sowie einen Laib Brot, drei Viertel eines kalten Hühnchens, vierzig Filterzigaretten Marke Embassy, eine Flasche Teacher's Whisky und ein Paar Tennisschuhe. Er ist erstaunlich, wie nachlässig manche dieser Hoteliers sind; kein Wunder, dass sie sich ständig beklagen.

Es muss vier Uhr morgens gewesen sein, als ich die kleine Glasveranda wieder verließ. Der Mond war aufgegangen, und leuchtende Wolken trieben mit rascher Geschwindigkeit auf ihn zu. Ich umrundete das Hotel und fand den Fußweg dahinter, der quer über die *Lots*, diese seltsam geformten, mit feuchten Grassoden bedeckten Kreidekalkhügel führte. Den Färsen der Gegend bereitete ich die Überraschung ihres Lebens, als ich in der Dunkelheit zwischen ihnen hindurchjoggte. Es sind nur wenige hundert Meter bis zur Cove, der kleinen Bucht, in der in früheren Zeiten die Segelschiffe aus Furness Erz für den Hochofen in Leighton Beck löschten. Seitdem die Kanaldurchfahrten sich verlagert haben, ist dort nur noch dichtes, wie mottenzerfressenes Grasland, das zwei-, dreimal im Monat ein paar Zentimeter unter Wasser steht.

Für diese Geschichte viel wichtiger ist, dass es in der Klippe, unterhalb der unglaublich von Efeu zernagten Zinnen, die sie überragen, eine Höhle gibt. Diese Höhle ist wenig einladend, nicht einmal die Kinder haben Lust, sie zu erkunden, und es heißt, dass an ihrem hinteren Ende ein jäher unergründlicher Abgrund liegt. Die Dämmerung machte sich im Osten mit ersten schwachen Anzeichen bemerkbar, als ich hineinkletterte.

Aus reiner Erschöpfung schlief ich bis Mittag, aß dann noch ein wenig Brot und Hühnchen und trank noch ein wenig mehr Scotch. Dann legte ich mich erneut schlafen. Ich wusste, dass ich schlecht träumen würde, aber meine Gedanken im wachen Zustand waren schlimmer. Ich erwachte am Spätnachmittag.

Das Licht wird jetzt rasch schwächer. Heute werde ich spät in der Nacht meinen Bruder besuchen.

Um genau zu sein, es waren die frühen Morgenstunden dieses Sonntags, als ich mich aus der Höhle stahl und leise durch die Dunkelheit ins Dorf hinaufschlich. Das letzte Fernsehgerät war widerstrebend ausgeschaltet, der letzte Pudel war zum letzten Mal zum Pieseln geführt, die letzte Tasse Blümchenkaffee war gebraut worden. Die Cove Road lag da wie ein gut gepflegtes Grab; Eheleute träumten von vergangenen Exzessen und der nächsten morgendlichen Kaffee-Orgie. Es gingen keinerlei Schwingungen von ihnen aus, und es war schwer, zu glauben, dass sie überhaupt existierten. Ein Auto näherte sich; es fuhr mit der vorsichtigen Umsicht, die den um seine Trunkenheit wissenden Fahrer verrät; ich trat zurück in den Schatten, bis es vorbei war. Eine Katze rieb sich an meinem rechten Bein; einige Tage zuvor hätte ich sie noch ohne Gewissensbisse in die Seite getreten, aber jetzt hätte ich noch nicht einmal meinen eigenen Bruder treten können. Nicht mit *dem* Bein.

Die Katze folgte mir die langsam ansteigende Biegung der Walling's Lane hinauf und miaute neugierig, machte aber auf dem Absatz kehrt, als sie des riesigen weißen Katers ansichtig wurde, der wie der Geist von Dick Turpin, dem Straßenräuber, unter der Hecke kauerte. Das Yewbarrow-

Haus trug Festbeleuchtung, und ein Fetzen New Orleans Jazz schwebte durch die Bäume herunter – der alte Bon saß wohl wieder bei einer Poker- und Whiskyrunde, die die ganze Nacht dauern würde. Als ich an der Silver Ridge rechts abbog, schlug es einmal von St. Bernard, danach hörte ich nichts mehr außer meinen eigenen Schritten auf der Elmslack Road. Jemand musste wohl Gartenabfälle verbrannt haben, ein Nachklang dieses Dufts hing noch in der Luft – einer der ausgeprägtesten Gerüche der Welt, zugleich wild und anheimelnd.

Ich verließ die Straße und bahnte mir meinen Weg entlang dem gerade noch erkennbaren Trampelpfad, der zur Rückseite von Woodfields Hall, dem Wohnsitz von Robin, Zweiter Baron Mortdecai und so weiter hinunterführt. Junge, was für ein Name. Er ist kurz vor dem ersten Weltkrieg geboren, wie Sie sich schon denken können. In jenem Jahrzehnt gehörte es sich einfach, seinen Sohn Robin zu nennen, und meine Mutter, wie Ihnen jeder bestätigen kann, tat unerbittlich das, was sich gehörte, wenn schon sonst nichts.

Sie würden nie drauf kommen, wo ich diese Zeilen schreibe. Ich sitze, mit bis unters Kinn gezogenen Knien, auf meiner Kindertoilette in dem Teil des Hauses meines Bruders, in dem sich die Kinderzimmer befanden. An diesen Teil habe ich glücklichere Erinnerungen als an den Rest des Hauses, das mir verleidet ist durch die Erinnerung an die Habgier meines Vaters und seinen notorischen Neid, das erregte Lamentieren meiner Mutter darüber, dass sie einen so unmöglichen, ungehobelten Klotz geheiratet hatte, und jetzt durch die stetig wachsende Verachtung meines Bruders für alles und jeden. Ihn selbst eingeschlossen. Und besonders mich; er würde mir nicht mal ins Gesicht spucken, wenn es in Flammen stünde, es sei denn, er könnte Benzin spucken.

Neben mir an der Wand hängt eine Rolle weichen rosafarbenen Toilettenpapiers. Unser Kindermädchen hätte so was nie erlaubt; sie glaubte fest, dass die Popos von Kindern der Oberklasse ein spartanisches Dasein zu führen haben und wir mussten die altmodische, grobkörnige Sorte benutzen, die sich wie gemahlenes Glas anfühlt.

Ich bin gerade in meinem alten Zimmer gewesen, das immer für mich bereitgehalten und nie verändert wird. Das ist genau die Spur Falschheit, derer sich mein Bruder liebend gern und voller Sarkasmus bedient. Er sagt oft: »Bitte denk dran, dass du hier immer ein Zuhause hast, Charlie«, und wartet dann darauf, dass ich gequält dreinschaue. Unter einem Bodenbrett in meinem Zimmer suchte und fand ich ein großes in Ölhaut eingeschlagenes Paket, das meine erste und liebste Handfeuerwaffe enthielt, eine bei Polizei und Militär verwendete Smith and Wesson, Kaliber .455, Baujahr 1902. Der schönste schwere Revolver, der je geschaffen wurde. Vor ein paar Jahren, als Whiskytrinken noch nicht zu den Sportarten zählte, die ich betreibe, konnte ich mit dieser Pistole einer Spielkarte auf zwanzig Schritt Entfernung beeindruckende Dinge antun, und ich bin zuversichtlich, dass ich bei gutem Licht noch immer ein größeres Ziel treffe. Wie, zum Beispiel, Martland.

Es gibt eine Schachtel Militärmunition dafür – vernickelt und sehr geräuschvoll – und eine noch fast volle Schachtel einfacher Bleimunition, die für meine Zwecke wesentlich nützlicher ist. Natürlich dürfte man die Bleimunition nie im Krieg benutzen; es freut mich, sagen zu können, dass diese weichen Bleikugeln alles, was sie treffen, fürchterlich zurichten.

Ich werde meine Flasche Teacher's mit einem wachsamen Auge auf die Tür (damit mich kein längst verstorbenes Kindermädchen erwischt) austrinken, dann hinuntergehen und meinen Bruder besuchen. Ich werde ihm nicht verraten, wie ich ins Haus gekommen bin – soll er sich ruhig den Kopf deswegen zerbrechen. Genau über solche Sachen zerbricht er sich nämlich gern den Kopf. Ich habe nicht die Absicht, ihn zu erschießen; im Augenblick wäre das eine unentschuldbare Unbeherrschtheit. Außerdem würde ihm das wahrscheinlich gut in den Kram passen, und ich schulde ihm zwar eine Menge, aber keinen Gefallen.

***Bruder nannt' ich ihn, Engländer und Freund!***

Als ich leise die Tür zur Bibliothek öffnete, saß mein Bruder Robin mit dem Rücken zu mir und schrieb mit kratziger Feder seine Memoiren. Ohne sich umzudrehen oder mit dem Gekratze aufzuhören, sagte er: »Hallo, Charlie, ich habe gar nicht gehört, dass dich jemand hereingelassen hat.«

»Hast du mich erwartet, Robin?«

»Jeder andere würde anklopfen.« Pause. »Hast du keinen Ärger mit den Hunden gehabt, als du durch den Küchengarten gekommen bist?«

»Hör mal, deine Hunde sind so überflüssig wie Titten an einem Warzenschwein. Wenn ich ein Einbrecher gewesen wäre, hätten sie mir angeboten, die Taschenlampe zu halten.«

»Du möchtest sicher gern einen Drink haben«, sagte er ungerührt und in beleidigendem Ton.

»Nein danke. Ich habe damit aufgehört.«

Er hörte mit dem Kritzeln auf und drehte sich um. Langsam und liebevoll musterte er mich von oben bis unten.

»Spielt die Leber nicht mehr mit?«

»Nein, heute nacht brauchst du dir keine Sorgen zu machen.«

»Möchtest du etwas essen?«

»Ja, bitte. Aber nicht jetzt«, fügte ich hinzu, als seine Hand nach der Klingel griff, »ich bedien' mich später selbst. Erzähl mal, wer sich in letzter Zeit nach mir erkundigt hat.«

»Dieses Jahr keine Dorfschlampen mit Babys auf dem Arm. Nur ein Paar Komiker von irgendeiner geheimnisvollen Abteilung des Auswärtigen Amtes. Ich habe nicht gefragt, was sie wollten. Ach, und eine beinharte Ziege, die sagte, man habe in Silverdale von dir gehört und du mögest doch bitte mit dem Verband Künstlerischer Kupferstecherinnen oder etwas in der Art Verbindung aufnehmen.«

»Ah ja. Was hast du ihnen erzählt?«

»Ich sagte, dass du meines Wissens in Amerika bist, war das richtig?«

»Völlig richtig, Robin. Danke.« Ich fragte ihn nicht, wie er erfahren hatte, dass ich in Amerika war. Er hätte es mir nicht gesagt, und es kümmerte mich auch nicht. Einen gewissen Teil seiner kostbaren Zeit opfert er, um über meine Aktivitäten auf dem laufenden zu bleiben, in der Hoffnung, mich eines Tages beim Wikkel zu kriegen. So ist er nun mal.

»Robin, ich arbeite gerade an einem Regierungsauftrag und kann dir nichts Näheres sagen, aber ich muss in aller Stille in den Lake District und dort ein paar Tage im Freien leben. Dafür brauche ich Ausrüstung. Einen Schlafsack, ein paar Konserven, ein Fahrrad, Taschenlampe, Batterien, so was in der Art.« Ich beobachtete, wie er darüber nachdachte, bei wie vielen Dingen er glaubwürdig behaupten könnte, er habe sie nicht. Ich knöpfte meinen Mantel auf und gab den Blick auf den Griff der Smith and Wesson frei, der wie ein Hundelauf aus meinem Hosengürtel ragte.

»Na, komm schon«, sagte er herzlich, »mal sehen, was wir finden.«

Letztendlich fanden wir alles, obwohl ich ihn bei manchen Sachen daran erinnern musste, wo sie aufbewahrt wurden. Außerdem riss ich die Seite mit dem Lake District aus dem Übersichtsatlas, um meine Schwindelei glaubwürdiger erscheinen zu lassen, und packte zwei Flaschen Black Label Whisky ein.

»Ich dachte, du hättest damit aufgehört, mein Lieber?«

»Damit desinfiziere ich nur Wunden«, erklärte ich artig.

Ich nahm auch eine Flasche Terpentin mit. Sie, gewitzter Leser, werden ahnen, warum, aber er war verblüfft.

»Hör mal«, sagte ich, als er mich hinausließ, »bitte erzähl niemandem, aber wirklich niemandem, dass ich hier war oder wohin ich will, ja?«

»Natürlich nicht«, sagte er freundlich und blickte mir direkt in die Pupille, um seine Falschheit zu demonstrieren. Ich wartete. »Und Charlie …«

»Ja«, sagte ich mit unbewegtem Gesicht.

»Denk dran, du hast hier immer ein Zuhause.«

»Danke, alter Knabe«, erwiderte ich rauh.

Wie Hemingway irgendwo sagt: Auch wenn man gelernt hat, Briefe nicht zu beantworten, findet die Familie doch immer Mittel und Wege, gefährlich zu werden.

Durch mein Pfadfindergepäck topplastig, radelte ich auf mancherlei Umwegen zum Friedhof, dann die Bottom's Lane hinunter, bog am Marktplatz links ab und vorbei am Leighton Moss, bis ich nach Crag Foot kam. Aus Angst vor Hunden schob ich mein Gefährt leise an der Farm vorbei und arbeitete mich die kaputte Straße entlang, die zum Crag führte.

Der Crag ist ein klippenartiges Gebilde aus Kalkstein, reich an Mineralien und von tiefen Spalten durchzogen. Auf der Karte nimmt er eine Quadratmeile ein, aber wenn man versucht, sich einen Weg über ihn hinweg zu suchen, erscheint er viel größer. Hier drehte vor zweihundert Jahren der gefürchtete Dreifinger-Jack bei und suchte die Marsch mit seinem Fernrohr nach schutzlosen Reisenden ab, deren Knochen jetzt wohl an die fünf Faden tief liegen und den alles verschlingenden Sand der Morecambe Bucht anreichern.

Der Crag ist von Löchern aller Art durchsetzt – dem Hundsloch, dem Feenloch, dem Dachsloch. In allen hat man alte Knochen und Gerätschaften gefunden, und er ist voll vergessener Schächte, in denen in grauer Vorzeit nach Mineralien geschürft wurde. Ferner findet man Fundamente von unermesslich alten Steinhütten und, ganz oben, Verteidigungsanlagen, die die alten Britannier höchstpersönlich angelegt haben. Es ist der ideale Ort, um sich ein Bein zu brechen; bei Nacht riskieren das nicht mal die Wilderer. Vor dem Felsen liegen die Salzmarschen und die See, dahinter erhebt sich Leighton Hall in all seiner schaudererregenden Schönheit. Zur Rechten kann man auf den mit Schilf zugewachsenen Hafen von Leighton Moss hinunterblicken, und zur Linken liegt die Einöde von Carnforth.

Vor langer Zeit wurde hier groß Kupfer abgebaut, ich aber wollte zu einer anderen Mine. Um genau zu sein: zu einer Roteisenocker-Mine. Der Abbau von Roteisenocker oder roter Kreide stellte auf dem Crag einmal eine blühende Industrie dar, und die verlassenen Schächte schwitzen noch immer ein schmutziges Rot von der Farbe eines wirklich vulgären Schweizer Sonnenuntergangs aus. Ich brauchte eine Stunde, um den Schacht zu finden, an den ich mich am besten erinnerte. Er führt etwa drei Meter steil in die Tiefe und sieht sehr nass und rot aus, wird dann flacher, führt im steilen Winkel nach rechts und wird recht trocken und luftig. Günstigerweise verbirgt jetzt ein Dornbusch den Zugang; es war ganz schön haarig, mir einen Weg hineinzubahnen.

# 19

*Und so spann ich zuletzt meinen Plan,*
*Auszulöschen den Mann.*
*Um sein Schlupfloch ihm Feuer zu ziehn,*
*Lückenlos, kein Entfliehn.*
*Donner droben bei Tag und bei Nacht,*
*Drunten Lunten im Schacht.*
*Bis zufrieden mein Netz ich ließ stehn,*
*Um das Ende zu sehn.*
Instans Tyrannus

***Das Glück ist ausgefuchst***

»Ausgefuchst sein« war einer von Jocks Lieblingsausdrücken; es bedeutete offenbar, eine Situation geschickt zum eigenen Vorteil zu drehen oder eine günstige Gelegenheit beim Schopfe zu packen, also trickreich zu sein.

So stand also der neue, einfallsreiche, *ausgefuchste* Mortdecai gegen Mittag auf und braute sich über einem kleinen, mit Butangas betriebenen Campingkocher seinen eigenen Tee, und sogar recht erfolgreich. Na, wie findest du das, Kit Carson?

Als ich ihn langsam trank, versuchte ich, die Lage sorgfältig abzuwägen, und suchte nach Schwachstellen, die ich übersehen hatte, aber ohne Erfolg. Wissen Sie, ein Sonntagmittag hat für manche von uns eine besondere Bedeutung: es ist die Zeit, da die Pubs öffnen. Der Gedanke an all jene glücklichen Trinker, die in Silverdale und Warton Bauch an

Bauch an den Tresen lehnten, verdrängte meine sämtlichen ausgefuchsten Erwägungen. Stimmt, ich hatte Whisky, aber der Mittag des Sabbat ist dem Flaschenbier geweiht. Ich wollte unbedingt welches haben.

Den ganzen Tag hat sich keine Seele auf dem Crag blicken lassen; ich kann nicht verstehen, wie man in Kneipen herumhängen und Flaschenbier trinken kann, wenn es doch all diese herrliche, frische Luft und Landschaft umsonst gibt. Nicht mal die Camper, deren ausgebleichte Zelte und geschmackvoll pastellfarbene Wohnwagen überall wie Drachensaat in die Landschaft gesprenkelt sind, treten hier in Erscheinung; wahrscheinlich huldigen sie dem einfachen Leben, indem sie vor ihren tragbaren Fernsehgeräten sitzen und eine Natursendung sehen. Zum Teufel mit ihnen. Die meisten von ihnen werden morgen zurück in Bradford sein, wo sie vor Rechtschaffenheit nur so glühen und ihre Mückenstiche vergleichen werden.

Ich habe das Fahrrad auseinandergenommen und es mühsam in die Höhle hinuntergeschafft. Außerdem bin ich ganz unten an der eiskalten Quelle gewesen, die in einem Miniaturcañon zwischen zwei riesigen Kalksteinplatten sprudelt. Ich habe mich von Kopf bis Fuß gewaschen und vor Kälte geächzt. Sogar ein bisschen getrunken habe ich von dem Wasser. Es war köstlich, aber als ich wieder hier oben war, musste ich einen Schluck Black Label hinterherkippen, um den Geschmack zu übertönen. In meinem Alter ist es für Hydrotherapie zu spät. Allenfalls Hydrophobie käme in Frage.

Es gibt eine nur äußerst schwer zu erreichende Stelle oberhalb der Mine, wo sich niemand an einen heranschleichen kann, und dort habe ich ein kleines, diskretes Lagerfeuerchen entfacht, über dem ich mir eine Dose gebackene Bohnen wärme. Von dort, wo ich sitze, kann ich die lange Lichterkette von Morecambe sehen.

### *Später*

Mir gefallen »Feuchte, Wildheit und Wesen« dieses Ortes sehr. Es ist still hier, und niemand ist in die Nähe gekommen. Ich habe sehr gut geschlafen, unschuldig geträumt und, wann immer ich wach wurde, dem süßen, wilden Ruf der Lachmöwen gelauscht. Jetzt mehr denn je scheint es süß, zu sterben, das Grab kann nicht dunkler, nicht verlassener, noch stiller sein als es hier ist – außer wenn der Wind hinterlistig die Dornbüsche am Eingang rauschen lässt und mich zu erschrecken sucht. Mir fällt die einzige wirklich pakkende Gespenstergeschichte ein. *Totengräber*: »Worüber lachst du so?« *Geist:* »Es ist nicht komisch genug für zwei.«

### *Ein anderer Tag, aber ich bin nicht sicher, welcher*

Heute morgen habe ich eine Sumpfweihe gesehen; sie flog durch das Röhricht, dann mit kräftigem Flügelschlag über die Slackwood Farm hinweg und verschwand im Fleagarth Gehölz. Im Fleagarth steht ein brandneues Zelt, das erste, das ich dort entdecke. Es hat die übliche fluoreszierende orange Farbe. Als ich ein Junge war, hatten die Zelte noch anständige Farben wie Khaki, Weiß oder Grün. Ich beobachtete die ahnungslosen Naturfreunde durch meinen Vogelbeobachtungsfeldstecher; es scheint sich um einen dickbäuchigen Vater, eine durchtrainierte, stämmige Mutter und einen langen mageren erwachsenen Sohn zu handeln. Ich wünsche ihnen viel Spaß bei ihren recht späten Ferien, denn es hat auf verhaltene, aber entschlossene Art zu regnen begonnen. Lord Alvanley sagte immer, sein größtes Vergnügen bestehe darin, am Fenster seines Clubs zu sitzen und »zuzuschauen, wie es auf die verdammten Leute regnet«.

Ich lasse eine Dose Frankfurter Würstchen auf meinem kleinen Butankocher vor sich hinköcheln. Ich habe ein paar Scheiben Plastikbrot, das ich dazu essen kann, aber ich wünschte, ich hätte daran gedacht, Senf und Flaschenbier mitzunehmen. Hunger und frische Luft sind allerdings noch immer der beste Koch; ich werde wie ein Scheunendrescher essen. »Der Gaumen, Hort geschmacklichen Begehrens; Gier, die der Wein nicht stillen kann.«

***Am gleichen Tag, glaube ich***

Mit dem Whisky bin ich sehr zurückhaltend gewesen; ich habe noch immer eine ganze und eine viertelvolle Flasche dieses Gottesgeschenks. Wenn er alle ist, werde ich einen Streifzug unternehmen und den Vorrat auffrischen müssen. Das Essen wird knapp; ich habe zwei große Dosen Bohnen, eine große Dose Corned Beef, einen Drittel Laib Brot und fünf Streifen Schinkenspeck. (Die muss ich roh essen; der Geruch von gebratenem Schinken trägt meilenweit, wussten Sie das?) Die Lokalhonoratioren, fürchte ich, werden binnen kurzem ein oder zwei Fasane verlieren; sie sind noch recht zahm, weil noch niemand auf sie geschossen hat. Die Fasane, meine ich, nicht die Lokalhonoratioren. Mir graust schon bei dem Gedanken, sie zu rupfen und zuzubereiten – auch jetzt meine ich die Fasane; früher hat mir das nichts ausgemacht, aber heutzutage habe ich einen schwächeren Magen. Vielleicht sollte ich es einfach Nebukadnezar, jenem königlichen Kriminellen, gleichtun und *grasen*. (Endlich mal eine gute Nachricht, Gras gibt es hier die Menge.)

***Ich hab' das Gefühl, es ist Dienstag, aber ich könnte mich irren***

Nach meiner eiskalten Morgenwäsche bin ich auf Umwegen zum höchsten Punkt des Crag geklettert, der auf der Landkarte mit FORT bezeichnet wird. Weit unter mir kann ich den Landrover des Wildhüters sehen, der wild schleudernd und spritzend über den halb überfluteten Damm auf die Freilaufgehege diesseits des Moores zurast, und den Vogelschutzwart, der in einem Boot herumpaddelt und gemächlich seinen Dienst auf dem Scrape versieht. Die Leute wundern sich oft, wie ein Vogelschutzgebiet erfolgreich in einem Jagdgebiet existieren kann, aber das ist eigentlich kein Paradoxon; ein scheuer Vogel kann sich keinen besseren Ort zum Brüten wünschen als ein gut überwachtes Jagdgebiet. Außerdem fängt die Jagdsaison erst lange nach der Brutzeit an, und seriöse Sportsleute (fast alles echte Naturkundige) würden genauso wenig auf einen seltenen Vogel schießen wie auf ihre eigenen Ehefrauen. Na gut, vielleicht erlegen sie manchmal durch einen unglückseligen Zufall eine Seltenheit, aber schließlich erschießen wir manchmal auch unsere eigenen Ehefrauen, und das mit Absicht.

Ich betrachte diese Zeit im Versteck als eine Art Urlaub, und ich bin sicher, dass er mir ganz ausgezeichnet bekommt. Wenn ich Glück habe, sind die, die mir übel wollen, meilenweit entfernt, kämmen den Lake District nach mir durch und terrorisieren dort die Camper. Vielleicht sind sie sogar zu der Auffassung gelangt, dass ich mit Jock zusammen gestorben bin; sie könnten sogar alle schon wieder zu Hause sein. Wenn ich nur ein paar Flaschen Bier hätte, wäre mein Glück vollkommen.

***Mittag***

Ich bin schon wieder einer Selbsttäuschung erlegen.

Vor zehn Minuten habe ich mir mit dem Fernglas den üblichen Überblick verschafft, bevor ich den Weg zu dem kleinen vertikalen Schacht wagte, den ich als Abtritt benutze. Das Zelt im Fleagarth war augenscheinlich verlassen; vielleicht, so dachte ich, sind sie alle drin und spielen neckische Spielchen (Inzest – das Spiel, das der ganzen Familie Spaß macht?) Ich war bis auf dreißig Meter an die natürliche Latrine herangekrochen, als ich den süßen, schokoladenartigen Duft von amerikanischem Pfeifentabak schnupperte. Als ich das Dorngebüsch teilte, erblickte ich, mit dem Rücken mir zugewandt, die Gestalt eines langen mageren jungen Mannes, der offensichtlich mein Allerheiligstes benutzte. Eigentlich benutzte er es nicht, er sah es sich bloß an. Er sah es sich ziemlich lange an. Er hatte einen amerikanischen Haarschnitt und trug diese unvorteilhaften Bermudashorts. Ich wartete nicht ab, bis er sich umdrehte (ich habe noch nie einen jungen Amerikaner vom anderen unterscheiden können), sondern entfernte mich vorsichtig und schlich leise in meine Mine zurück.

Ich bin sicher, er ist einer der Camper aus dem Fleagarth. Was wollte er hier? Vielleicht ist er Geologe, vielleicht ein nicht sehr geschickter Dachsbeobachter, vielleicht auch nur ein Idiot, aber das tief in meinem Bauch sich rührende, unbehagliche Gefühl lässt sich durch solche Hypothesen nicht beschwichtigen. Mein Bauch ist davon überzeugt, dass sich im Fleagarth eine Anti-Mortdecai-Einheit befindet. Es erübrigt sich, darüber zu sinnieren, um wen es sich handelt. Es fallen mir kaum Leute ein, die in dieser Woche nicht anti-Mortdecai wären.

***Später***

»Macht Schluss, gute Frau, der helle Tag geht zur Neige Und Dunkelheit dräut.«

Das wär's dann also; man kann es drehen, wie man will, das Spiel ist aus. Durch eine Lücke in der Dornenwehr hatte ich gerade mehrere Minuten lang die gesamte Fleagarth-Bande im Visier meines Feldstechers. Der dünne Amerikaner, dessen Schultern mir immer breiter vorkommen, je öfter ich ihn beobachte, gehört vielleicht zu den Smith-und-Jones-Komikern, deren Bekanntschaft ich im Büro des Sheriffs in Neumexiko gemacht habe. Vielleicht ist es auch Colonel Blucher – ist auch egal, wahrscheinlich könnten ihre eigenen Mammis sie nicht auseinanderhalten. Der stämmige weibliche Teil dieser Komikertruppe kommt mir bekannt vor; ich glaube, zuletzt habe ich sie, vor Wut kochend, in einem Triumph Herald am Piccadilly Circus gesehen, Sie erinnern sich sicher. Nach der Art zu schließen, wie sie sich bewegt, würde ich sagen, dass sie über das Kinderkriegen hinaus ist, aber noch nicht zu alt, um an Judowettkämpfen Kategorie Schwarzer Gürtel teilzunehmen.

Begleiten Sie mich ein Stück Weges – aber seien Sie fix –, denn das Beste kommt noch. Der dritte im Bunde, die dickbäuchige Vaterfigur ist – ach, das hatten Sie schon vermutet – Martland. Mit Ausnahme meiner selbst habe ich noch niemanden gesehen, dessen Tod fälliger gewesen wäre. Warum ich ihn so hasse, verstehe ich nicht; er hat mir nichts ernstlich Böses angetan. Noch nicht.

Auf meinem Erkundungsgang heute nachmittag kam ich nicht sehr weit; bevor ich das Dorngestrüpp am Eingang teilen konnte, hörte ich, wie Wasserbüffel durch den Sumpf stampften. Es war Martland persönlich, der auf allen vieren wie die Karikatur eines Indianers herumkroch und nach einer *Fährte* suchte. Ich zog mich zurück und konnte gerade noch ein schwaches Kichern unterdrücken. Ich hätte ihn auf der Stelle erschießen können, und beinahe tat ich es. Schwerlich hätte ich die einladende, eingepuderte Spalte seines schwabbeligen Hinterteils verfehlen können, als er sich bückte – letzten Endes wird er sein Fett abbekommen, also warum nicht an diesem Ende? Fort, o fort mit diesen Hüften, die am Hailsham College (und anderswo) von Offizierssöhnen zurückgewiesen wurden.

Aber ich hebe mir Pulver und Blei auf für den Fall, dass sie meinen Unterschlupf finden. Feuert man die Smith and Wesson in einem engen Minenschacht ab, dann hört sie sich an wie die zwölfkalibrige Waffe eines Wilderers. Das reicht, um in Windeseile den Wildhüter und seine faustaarken Gehilfen auf den Plan zu rufen. Die Chancen von Martland und Co. dürften gegen einen entschlossenen Wildhüter zu dieser Zeit des Jahres gleich Null sein. Armer Martland, seit dem Krieg ist er mit nichts Ungestümerem aneinandergeraten als einem Verkehrspolizisten.

***Mit zweiundvierzig noch nicht tot?***
***Ein strammer Bursch' wie du – bei Gott!***
Jaja.

Genau.

Meine mit nützlichen Banknoten gespickte Niederschrift liegt tief unten im Briefkasten von Warton, auf dem Weg nach dem Hause Spon. Ich frage mich, wessen Augen diese letzten Eintragungen lesen werden, wessen Schere welche Indiskretionen herausschneiden, wessen Hand das Streichholz anzünden wird, um sie zu verbrennen. Vielleicht nur Ihre Augen, Blucher. Hoffentlich nicht Deine, Martland, denn ich beabsichtige, Dich auf meinem Weg nach unten – wohin immer böse Kunsthändler gehen, wenn sie sterben – mitzunehmen. Und Du wirst nicht mein Händchen halten dürfen.

Sie befanden sich alle auf dem dunklen Crag, als ich aus Warton zurückkam; es war ein Alptraum. Auch für sie, könnte ich mir denken. Ich habe nur eine wirre Erinnerung daran, dass ich herumkroch und zitterte, mich hier anpirschte und dort, mit schmerzenden Ohren angespannt in die Schwärze der Nacht lauschte und mehr Geräusche vernahm, als es wirklich zu hören gab. Schließlich nur noch blinde Panik ob des Wissens, dass ich verloren war.

Ich ordnete meine bedauernswert erschöpften geistigen Kräfte neu und zwang mich, mich in ein Loch zu kauern, bis ich mich orientieren und den Aufruhr meiner Nerven beschwichtigen konnte. Es war mir fast gelungen, zum draufgängerischen Major Honblé »Mad Jack« Mortdecai und zu Narbengesicht, dem eiskalten Helden der englischen Ypern-Front, zu werden, als eine Stimme dicht neben mir sagte: »Charlie?«

Mir hüpfte das Herz in den Mund; ich biss kräftig hinein und schluckte es wieder hinunter. Meine Augen waren fest geschlossen; ich wartete auf den Schuss.

»Nein«, flüsterte es hinter mir, »ich bin's.« Mein Herz schüttelte sich, versuchte vorsichtig ein-, zweimal zu schlagen und fiel dann in einen unregelmäßigen Rhythmus. Martland und die Frau raschelten ein wenig herum und tappten dann leise den Hang hinunter.

Wo war der Amerikaner? Schon wieder bei meinem Abort. Vermutlich legte er dort Minen. Ich glaube, er hörte mich kommen, denn jegliche Bewegung hörte auf. Unendlich behutsam legte ich mich auf den Boden und sah ihn einen Meter und achtzig hoch vor dem Himmel aufragen. Er machte einen geräuschlosen Schritt auf mich zu, und dann noch einen. Überrascht stellte ich fest, dass ich jetzt ganz ruhig war; der schlappe alte Rächer bereitete sich darauf vor, diesen Mann zu töten. Meine Pistole lag in der Farbmine – und wenn schon. Zuerst ein Tritt in den Familienschmuck, beschloss ich; dann mit dem Fuß einen Schlag in seine Kniekehlen, der ihn von den Beinen fegte, und schließlich die Birne auf einen Felsbrocken schmettern, bis sie Matsch war. Falls kein Felsbrokken da war, Knie aufs Gesicht und mit der Handkante das Zungenbein in den Hals schlagen. Das sollte reichen. Ich fing an, mich richtig auf diesen nächsten Schritt zu freuen, obwohl ich von Natur aus kein Gewaltmensch bin.

Er machte den nächsten Schritt; ein Fasanenhahn brach mit Getöse und Gekreisch unter seinen Füßen hervor, wie das ein aufgestörter Fasanenhahn eben tut. Nun gehört zu den wenigen Dingen, die den alten, auf dem Land aufgewachsenen Mortdecai nicht aus der Fassung bringen können, ein aufgestörter Fasanenhahn. Für den Amerikaner aber traf das nicht zu; er quiekte, sprang in die Luft, duckte sich, kauerte sich nieder und zog ein großes, langes Ding heraus, bei dem es sich nur um eine Automatik mit aufgeschraubtem Schalldämpfer handeln konnte. Als sich der Vorhang der Stille wieder senkte, konnte ich ihn in der Dunkelheit gequält keuchen hören. Schließlich stand er auf, steckte die Knarre weg und entschwand den Hügel hinunter. Ich hoffe, er schämte sich.

Ich musste hierher in die Mine zurückkommen; hier befanden und befinden sich Revolver, Lebensmittel, Koffer und Fahrrad. All das brauche ich, vielleicht mit Ausnahme des Fahrrads.

Dieses kleine Grab verströmt eine anheimelnde und anrüchige Behaglichkeit; ich kann kaum mehr hoffen, dass sie mir *nicht* über ihre Nasen auf die Spur kommen werden, aber schließlich können sie mich nicht tiefer unter die Erde treiben, als ich schon bin. Für jeden von uns gibt es irgendwo ein Stalingrad.

*Hier ruht ein Freund der leichten Lust, der darob just,*
*noch jung an Jahren, ins Reich des Maulwurfs ist gefahren.*

Jedenfalls würde ich, wenn ich jetzt wegliefe, noch früher sterben, an einem Ort *ihrer* Wahl und auf eine Weise, die mir eventuell nicht zusagen würde. Ich ziehe diesen Ort vor, wo ich die Träume meiner Jugend träumte und späterhin nicht wenige gesetzlose Schritte tat, um mit den Worten von Robert Burns (1759–96) zu sprechen.

Es wird Ihnen nicht schwerfallen zu glauben, dass ich mir, seitdem ich in mein Verlies zurückgekehrt bin, so manchen Schluck von meines Bruders köstlichem Whisky genehmigt habe. Ich beabsichtige, mir noch ein paar weitere zu genehmigen und mich dann dem erkenntnisfördernden Schlummer anzuvertrauen.

### *Nur wenig später*

Der Grund, warum wir die Lebensgeschichten von Verurteilten so mögen und warum so viele von uns die Abschaffung der Todesstrafe bedauern, liegt darin, dass gewöhnliche ordentliche Leute wie Sie und ich ein feines Gespür für echte Dramatik haben. Wir wissen, dass das angemessene Ende einer Tragödie nicht in einer neunjährigen gemütlichen Haftstrafe und nützlicher, Befriedigung verschaffender Arbeit in der Gefängnisbäckerei bestehen kann. Wir wissen, dass Kunst einzig im Tod ihr wahres Ende findet. Ein Bursche, der sich die Mühe gemacht hat, seine Frau zu erwürgen, hat ein *Recht* auf einen glanzvollen Auftritt am Galgen. Es ist ein Verbrechen, ihn wie einen gewöhnlichen Dieb Postsäcke nähen zu lassen.

Wir lieben jene Geschichten, die am Fuße des Galgens erzählt werden, denn sie befreien uns von der Tyrannei und Vulgarität eines Happy-Ends, von einem langen, idiotischen Alterungsprozess, von wunderbaren Enkelkindern und von den taktvollen Fragen nach den Prämien für die Lebensversicherung.

### *Endgültig der letzte Tag – jetzt Karten erhältlich fürs Studentenkabarett*

Da keine Hilfe naht, so komm, wir küssen uns und scheiden. Irgend etwas ist schiefgegangen. Ich werde keine Hilfe herbeiholen können, indem ich meine Pistole abfeuere, denn heute ist der erste September. Die Enten sind zum Abschuss freigegeben, und schon seit dem Morgengrauen hallen Moor und Strand wider von sportlichen Schießübungen.

Martland hat mich aufgestöbert; ich glaube, ich wusste immer, dass es so kommen würde. Er stand vor dem Eingang der Mine und rief zu mir herunter. Ich habe nicht geantwortet.

»Charlie, wir wissen, dass du da unten bist, wir können

dich *riechen!* Charlie, die anderen können mich nicht hören. Ich bin bereit, dir zur Flucht zu verhelfen. Sag mir, wo das verdammte Bild ist, lass mich von der Angel, und du kannst heute nacht verschwinden. Vielleicht schaffst du es.«

Er glaubte doch nicht wirklich, dass ich ihm glaubte, oder?

»Charlie, wir haben Jock, er lebt …«

Ich wusste, dass das eine Lüge war, und plötzlich erfüllte mich rasende Wut, dass er so abgefeimt war. Ohne aus der Deckung zu kommen, zielte ich mit der .455er auf einen Felsvorsprung am Eingang und feuerte eine Salve. Der Krach machte mich vorübergehend taub, aber ich konnte dennoch hören, wie die große, unregelmäßig geformte Kugel auf Martland zufauchte. Als er von einem anderen Standpunkt aus erneut sprach, war seine Stimme vor Angst und Hass angespannt.

»In Ordnung, Mortdecai. Ein anderer Vorschlag. Sag mir, wo das verdammte Bild und die anderen Fotos sind, und ich verspreche, dass ich dir einen sauberen Schuss verpasse. Etwas Besseres kannst du jetzt nicht mehr erwarten, und auch in diesem Fall wirst du mir vertrauen müssen.« Dieser Zusatz gefiel ihm. Ich feuerte erneut und betete, dass ihm das Blei das Gesicht wegputzen möge. Er sprach erneut und erklärte mir, wie schlecht meine Chancen stünden, und verstand doch nicht, dass ich mein Leben schon abgeschrieben hatte und nur noch seines wollte. Liebevoll führte er alle die auf, die mich tot sehen wollten, von der spanischen Regierung bis zur Gesellschaft zur Einhaltung des Tags des Herrn – ich war richtiggehend geschmeichelt, wem ich alles auf die Zehen getreten war. Dann ging er.

Später beschossen sie mich eine halbe Stunde lang mit einer schallgedämpften Pistole und lauschten zwischen den Schüssen, ob ich vor Schmerz, oder weil ich aufgeben wollte, schrie. Die Kugeln, die von den Wänden abprallten, schwirrten umher und machten mich fast verrückt, aber nur eine streifte mich. Sie wussten nicht, ob der Schacht nach links oder nach rechts führte. Der einzige Zufallstreffer schlitzte meine Kopfhaut auf, und Blut läuft mir in die Augen – einen *schönen* Anblick muss ich bieten.

Als nächster versuchte der Amerikaner, mich zu überreden, aber auch er hatte nichts anzubieten als einen raschen Tod im Austausch für Informationen und ein schriftliches Geständnis. Sie müssen den Rolls aus seinem Grab im Cañon geholt haben, denn er weiß, dass der Goya nicht im Verdeck steckte. Wie es aussieht, sollte Spanien jetzt eigentlich mit den USA ein Abkommen über strategische Luftwaffenstützpunkte auf spanischem Territorium erneuern, aber jedesmal, wenn die USA daran erinnern, fangen die Spanier von Goyas »Herzogin von Wellington« zu reden an, »die im Auftrag eines Amerikaners gestohlen wurde und sich in den Vereinigten Staaten befindet«. Von den Stützpunkten hätte er mir wohl kaum erzählt, wenn er glaubte, dass ich eine Überlebenschance hätte, oder?

Ich machte mir nicht die Mühe, zu antworten; ich war mit dem Terpentin beschäftigt.

Dann sprach er von der Alternative, dem *schmutzigen* Tod. Sie haben jemanden um einen Kanister Zyanid geschickt. Das ist das Zeug, mit dem man hier Kaninchen und drüben Menschen um die Ecke bringt. Also kann ich offensichtlich nicht darauf hoffen, dass Martland herunterkommt und mich holt; ich werde zu ihm hinausgehen müssen. Ist auch egal.

Mit dem Terpentin bin ich fertig. Mit Whisky vermischt, war es fabelhaft geeignet, die Innenverkleidung meines Koffers zu lösen, und jetzt lächelt mich der Goya von der Wand herunter an, so frisch und wunderschön wie am Tag seines Entstehens: die unvergleichliche, nackte »Duquesa de Wellington« – mein für den Rest meines Lebens. *Donc, Dieu existe.*

Der Whisky, der mir verbleibt, reicht noch, bis der Tag schwindet, und dann – wer fürchtet sich vorm Schwarzen Mann? – werde ich, mit meinem sechsschüssigen Revolver um mich feuernd, auftauchen wie nur je ein rauhbeiniger Held im Wilden Westen. Ich weiß, dass ich Martland werde umbringen können, dann wird einer der anderen mich umbringen, und ich werde wie ein leuchtender Abendnebel hinunter in die Hölle fahren, wo es keine Kunst und keinen Alkohol gibt, denn dies ist schließlich eine ziemlich moralische Geschichte. Das finden Sie doch auch, oder?

# In Ascot ist man auf der Hut

Arthur Escroyne
**Aufschrei in Ascot**
Kriminalroman

Aus dem Englischen
von Rudolf Katzer
Piper Taschenbuch, 272 Seiten
€ 9,99 [D], € 10,30 [A]*
ISBN 978-3-492-30667-6

Ausgerechnet in Ascot, beim wichtigsten Pferderennen des Vereinigten Königreichs, wird ein beliebter Sportmoderator erstochen. Inspector Rosemary Daybell vermutet eine Verbindung zur Derby-Mafia, doch ein Außenstehender kommt hier schwer hinein, eine Polizeikommissarin erst recht nicht. Ein Earl hingegen bekäme eher Zutritt, vor allem wenn er sich den Anschein gibt, er wolle hohe Summen in investieren. Kurzum – ihr Lebensgefährte Sir Arthur muss ran und wir hoch zu Ross wird in die Mafia eingeschleust.

PIPER

Leseproben, E-Books und mehr unter **www.piper.de**